宙的暖心料理

宙ごはん

町田苑香

Sonoko Machida

王蘊潔・譯

目錄

第一章　蓬鬆的鬆餅佐草莓醬

宙一直覺得，『媽媽』和『媽咪』是兩個人。『媽媽』是生下自己的人，『媽咪』是養育自己長大的人。她一直相信這是正確的區分方式，因此這一次真的難倒了她。

白樺幼兒園大班西瓜班的小朋友，都坐在長長矮桌前的椅子上，認真地握著蠟筆。平時總是充滿吵鬧聲，音量簡直就要掀翻屋頂的教室內此刻一片安靜，因為五分鐘前，幼兒園老師廣木發給每人一張畫紙，對大家說：「快要到『母親節』了，這是向媽媽說謝謝的日子……你們是不是都叫媽咪？總之，這個節日很快就要到了，我們今天來畫媽媽、媽咪。」老師還說，大家完成之後，這些畫會展示在百貨公司的母親節專區。

「小宙，妳怎麼了？」

宙看著左右兩側的同學畫的畫之後納悶著。廣木發現後走過來，蹲在她身旁，看到宙什麼都沒畫的空白畫紙，笑著對她說：「妳想怎麼畫都可以唷。」

「要畫哪一個？」

宙問道。廣木可能沒有馬上聽懂她的問題，眨眨眼睛。宙又問一次：

「要畫哪一個？大家都在畫媽媽還是媽咪？」

廣木張大嘴巴愣了一下，然後才終於想起一件事。她完全忘記班上的小朋友中，有人的家庭有特殊狀況。

「嗯、嗯，要不要兩個都畫？」

廣木回答。坐在宙正對面的大崎瑪麗大叫：

「啊！兩個都畫是什麼意思？當然只有一個啊！笨蛋。」

瑪麗一臉不屑。宙很不喜歡她，五月出生的瑪麗身材比三月出生的宙大了一圈，整個性乾脆，說話很直接，她似乎覺得個性內向，很少表達自我主張的宙很不順眼，整天挑宙的毛病。小宙，妳認真點。小宙，我覺得妳要去重讀櫻桃班。

我並不是故意跑得慢，我不想吃飯吃得那麼慢。雖然宙曾經這樣向瑪麗解釋，但瑪麗每次都用她的大手掌打宙的頭。妳這麼矮，說話還這麼凶。瑪麗打人不知輕重，每次被她巴頭，宙就會眼冒金星，然後就會流下淚水。於是瑪麗就更加不屑地說她是『愛哭鬼小宙』，之後無論瑪麗說什麼，宙都很少辯駁，但這次忍不住反駁說：

「我才不笨！我就有兩個！」

我有平時照顧我的媽咪，和把我生出來的媽媽。宙努力說明，然後得意地挺起胸膛。不是每次都說不過瑪麗，我也有說對的時候。

沒想到瑪麗又說：

「妳真笨，這不是就代表把妳生出來的媽媽才是真的嗎？啊，等一下等一下，妳每次都叫那個來幼兒園接妳的人『媽咪』，所以那個人是冒牌貨，怎麼會這樣？」

瑪麗扭著身體開始笑，周圍的同學聽了瑪麗的話，紛紛議論起來。「咦？有冒牌的媽咪？」廣木慌忙大聲對小朋友說：「不是這樣。」但班上的同學一旦聊開了，就無法馬上安靜下來。

「我幫妳打敗冒牌貨！」

班上最調皮的二郎做出《宇宙警察GALAXYZ》中宇宙紅的招牌動作大聲喊著：「我會打敗全宇宙的壞蛋，一個不留！」

瑪麗看著宙，以得意的笑容說道：「小宙，原來妳和冒牌貨媽媽住在一起，好可憐喔。」

宙不太瞭解『可憐』這兩個字的感覺。她低下頭，剛好看到蠟筆盒角落的灰色蠟筆。和紅色、黃色這些因為經常使用而變短的其他蠟筆不同，灰色的蠟筆看起來很新。雖然顏色並沒有像黑色那麼深，但只要用了灰色，整張畫就變得很灰暗，是不知道該怎麼用的顏色。啊，對了，『可憐』這兩個字和灰色很像，會讓整個世界、讓被說是可憐的人變得很灰暗。宙想到這裡，內心的怒氣就像火一樣竄上來。把拿在手上的黑色蠟筆丟向瑪麗，生氣地說：「我才不可憐，妳才是壞心眼的笨蛋！」

黑色蠟筆擊中瑪麗的額頭，留下黑色的痕跡。坐在瑪麗旁邊的隆介見狀，噗嗤一笑：「這樣好像園長。」白樺幼兒園的園長額頭中央有一顆很大的黑痣。

瑪麗可能沒有想到宙會反擊，也沒有料到其他同學會取笑她，她的臉漲得通紅，瞪著宙。宙瞪了回去，再次大聲地說：「我超討厭妳！」身體深處湧現的怒火似乎隨著這句話一起吐出來，向來都很強勢的瑪麗似乎被嚇到，她抖了一下，和宙對視片刻，然後仰頭大哭起來。

宙肩膀用力起伏喘著氣，看著瑪麗比自己之前更肆無忌憚大哭的樣子。發現自己能夠回擊所帶來的驚訝和尚未平息的怒火在體內翻騰。她感受著好像剛跑完賽跑般的劇烈心跳，但內心深處有一點想哭。我很可憐嗎？

✦

樋野崎市位在和政令指定都市❶相距幾個車站的地方，是一個新開發區和歷史建築共存，充滿文化氣息的城市，有很多自然風光，周圍的環境很適合孩子成長，因此是居住人口逐年上升的新興城市。

❶日本基於《地方自治法》由行政命令指定的城市自治制度，法律上也把它們簡稱作「政令市」或「指定都市」。

樋野崎市的角落有一座名叫日崎山的小山，有一條很長又很寬的坡道——日崎路從山麓向半山腰蜿蜒延伸，兩側還有很多像細枝般的岔路，山上的許多房子就像是長在這些岔路細枝上的果實。川瀨家就在日崎路盡頭的最高處，據說川瀨家以前是這一帶的大地主，那棟巨大的日式房子周圍是石頭圍牆。這棟屋齡超過八十年的房屋，在自古以來就有很多住宅的這一帶，風格仍然出類拔萃。由於川瀨家的房子實在太老舊，比宙大兩歲的表姊萌常說那裡是鬼屋，覺得很可怕。那棟房子的確很老舊，被稱為鬼屋也無話可說。牆上到處都是污漬和凹洞，柱子上留下了不知道是誰比身高的印記，地板明明沒有採用古代人為了防盜而使用的「鶯聲工法」——只要有人踩在地板上，就會發出好像夜鶯鳴叫的聲音，就知道有人入侵——但走路時仍然會發出吱吱的擠壓聲。有些房間的門窗已經變卡，因此有幾個房間都封了起來，禁止進入。烏木佛龕鎮守的佛堂內濕氣很嚴重，一年四季都很潮濕。

雖然萌對那棟房子敬而遠之，但宙很喜歡，很期待去那裡玩。每次去那裡，就可以不在意來往的車輛，在寬敞的院子裡玩得很盡興，而且還可以爬樹。最重要的是，可以見到目前唯一住在川瀨家的花野——也就是媽媽。每次上氣不接下氣地爬上長坡道，看到已經褪色的瓦片屋頂時，宙的心情就格外激動。

在梅花綻放，櫻花含苞的這一天，宙更是興奮地衝上坡道。今天全家要在川瀨家，為剛參加完幼兒園畢業典禮的她舉辦畢業派對。

「唉，根本都沒有找人來修嘛，簡直重死了。姊姊，我們來了。」

風海費了九牛二虎之力，終於打開拉門，對著屋內叫道。宙從拉門和風海之間鑽進屋中。

剛才費盡全力爬坡而冒著汗的皮膚感受著周圍陰涼的空氣，無論戶外是風和日麗的陽春天氣，還是盛夏的酷熱日子，川瀨家的玄關總是陰涼安靜。宙總覺得老房子的味道和花野的香氣宛如形成一道肉眼無法看到的面紗，拒絕外面的空氣，就連梅花的香氣都無法進入這棟房子。

宙喘著氣，調整著呼吸，沒有聽到任何腳步聲，就看到花野悄然現身。宙每次看到好像從昏暗中突然浮現，彷彿不食人間煙火的花野，就會有點緊張。花野有一頭像輝夜姬般富有光澤的黑色長髮和白皙的皮膚，像人偶般精緻的五官，纖細的身體，就算是小孩也會覺得她是個美人胚子。宙每次都會懷疑，這個如夢似幻的人，真的是我的媽媽？

「午、午安。」

宙戰戰兢兢地打招呼。花野笑得合不攏嘴。

「啊呀呀，一陣子不見，妳又長大了。宙，恭喜妳畢業了。」

花野身材苗條，難以想像她說話的聲音這麼沙啞。她說話時，露出左側的虎牙，原本虛幻的輪廓突然形成真實的花野。難道是那顆虎牙讓花野成為花野嗎？宙無論在街上，或是在幼兒園時，只要看到別人有虎牙，就會無條件地喜歡對方。

「嘻嘻嘻，花野，謝謝妳。」

「對不起，我不能去參加妳的畢業典禮，我工作沒做完。」

「沒關係，媽咪和姊姊都去參加了。」

宙從懂事的時候開始，就由比花野小三歲的妹妹風海照顧，她理所當然地稱風海夫妻媽咪和爸比，把表姊萌當成自己的親姊姊，然後對親生母親花野直呼其名。聽風海說，這是花野的意思。宙覺得很不可思議，曾經當面問花野本人：『我為什麼不能叫妳媽媽？』花野回答說：『可能是因為我還沒有做好別人這樣叫我的心理準備吧。』宙不太瞭解『心理準備』這幾個字的意思，但知道花野似乎並不喜歡別人叫她『媽媽』，於是點點頭，現在覺得『花野』是最貼切的叫法。

風海走到宙和花野中間，指著拉門說：

「姊姊，我上次來的時候，不是就已經提醒妳，要趕快修玄關的拉門嗎？現在還是很難打開。」

「喔，妳是說門嗎？反正還是可以開，我想應該沒關係。」

「怎麼沒有關係？有客人來家裡時，這樣很丟臉欸，玄關是一戶人家的門面。」

風海個性一絲不苟，每次見到花野總是數落她。萌小聲地說，花野和我們一樣，宙點頭表示同意，而且並不覺得討厭別人叫她『媽媽』的花野是『大人』。

「好啦好啦，妳不要一進門就生氣嘛。只有妳們三個人嗎？日坂沒有和妳們一起來嗎？」

花野看著宙和其他人問道。日坂是風海的丈夫，也是宙的爸比，他的名字叫日坂康太。

「他今天有很重要的工作，他說等處理完工作之後，就會直接來這裡。姊姊，妳什麼都沒有準備吧？我現在開始做飯。」

「才沒有呢！那裡是不是叫樋野崎花園城？我在那裡的西班牙餐廳點了很多外賣，妳知道那棟大樓裡有很多餐廳嗎？沒想到這一帶越來越方便了，真令人吃驚。」

樋野崎花園城是樋野崎車站旁的複合性商業設施，去年才剛新開幕。屋頂有花園，一樓是公車總站，很快成為市民日常生活中經常造訪的地方。風海很快就在樋野崎花園城內發現了好幾家喜愛的店，宙和萌身上的衣服都是在那裡舉辦特賣活動時買的，但是那裡之前似乎並不在花野的生活圈內。

「那裡有兩家西班牙餐廳，妳是訂哪一家？『LA BODEGA』的餐點都偏辣，不能給小孩子吃。」

「是嗎？這我就不知道了。我來看一下，啊，就是LA BODEGA。」

花野拿出放在口袋裡的收據後說道。風海搖著頭。

「唉，真是的，那就只能大人吃了。妳點了什麼？」

「嗯。章魚鮮蝦沙拉，還有馬鈴薯烘蛋、炭火烤牛排，我還買了義式冰淇淋給孩子們。我大手筆買了『Dolce Fabrica』所有口味的冰淇淋。」

那是樋野崎花園城新開幕不久的義式冰淇淋專賣店，每天都大排長龍。香橙黑巧克力和綜合莓果是店內最受歡迎的兩種口味，因為太好吃了，聽說每天都在開始營業一個小時後就賣完。宙和萌都很想吃吃看「Dolce Fabrica」的冰淇淋，但風海向來認為要給小孩子吃自己親手製作的點心，所以她們至今都沒機會嚐過。每次聽到同學聊到那家的冰淇淋，就會忍不住流口水，沒想到今天可以吃到所有的口味。

「太棒了，最喜歡花野了！」

萌手舞足蹈地歡呼起來，風海皺著眉頭說：

「不行啦，這對小孩子不好。姊姊，我之前不是就說過，不能用這種東西引誘小孩子嗎？從小就吃加工食品，或是攝取糖分，會埋下各種疾病的種子。」

風海生氣地說。花野把頭轉到一旁說：「妳不要一直挑剔嘛！今天是慶祝，我只是想讓她們高興，就只是這樣而已。」

「姊姊，妳真的不懂怎麼教育孩子。」

風海誇張地嘆口氣，然後瞥了一眼靜觀事態發展的宙和萌，萌合起雙手說：「拜託了！就今天而已！」風海再度嘆氣。

「唉，真是拿妳們沒辦法，那今天就破例讓妳們吃冰淇淋，但是一個人只能吃一種，不能再多。」

「啊？但是、但是今天不是買了所有的口味嗎？只能吃一種？」

「萬一吃壞肚子就慘了，所以不行！」

「這樣根本失去買了所有口味的意義。」萌嘟起嘴，宙也跟著嘟著嘴。

「真對不起，」花野用柔和的語氣說，「早知道我幫妳們各買一種推薦的口味就好了。啊，對了，妳們兩個人交換吃，不是可以吃到兩種口味嗎？而且我要吃四種口味，也都會讓妳們嚐一口，怎麼樣？」

花野笑著問。花野愛喝酒，幾乎很少吃甜食，最後一定變成她才吃一口，把剩下的分給她們吃。

「姊姊！妳又縱容她們！」

「對不起，對不起，但今天是慶祝嘛，下不為例，拜託了。」

花野合起雙手拜託。風海不滿地噘著嘴，但兩個孩子也都好像在祈禱般合起雙手看著她，她只能勉為其難地點頭。萌大聲叫著：「花野，我最愛妳了！」然後又笑著對宙說：「宙，花野是不是超棒的！」宙看著她的笑容，內心有點得意，點點頭。沒錯，這麼棒的人是我的『媽媽』，我實在太幸福了。

花野是一個不可思議的人。明明是大人，但是和其他大人完全不一樣。就算吃很多巧克力，也不會被她罵，不僅如此，她還會說什麼『妳是小孩子，要吃這種東西』，然後給宙很多用色素染成鮮豔粉紅色的糖果——當然是瞞著風海。她會樂不可支地看一些風海看到之後，會忍不住皺眉頭的低俗動畫影片。笑的時候好像很沒家教，張開大嘴，甚至可以看到她的喉嚨深處；遇到不開心的事，她的臉色就會很難看。花野和爸比、媽咪以及宙認識的其他大人都不一樣，但她覺得花野很迷人。萌告訴她，這稱為「很有魅力」，專門指那些只要出現在那裡，就會讓人情不自禁愛上的人。宙聽了之後，覺得完全就是花野的寫照。

宙喜歡富有魅力的花野，和喜歡川瀨家的老房子一樣，不，她喜歡花野更勝於老房子。

但這也許是偶爾才見面的關係。半個月後，宙開始和花野一起生活後，開始浮現這種想法。宙終於知道，因為風海很少讓她吃速食店的漢堡，她才會覺得好吃，每天吃對身體不好。

宙的房間內掛著可愛的小熊月曆。三月的月曆上，小熊和小兔子在草原上奔跑，四月的月曆上，小熊和浣熊用櫻花花瓣縫製洋裝。四月已經接近尾聲，那件洋裝應該已經完成了。

「馬上就是黃金週了。」

宙扣著制服的鈕釦，自言自語說道。宙就讀的樋野崎第二小學要穿制服，男生和女生都是藏青色的西裝外套配藏青色的短褲、白襯衫，起初她每天都帶著自豪的心情穿上制服，但最近有點意興闌珊。難道是因為之前吃營養午餐時，不小心把肉醬醬汁滴到襯衫的領子上，結果留下痕跡，一直洗不掉的關係嗎？

宙在鏡子前打量全身，然後打開房門，來到走廊上。

川瀨家呈ㄈ字形，ㄈ字上方橫線的部分是佛堂和沒有使用的房間，還有花野的臥室兼工作室。縱線的部分是浴室和洗手台、廁所和玄關，下方橫線的部分是廚房和客廳，以及宙的房間。

由於格局如此，所以宙一走出房間，就可以看到中庭對面的花野房間。宙瞥了一眼總是緊閉的紙拉門，走向客廳。

打開客廳的拉門。餐桌上已經放著早餐。熱騰騰的白飯冒著熱氣，還有海帶芽和洋蔥味噌湯，煎得微焦，看起來很好吃的厚燒煎蛋，小香腸好像章魚翹著腳在跳舞。高湯的味道撲鼻而來。

「早安！今天是晴朗的好天氣！」

在廚房內忙碌的人沒有回頭，就察覺宙走進來。那個人頭也不回地說：

「趕快趁熱吃，趁熱吃！」

「佐伯先生，早安。」

「啊，妳又把我當外人。我不是說了，叫我阿恭就好嗎？」

一頭金色短髮的男人轉過身，噘著嘴說道。第一次見面時，花野介紹說，他的名字叫佐伯恭弘。佐伯是花野從中學時就認識的朋友。

佐伯T恤袖子下的手臂上刺滿刺青，兩隻耳朵上戴著很多耳環。和外表不同，他的表情總是親切爽朗。

「但是媽咪說，和大人說話時要有禮貌。」

「我都說沒問題了，當然就沒問題啊。我們每天都見面，要當好朋友。」

搬來這裡的第一天傍晚，花野叫宙去客廳。一走進客廳，就發現佐伯站在那裡。宙看到他可怕的外表嚇了一跳，忍不住躲到花野的背後。花野滿不在乎地說：『他從今天開始，會負責妳的三餐。我完全不下廚，所以從今天開始，請恭弘來掌廚。』

不會下廚？完全不會？我完全不知道這件事！而且為什麼要請這麼可怕的人來家裡！？宙驚嚇得說不出話，花野問她：『妳會自我介紹嗎？』由於花野太若無其事，宙不禁覺得自己嚇成這樣太奇怪，於是她從花野身後探出頭。戰戰兢兢地報上自己的名字。

『我叫、川瀨宙。』

佐伯對她露齒而笑。雖然看起來很親切，但是他的耳環和刺青還是很可怕。宙又再次躲到花野的身後，花野說：『哎喲，恭弘的外表嚇到妳了嗎？雖然他看起來可能有點可怕，但是人很不錯啊。』

『宙，以後請多指教。妳別看我這樣，我是在餐廳工作的廚師，先讓妳嚐嚐我的手藝。妳喜歡吃什麼料理？』

佐伯說了幾道料理的名字，宙怯生生地回答說：『波隆那肉醬義大利麵。』

佐伯做的波隆那肉醬義大利麵很好吃，就像在餐廳吃的一樣。他三兩下就完成了，沒想到竟然這麼好吃。宙覺得他好像在變魔術，忘記害怕，專心地吃著。吃飽之後，突然想到了一件事。

『佐伯先生該不會是妳的男朋友？』

這是宙唯一能夠想到的關係。萬一花野點頭承認怎麼辦？宙提心吊膽地提問，花野面不改色地答道：『沒這回事，我只是請他來幫忙而已。』佐伯點頭表示同意，微笑著說：『我們是朋友。』

那天之後，佐伯每天早上都來這裡做早餐，順便準備晚餐。餐廳休息的日子，他就會在傍晚現身，花時間精心為宙準備晚餐。

無論花野怎麼想，但佐伯對花野的心意絕對不只是『朋友』而已。

宙坐在桌子旁，喝著味噌湯想著。佐伯自己有工作，每天都來這裡很辛苦，但佐伯絲毫不以為苦，和花野說話時始終眉開眼笑。鄰居中西家的狗每次看到飼主清子阿姨，就會拚命搖尾巴，佐伯和那隻狗很像，宙認為自己想的應該沒錯。

「花野今天也不打算起床嗎？你都來了，她總是不理人……」

花野只有最初幾天起床後會過來，現在根本不會露臉。雖然好像忙於工作，沒有時間理會這種事，但連招呼都不打，真的太無情了。

「沒關係，花野學姊工作很賣力。啊，宙，今天晚餐我會連同鍋子一起放進冰箱。阿恭特製燉牛肉超好吃喔。」

加熱的時候要用小火，然後慢慢攪拌。千萬不可以用大火，否則很容易燒焦。宙看著正在說明加熱方法的佐伯後背想，佐伯人很好，他來了之後，我每天都可以吃到美味可口的早餐和晚餐。真是多虧有他。

但是，宙越對佐伯充滿感謝，就越難過。

既然花野要拜託別人來照顧我，當初為什麼接我來這裡同住？早知道這樣，不如讓我繼續和爸比、媽咪一起生活。如果是這樣，我去了新加坡之後，仍然會喜歡花野。

『……小宙，我認為不可以讓妳和妳媽媽分隔兩地，妳馬上就要讀小學一年級了，妳們母女差不多該一起生活了。』

在川瀨家為宙慶祝幼兒園畢業派對將近尾聲，大家把所有的料理都吃下肚，正在享用期待已久的『Dolce Fabrica』香橙黑巧克力冰淇淋時，中途加入派對的康太突然這麼對宙說。康太平時總是面帶笑容，難得浮現好像在生氣的嚴肅神情，風海責備他：『不需要現在說吧？』宙看向花野，從花野的表情無法瞭解她內心想法，她只是意興闌珊地喝著紅酒。

『那我要和宙分開嗎？怎麼可以這樣！』

在一旁吃黑醋栗冰淇淋的萌生氣地叫著，抓著宙的衣服下襬問：『宙，妳也不願意，對嗎？我們要一起去，要一起生活，對不對？』

『讓宙和姊姊分隔兩地生活才不正常。』

康太語氣嚴肅地對萌說道。『我並不是不喜歡宙，我很疼愛她，但是我們不是一直霸佔宙嗎？差不多該讓她回到親生母親身邊了。』

『但是，我還是覺得不切實際。』風海聽到丈夫的話之後，都快哭出來了。『姊姊根本沒辦法照顧孩子，宙太可憐了。姊姊，妳說呢？』

花野聽到風海發問，微微張開嘴巴，但是她還來不及說話，就被康太打斷。

『風海，這不是我們三個人討論之後決定的事嗎？姊姊目前的工作很穩定，宙已經好好長大，馬上就要上小學了，現在就算讓她們母女一起生活也不會有問題。是妳操心過度了。』

康太語氣堅定地說完，然後緊緊抱著一臉茫然的宙。

『宙，妳不要誤會，我是為妳的幸福著想，妳應該回到屬於妳的正常生活。』

宙完全搞不清楚狀況。一個月前，康太決定要外派到海外，宙每天都和萌一起看著康太要前往的新加坡旅遊導覽書。萌還說，我們要搬去國外，所以全家人都要團結。宙聽了之後，深深地點頭表示同意，但宙現在才發現，好像只有自己要留在日本。

平時康太抱她，她總是很高興，但這時有一種魂不守舍的感覺。宙感受著產生隔閡的溫暖，想起很久之前，瑪麗對她說的話。我果然是可憐的小孩嗎？以前一直以為自己有媽咪和爸比，有姊姊，還有媽媽，是很幸運的人，難道我想錯了嗎？難道不和媽媽生活在一起，是這麼可憐的事嗎？

『我都無所謂。』

這時，響起一個冷靜的聲音。是花野開口。她用手拿起一片風海做的烤牛肉，直接放進嘴裡。

『如果宙說想和你們一起生活，無論要去哪裡生活，我都會欣然送她出門，如果有需要，我可以匯更多生活費，而且我認為從小接觸其他國家的文化也不錯，就由宙自己決定吧。』

『你看吧！』風海看著舔著手指的花野，大聲叫道：『老公，你也聽到了吧？姊姊根本不適合照顧小孩，她並不想和自己的女兒一起生活。姊姊就是這種冷漠的人。』

『風海，妳別再鬧了！姊姊是為女兒著想，所以才會說這種話。』

『這太奇怪了，如果真的很愛孩子，不是會希望留在自己身邊嗎？當然想要自己來照顧！我不想讓悉心照顧了這麼多年的宙離開我。宙，妳也一樣，對不對？妳是不是很愛媽咪？』

風海從康太手中把宙拉過來，緊緊抱著她。宙聞到洗衣劑香噴噴的味道，反射性地緊緊抱著風海回答說：『我最愛媽咪了。』

『看吧，宙也離不開我。我就趁這個機會說清楚，我比姊姊更愛宙。』

『別說傻話，妳太自私了。』康太大聲說道。

『我不要。』風海用力搖著頭。萌忘記自己吃到一半的冰淇淋已經融化，漲紅了臉，一動不動。被風海抱在懷裡的宙用力縮起身體。為什麼突然變成這樣……

宙露出膽怯的眼神，花野出現在她視線的前方。花野一口氣喝完紅酒，用力把杯子放在桌上。兩個孩子聽到嘎噹的聲音，都嚇了一跳。

『上次討論了那麼久，這樣下去，上次的討論根本失去意義。』花野用空酒杯指著宙說：『我跟妳說，我姑且……是妳的母親，但我不會束縛妳。我不會事到如今，突然擺出一副母親的態度束縛妳，會尊重妳的意志。這是妳的人生，妳可以自由地活出自己的人生。妳要跟誰？如果妳想和風海他們一家人一起生活，我也會支持妳。』

『突然問我要跟誰、要跟誰……』

心臟噗通噗通地劇烈跳動。以前無論遇到任何事，不是由風海為她做決定，就是模仿萌的行為。宙從來沒有決定過任何事。大人第一次要求自己做決定，而且是這麼重大的事，她不知道該怎麼辦。

宙快哭出來了，花野的表情稍微柔和了些。

『在漫長的人生中，會有很多次必須做出選擇的時候，妳不妨當作是練習。別擔心，無論妳選誰，都不會死。』

花野臉頰有一抹紅暈，她喝醉了嗎？如果是這樣，這番話是她的醉言醉語嗎？還是她的真心話？宙在風海的臂腕中，帶著困惑注視著花野。花野沒有閃避宙疑惑的視線，也直視著她，那雙像黑色玻璃珠的眼睛炯炯有神。

真希望花野當時命令自己去新加坡。宙這麼想著。如果花野當時說，『我沒辦法照顧妳』，宙就會聽從她的話，於是就會和風海一家在新的地方快樂生活。

宙很清楚，當初說『我要和花野一起生活』的自己必須為眼前的情況負最大的責任。我那時候為什麼要說那種話？宙在事後想了很多次，終於想出幾個理由。第一個理由，是因為瑪麗說她『好可憐』的聲音，一直都在腦海中揮之不去。第二個理由，是當時天真地以為，隨時都可以回到以前的生活——以前她曾經獨自住在川瀨家，半夜因為想風海而哭了，風海立刻來接她。所以，她以為這次也一樣。第三個理由，就是她對新生活有一絲期待。在列出理由之後，就知道當初並不是因為下定決心而說了那句話。

但是，在成田機場時，媽咪和爸比緊緊抱著她，萌含著眼淚，把之前無論怎麼央求，甚至不願意借自己玩一下的史努比娃娃送給她時，她才知道這次的事情沒這麼簡單。她很想說『我也要和你們一起去』，但知道當時的狀況已經不允許她這麼做，宙流下冷汗。

『母女果然不能分開生活。』

康太看著花野和宙站在一起的樣子，開心地說道。他覺得自己做了正確的事。風海緊緊抱著宙，似乎藉此表達抗議，然後用只有宙才能聽到的聲音低喃：『這樣真的好嗎？』風海的聲音很痛苦，但似乎已經放棄。六歲的宙知道，木已成舟，自己已經回不去了。

只不過宙內心仍然對和花野的生活充滿期待，所以順利地送風海一家三口出國。也許會有更快樂的生活在等待自己。她對未來的生活充滿夢想，藉此激勵自己。可以盡情地吃冰淇淋熬夜，可以躺在床上看書，躺在沙發上吃洋芋片看動畫。和花野在一起，一定可以做這種事，很快可以消除內心的寂寞。

噹、噹。掛在牆上的鐘敲響鐘聲。宙大吃一驚。出門上學的時間到了。

「我吃飽了，那我去上學了。」

宙站起身，佐伯已經俐落地收拾完廚房，對她說：「我和妳一起出門。」兩個人一起走出客廳時，佐伯擔心地看著對面說：「不知道她有沒有好好睡覺。」

花野靠畫插畫為生。宙和花野一起生活之後才知道，她似乎很受歡迎，經常有接不完的工作。花野告訴宙，之前經常在電視上看到的幼兒節目中的人物，以及暢銷兒童畫籍的插畫都出自她的手，花野的工作範圍很廣。花野一天之中，大部分時間都關在自己房間內。宙雖然不知道她完成了多少工作，但她經常沒時間好好泡個澡，整天穿的那件胭脂色皺巴巴的運動服，簡直變成她皮膚的一部分，可見她忙得無法顧及正常的生活。這樣的花野和宙之前看到的樣子完全不一樣。以前總是化著美美的妝，身上香香的，好像公主一樣出現在宙面前，但現在無精打采，有氣無力走路的身影，陰森的感覺簡直就像是從繪本中走出來的壞巫婆。

昨天晚上在廁所門口遇到時，花野的頭髮凌亂油膩，眼睛下方還有黑眼圈。宙就像遇到鬼一樣，驚訝得說不出話。花野對她嘿嘿笑笑，用極其沙啞的聲音說：『每次熬夜就會「出現」。』幸好是宙在上完廁所後才遇見她，如果是上廁所之前，絕對會嚇得尿出來。雖然宙不願意相信，但現在終於知道，有趣快活的『花野』是假象，這個像鬼一樣的『花野』才是真正的她。

「佐伯先生，你為什麼對花野這麼好？呃……其實花野並沒有你想像的那麼好。」佐伯一定不知道花野的真面目，被她漂亮溫柔的假象矇騙。雖然宙這麼做稱不上是為佐伯每天上門來做飯表達感謝，但宙覺得必須趁早告訴他花野的真面目，所以開口告訴他真相，佐伯驚訝地低頭看著宙。宙看著他的臉，說出昨晚的事，佐伯噗嗤一笑。

「妳這麼嚴肅，我還以為妳要說什麼。妳說的樣子，才是我認識的花野學姊，而且我也不是因為她『漂亮』的關係喜歡她。雖然她化妝後真的是大美女。」

佐伯獨自感嘆了一番後，對宙說：「我對花野喜歡的程度超乎妳的想像，她這樣找我幫忙，我真的很高興。」

「騙人！」宙忍不住大叫起來，「你在騙人。你知道花野沒有每天洗澡嗎？她會拿著牛奶紙罐直接喝，而且到處大聲打嗝、放屁。你辛辛苦苦做的晚餐，我幫她熱好了，她也不吃，等到半夜才吃冷掉的。」

宙可能太驚訝了，沒有發現自己說話時，已經沒有前一刻的恭敬語氣。

「你知道重新加熱超難嗎？但我還是努力幫她加熱，但是她完全不知道！」

宙來這裡之後，才學會怎麼加熱飯菜，只不過她不知道要用微波爐加熱幾分鐘，每次都在失敗中學習。上次設定時間錯誤，結果薑汁燒肉的邊緣都焦了，根本沒辦法吃。宙這麼努力，但花野完全不瞭解她的辛苦。

「是喔是喔，是我不對。以後我會在便條紙上寫好，要微波幾分鐘，然後貼在上面。如果我有時間，會陪妳一起吃晚餐。妳一個人吃晚餐很寂寞吧。」

「謝謝你，但是……」

宙原本想說，「我想說的不是這個意思」，但還是放棄了。反正無論說什麼，都無法改變佐伯的心意，於是她直截了當地問：

「你喜歡她哪裡？你到底喜歡花野什麼？」

「欸。」佐伯臉紅，「要怎麼說呢？她很有骨氣，很堅強吧。我以前遭到霸凌，當時就是花野學姊救了我。」

佐伯滿是懷念地說，他比花野小兩屆。在國中一年級時，長得很可愛，看起來像女生，就被盯上了。

「雖然我現在變成這樣，別人不敢動我，但以前整天被欺負，說我會不會真的是女生，然後硬是脫光我的衣服……反正就是被各種方式霸凌。有一天，突然覺得搞不好死了比較好。」

宙歪著頭納悶。大人告訴她，霸凌是很不好的事，絕對不可以霸凌別人。她知道那是很不好的事，甚至可能會害死人。之前有一段時間，看到瑪麗時就覺得心情很差，遭到霸凌可能是那種感覺更強烈、放大很多倍。但是，她無法把那種感情和佐伯聯想在一起，無法想像佐伯內心也有就像自己不敢反駁瑪麗一樣的脆弱。

「雖然並沒有明確決定要去死，但是那天在不知不覺中，來到樋野崎車站前的路口。現在建了樋野崎花園城之後，一併整頓了周圍環境，但以前那裡有很多大貨車經過，是車禍好發地段，我當時就想，只要衝去那個路口，就可以結束生命。啊啊，我不可以對小孩子說這些事。」

佐伯突然想起這些，馬上打住。宙帶著奇妙的心情看著他。一方面是因為沒想到佐伯這麼脆弱，而且原來眼前這個強大的成年男人，也曾經有過少年時期，這讓她很不可思議。

佐伯有點害羞地抓抓臉頰，又繼續說道：「總之，我曾經經歷了一段很痛苦的時間，是花野學姊救了我。花野學姊發現我的痛苦，轉眼之間，就解決掉我煩惱了好幾天、好幾週的問題，她就是我心目中的宇宙警察，是世界上最帥氣的英雄。」

「什麼？花野和宇宙警察也差太多了吧。」

雖然不知道佐伯說的話有幾分真實，但宙無法把花野和英雄連在一起。她覺得那是很久以前發生的事，佐伯可能誇大了。

「不，我沒騙妳，就算到現在，我仍然覺得她超帥。」

佐伯斬釘截鐵地說，眼神中沒有絲毫的虛假。宙看著他的眼睛，覺得「搞不好是真的」，雖然她還是無法把花野和英雄連在一起。

「啊，妳快遲到了。」佐伯指著手錶說。宙抬頭一看，今天比平時出門的時間晚了八分鐘。宙重新揹上書包後問：「下次還可以找你聊天嗎？」佐伯笑著點頭。

宙目前的班上有很多幼兒園時就認識的同學，讓她很慶幸自己沒有去新加坡。宙很怕生，周圍有認識的人就會覺得安心。

走進漸漸熟悉的教室，從幼兒園時就是最好朋友的瑚幸，晃著綁在頭頂的馬尾跑到她面前說：「早安。」

「瑚幸，早安。」

「小宙，妳今天的頭髮也好亂。」

「啊？真的嗎？」

宙自認為今天的頭髮綁得不錯。她摸摸綁在一起的頭髮，摸到了不知道什麼時候鬆開的幾撮頭髮，差一點哭出來。

「沒關係，我幫妳重綁，跟我來。」

瑚幸牽著宙的手。宙在瑚幸的座位坐下後，瑚幸拆開了她綁起的頭髮，用梳子梳理。

「小宙，妳以前讀幼兒園時，每天的髮型都很可愛，現在怎麼了？」

「呃……因為、我在練習、自己綁。」

瑚幸納悶地問，宙支支吾吾地回應。以前讀幼兒園時，風海每天早上都會幫她綁頭髮。丸子頭、辮子頭，無論宙想綁什麼髮型，風海都有求必應，家裡有很多可愛的髮夾和漂亮的髮帶。但是，現在風海不在自己身邊，上次拜託花野，她冷冷地回答說：「我不會綁頭髮，如果妳不會自己綁，那就乾脆剪掉。而且我覺得妳很適合短髮。」

雖然花野有點不耐煩地這麼提議，但宙不想剪短髮。以前風海為宙綁頭髮時，從來沒有任何怨言，還稱讚宙的頭髮美得像蠶絲，然後邊摸邊說，她的頭髮摸起來很舒服，所以宙不可能把頭髮剪掉，她希望有朝一日，和風海見面時，再次聽到風海稱讚她『妳的頭髮還是這麼漂亮』。也因為這樣，她每天早上都在鏡子前努力搞定自己的頭髮，只是這件事似乎沒這麼簡單。

「我媽咪也說，只要多練習，就會綁得越來越好，所以從幼兒園的時候就開始教我。我把頭髮分成兩半時，可以分得超直。」

瑚幸的媽媽是美髮師。宙心想，早知道應該請媽咪教自己，每次摸到沒綁好的頭髮，心情就會很不好。

瑚幸幫宙綁了和她一樣的馬尾，笑著說：「我們今天的頭髮是雙胞胎。」宙看著她的笑臉，說聲「謝謝」，忍不住羨慕瑚幸。瑚幸的馬尾從太陽穴的位置綁著小髮辮，那一定不是瑚幸自己綁的。雖然瑚幸自己在練習，但瑚幸還是和我不一樣。

「對了，小宙，今天的教學參觀，妳媽咪會來嗎？」

「啊？是今天嗎？」

「對啊，上個星期，老師不是發了通知單嗎？今天是第一次教學參觀日，我超緊張。」

聽到瑚幸的提醒，宙才想起之前的確拿到通知單。花野在客廳內放了一個用舊餅乾盒做的『聯絡箱』，要她把學校的通知單都放在那裡，說她會在工作的空檔確認，所以宙就把所有通知單都放進去了，不知道花野有沒有看？今天會來學校嗎？

她的內心產生一絲期待。她在入學典禮時已經確認過，花野打扮之後，比班上所有同學的母親更漂亮。宙想起花野就像潔白百合般挺拔優美的身影，忍不住嘴角上揚。如果花野來學校，自己會欣喜若狂。

但是，花野並沒有出現。宙很討厭那些同學不時向站在教室後方的家長揮手，教室內那種和平時不一樣的氣味格外刺鼻，讓她很生氣。看到瑚幸好幾次眉開眼笑地轉頭看向後方，宙心想，老師為什麼不罵她。為什麼老師不要求大家上課要看前面！？宙今天上課時，自始至終都看著前方。

花野為什麼沒有來學校？自己可以問她沒來學校的原因嗎？宙帶著很想放聲大哭的心情放學回到家時，迎接她的正是宙在學校時，想像的那個打扮得漂漂亮亮的花野。精心梳理的頭髮富有光澤，眼如秋水。她穿著一件雪白的薄紗洋裝，搭配米色外套，一掃最近的邋遢樣，輕盈的裝扮讓全身充滿春天氣息，正是宙以前經常看到的花野。宙眨著眼睛，以為花野搞錯了教學參觀的時間，沒想到花野對她說：

「妳也去換衣服。我的工作終於告一段落，我們要出門。」

「咦？啊，要去學校嗎？」

「妳不是剛從學校回來嗎？才剛回來又要去，妳傻了嗎？去、吃、飯，我們要出去吃飯。」

「出去吃飯？但是佐伯先生已經準備了晚餐，他做了燉牛肉。」

「那種東西留到明天再吃就好。妳趕快去換衣服，我帶妳去吃大餐。」

花野看起來很興奮。宙在她的催促下，回到自己房間，慌忙換好衣服。花野也不早說，突然就說要出門吃飯，真受不了。她嘀嘀咕咕，但發現自己很高興。因為熟悉的花野又回來了。

而且既然花野的工作告一段落，也許接下來這段日子，不會再出現前一陣子那種可怕的狀態。原本心灰意冷地以為那種邋遢樣才是花野真實的樣子，可能是自己多慮了。

今天花野之所以沒有來學校，是因為她想趕快處理完工作，那就情有可原。也許之後她們可以有更多時間相處——比方說一起泡澡，或是一起睡覺。要不要請她在睡覺前唸繪本給自己聽？之前都一直告訴自己，花野工作很辛苦，所以拚命忍耐，但其實內心很寂寞。睡覺前想起風海總是唸繪本給自己聽，還有和萌一起泡澡時玩得太瘋挨罵的事，總是會哭濕枕頭。

「妳動作快一點！我和別人有約。」

在玄關等待的花野叫了一聲，宙回應：「來了。」花野和誰約了見面？是佐伯先生嗎？一定就是他。希望可以繼續聊今天早上的話題。宙興奮地換好衣服，跑去花野等待的玄關。

但是，來到花野和別人約定見面的那家創意日本料理店後，發現等在那裡的人並不是佐伯。

那家看起來很高級的餐廳似乎只有包廂，隔著紙拉門，客人用餐的樣子看起來像皮影戲。跟著服務生走進包廂後，發現一個陌生男人坐在上座。

「嗨，花野，工作辛苦了。」

那個人比花野大很多歲，穿著樸素的西裝，笑的時候眼尾紋很深。宙覺得眼前這個人，和每天早上都站在校門口的校長年紀差不多。

「不好意思，你等很久了嗎？」

「不，沒事。她就是小宙吧？」

男人轉頭看向宙。男人從頭到腳觀察的視線讓宙覺得很不自在，慌忙躲到花野身後。花野用感慨的語氣說：「沒想到妳這麼怕生。」

「這孩子看起來很乖巧，只是我有點難以相信，妳竟然真的在當母親，撫養孩子，還順利嗎？」男人笑著問。

「姑且不論當母親什麼的，但一起生活沒什麼大問題。」花野在男人對面坐下來後回答，「小孩子比大人想像的更有自己的想法，也有生活能力。我在她這個年紀的時候，就離開父母生活了，所以就覺得必須自己搞定生活。宙，妳就坐在我旁邊。」

花野向她招手，宙乖乖地在花野身旁坐下來，但內心很驚訝。花野剛才說的那句『就離開父母生活』未免太震撼了。

宙第一次聽說花野小時候離開父母生活這件事，之前經常聽花野的妹妹風海聊起她孩提時代的事，像是曾經和父母一起去像是深山秘境般的溫泉，參加運動會時，都會帶裝滿她喜歡菜色的便當。宙以為花野也一起去，難道並不是這樣嗎？

原來我對花野一無所知……

之前每個月都會跟著風海去坡道頂端的房子，和花野見一兩次面，也曾經去很時尚的咖啡店一起吃飯，還曾經全家人一起去遊樂園，但宙只知道花野有趣快樂的一面，從來沒有想過花野沒有和自己見面時過著什麼樣的生活，有什麼樣的朋友，更從來沒有想過花野有什麼樣的過去，無法相信佐伯在今天早上說的那些事。

如果把我所知道關於花野的事寫在筆記本上，恐怕一頁就寫完了。

如果要寫風海、康太和萌的事，可以寫不完。喜歡的食物、討厭的昆蟲。我知道康太右側大腿上的傷痕，是小時候從翹翹板上跌下來受傷留下的，她知道風海吃奇異果會過敏。這是因為風海和康太都會主動告訴宙，但花野幾乎不聊自己的事，當然就無從得知，而且我也從來沒問過。

我完全不瞭解花野。宙第一次意識到這件事，不禁很震驚。至今為止，自己根本沒有用心去認識她。

「宙，妳有沒有什麼不吃的食物？有沒有對什麼食物過敏？」

花野低頭看著菜單問，宙才終於回過神。雖然沒有對任何食物過敏，但不喜歡吃生洋蔥和肥肉，但是，可以實話實說嗎？風海之前教導她，小孩子在別人面前挑食很沒家教……

「有沒有什麼想吃的？」

花野把菜單遞過來時，沒有看宙的臉。菜單上沒有看到炸雞塊或是肉醬義大利麵之類的餐點，幸好看到茶碗蒸的照片，她喜歡吃茶碗蒸，於是指指照片。

之後，一道又一道菜餚送上來，但聽到菜名，就知道都是宙無法吃的東西。什麼鹽漬鯖魚薄片，還有放著滿滿生洋蔥的沙拉，一大塊油油亮亮的東坡肉據說是餐廳招牌菜。女服務生向他們介紹說，東坡肉入口即化，但宙聽了就想吐。茶碗蒸也是那家餐廳特製的『藍紋起司茶碗蒸』。宙打開蓋子的瞬間，就聞到和想像中完全不同的臭味，手上的蓋子差一點掉落。她只是想吃那種裡面藏著蝦子、香菇和雞肉的普通茶碗蒸！

沒想到花野只是滿不在乎地說：「這家餐廳的菜色倒是很新穎。」

如果是風海和康太，一定會點宙可以吃的菜色。不，他們應該會說，這根本不是適合小孩子的餐廳。

裝著洋蔥沙拉的小盤子放在宙的面前。宙垂頭喪氣地坐在那裡，覺得洋蔥的嗆辣會滲進眼睛。

「對了對了，」花野好像突然想起似地說，「我忘了告訴妳。宙，這位栢植先生是我的男朋友。」

雖然這句話很簡短，但宙遲遲無法理解。這個年紀比花野大這麼多的人，是她的男朋友？

宙瞥了一眼坐在斜前方的栢植。栢植可能有染頭髮，一頭深褐色頭髮的髮根是白色，放在桌上那雙手的手背皮很鬆。去了新加坡的康太三十二歲，栢植和康太的年齡差距，簡直就像是父子。

「我是栢植，以後請多指教。」

柘植只說了自己的姓氏，沒有說名字，笑的時候滿臉都是很深的皺紋。雖然可以說看起來很親切，如果花野介紹說，這個人只是普通朋友，宙或許會對他產生好感，但現在只覺得嫌惡，無法對他回以笑容。沒想到花野的男朋友竟然是這種老頭子……

「宙，我跟妳說，柘植先生是我第一次開個展那家畫廊的老闆，他從那個時候開始就一直很照顧我，但我們最近才開始走得很近。」

「像花野這麼年輕有才華的女生願意和我這種有點年紀的人交往，真是太高興了。」

柘植並非只是說說而已，他的聲音很興奮。

接著，花野樂不可支地吃飯、喝酒，和柘植親熱地聊天。宙完全無法加入他們，努力專心吃飯，但只吃了一口藍紋起司茶碗蒸就放棄了。雖然餐點裝盤都很漂亮，兩個大人頻頻說好吃，但宙覺得每一道料理都不合口味。即使明知道這樣看起來很沒家教，但她還是用筷子挑出自己有辦法下嚥的食材吃下肚，柘植在某個瞬間看到時，眼神透著錯愕，她只好小口喝著太酸的血橙汁，花野完全沒有發現。

我為什麼會在這裡？宙思考這個問題。隨著大人喝得越來越盡興，隨著肚子越來越餓，她渾身都不自在。花野可能只是覺得把我獨自留在家裡不太好，才會帶我來這裡。把我接回來同住後卻一直丟著不管，沒去參加我上小學後的第一次教學參觀也無所謂，她甚至根本想都沒想過這些事。花野穿得漂漂亮亮，或是外出吃飯，都不是為了我。

宙很想哭，但她忍住了。早知如此，情願一個人在家裡吃佐伯燉好的牛肉。佐伯做的所有菜都很好吃，燉牛肉一定很好吃。

「……啊，佐伯先生。」

想到這裡，宙忍不住脫口說道。正在和栢植說話的花野轉頭看著她問：「妳說什麼？」

「花野，佐伯先生沒關係嗎？」

「啊？為什麼現在要提恭弘的名字？」

「因為佐伯先生對妳……」

她原本想說「佐伯先生喜歡妳」，但想到栢植在場，只好把話吞下去。花野似乎猜到宙想說什麼，低低「喔喔」一聲，聳聳肩說：

「他以前就那樣，但我對他從來沒那個意思，沒想到連小孩子都看得出來。」

「佐伯是誰？」

「我的學弟。」

花野很乾脆地回答了栢植的問題，宙很生氣。

「根本不只是這樣而已！佐伯先生明明每天都來照顧我！」
佐伯和花野的關係才不是那麼簡單而已，而且佐伯還說花野是宇宙警察呢！
「我和他認識很多年了，但並沒有太深的交情。」
花野不耐煩地說。宙凝視著她的臉，搞不懂她為什麼說這種話。
花野沒有察覺宙的視線，繼續對柘植說：
「我再稍微補充一下，恭弘在讀書的時候有些狀況……他被同學霸凌，於是我就向學校報告了這件事，我只是舉手之勞，但他到現在仍然感恩在心，所以現在請他照顧宙的早、晚餐，他有點像是在回報的感覺。」
花野輕鬆地說道，柘植皺起眉頭。
「照顧這孩子……那麼他會去妳家嗎？」
「嗯，他的廚藝很好，我猜他抓住了宙的胃。」
花野「啊哈哈」地笑了，柘植的眉頭皺得更深。
「妳們家只有女人和小孩，怎麼可以讓男人出入呢？他可能別有居心啊？」
「哎喲，你是在吃醋嗎？別擔心，恭弘不是那種會亂來的人，宙，對不對？」
花野徵求宙的同意。宙之所以點頭，是不希望別人把佐伯當成壞人。宙發現在每天見面，吃他煮的飯菜後，自己開始喜歡佐伯。

柘植毫不掩飾內心的不滿，哼了一聲說：

「但是聽了之後很不舒服，妳剛才不是說，『小孩子有生活能力』嗎？既然這樣，就不要讓那種男人替她做飯，妳該管教她，教她自理生活。不要再讓那個男人去妳家了。」

「唉，我討厭別人這樣管東管西，而且，我最討厭管教這兩個字！」

花野噘著嘴，在自己的杯子裡倒酒。在淡桃色的玻璃杯中倒滿酒後，仰頭一口就喝乾。

「我和恭弘之間，至今為止、從今以後，都不會有任何關係，這樣不就沒問題了嗎？唉，談這種話題真的無聊死了。」

花野明顯很不開心，柘植似乎慌了手腳，慌忙笑著掩飾說：

「對不起，對不起，不瞞妳說，我是在嫉妒。妳太漂亮了，我當然會擔心啊，我並不是真的要束縛妳。」

柘植的這番說詞似乎讓花野心花怒放，當柘植裝出一副可憐相說：「妳不要露出這麼可怕的表情」後，她注視柘植片刻，然後噗嗤一笑。

「那我就原諒你，但是下不為例。」

「我知道，我知道，啊啊，酒喝完了，我再來加點。」

包廂內終於又恢復和諧的氣氛，兩個大人探出身體聊天，比剛才更親密。宙看著他們，很想馬上回家。她不想繼續留在這裡，既不想看花野用撒嬌的口吻說話，也不想看到對這樣的花野癡迷的男人。平時躺在自己房間的床上總是很寂寞，但她第一次如此想念那張床。

但是，走出餐廳後，柘植和她們一起坐上計程車，在坡道上方的家門口一起下車，然後扶著酩酊大醉，走路蹣跚的花野進屋，對宙說了一句「妳明天不用上課吧？那可以睡個懶覺了」，然後就走進花野的臥室。

宙站在不遠處，隔著中庭，茫然地注視著花野的房間。隔著紙拉門，她看到房間亮了燈。那個人要留下來過夜嗎？要在花野甚至不讓我進去的房間過夜嗎？花野說，她房間內有工作用品和重要的資料，從小就不讓她進去房間，即使開始一起生活之後，宙也從來沒有踏進過她的房間。

她在不知不覺中可能注視了很久，當花野房間的燈突然關掉，她終於回過神時，身體變得很僵硬。

她的肚子發出咕嚕的叫聲。快吃完飯時，花野點了檸檬雪酪給她，的確好吃得沒話說，問題是無法填飽肚子。要不要加熱冰箱裡的燉牛肉？她閃過這個念頭，但馬上就不想吃了。腹底深處好像有一陣冷風吹過，既不像是悲傷，和寂寞也不太一樣。雖然她搞不太清楚，只覺得內心的活力都被帶走。可能是心感冒了。宙輕輕甩甩頭，想要走回自己的房間，但臨時停下腳步，走向客廳。她打開燈，坐在房間角落的鐵罐前。那些通知單都完全沒動，按照宙放進去的順序躺在那裡。當然也有那張教學參觀日的通知單，花野應該根本沒看。宙把通知單揉成一團，丟向牆壁。通知單悄然無聲地在地上滾動，她用力踢開後，跑回自己的房間，緊緊抱著放在床上的史努比，把臉埋了進去。

隔天，天還沒亮，宙就起床了。她躡手躡腳地走去玄關，發現柘植的鞋子還在那裡，於是知道他留下來過夜。雖然厭惡的感覺在內心深處翻騰，但她甩甩頭，想要擺脫這種感覺。現在沒空在意這種事。她打開玄關的門，悄悄走出去，在大門前抱著膝蓋坐下。

我不能讓佐伯進來家裡。

她昨晚躺在被子裡睡不著，抱著史努比在床上翻來覆去時，突然想到一件事。如果柘植留下來過夜，然後佐伯上門，看到柘植留在玄關的鞋子，一定很受打擊。而且不能讓佐伯撞見柘植。柘植見到佐伯，一定會說傷人的話。

「佐伯先生什麼時候會來呢……」

轉頭一看，發現雜草輕輕托著露水。黎明時分的空氣沁涼，每次呼吸，身體就好像從肺部開始甦醒。入夜後冰冷的地面冒著寒氣，宙雖然在睡衣外面套了一件開襟衫，但還是冷得起了一身雞皮疙瘩。

宙看著自己吐出的氣變成白色，同時思考著。平時每天起床就會看到佐伯，他一定更早就來到家裡。想起佐伯從來不曾露出倦意的樣子，總是帶著笑容的臉龐，胸口不由得發痛。

目送送報機車離開後，當被染成紫紅色的天空漸漸變成藍色時，一輛輕型機車從坡道下方爬上來。那頂花俏的螢光粉紅色半罩式安全帽，正是佐伯的安全帽。

「佐伯先生！」

如果大聲叫他，正在家裡的花野他們可能會聽到。於是她小聲叫著佐伯的名字，拚命跳起來，吸引佐伯的注意。原本正在打呵欠的佐伯一看到她，立刻緊張起來。他加速上坡，來到宙的面前時，跳下機車丟在一旁，抓著宙的肩膀，以銳利的眼神看向屋內。

「花野學姊發生什麼事了嗎？」

「呃，呃？不是、那個，我，現在、家裡有男人。」

「有男人闖進屋裡嗎！？妳留在這裡。」

佐伯說完這句話，就衝進屋去。她聽到佐伯叫道：「花野學姊，妳沒事吧！」接著就聽到花野的尖叫聲，然後又傳來打破東西的聲音。

宙茫然不知所措，眼前的事態完全出乎她的意料。怎、怎麼辦？佐伯先生完全誤會了。

「啊！我、我要進去。」

必須趕快進去告訴佐伯，不是他想的那樣。宙慌忙跟著佐伯進屋，然後跑向花野的臥室，發現佐伯倒在走廊上，周圍有很多玻璃碎片，可能就是剛才聽到碎裂聲的原因。

花野衣衫不整，只穿著內衣褲從臥室出來，用啤酒罐丟向佐伯。可能是空罐，所以發出了喀吭的清脆聲音。

「你竟然不打一聲招呼就衝進我的房間，你想幹嘛！？你和我有仇嗎？」

「不，不是……花野學姊，我、那個……」

「滾出去，王八蛋！」

「花野，等一下！」宙大叫著，又接著說：「妳誤會了，是我的錯。我等在門外，想對佐伯先生說，今天不用來家裡沒關係，結果就闖禍了！」

「啊？什麼意思？妳為什麼要擅自做這種事……喔喔，原、原來是這樣。」

花野回頭看向自己的房間。柘植應該在她房間內。她輕輕嘆氣，然後轉過頭，用嚴厲的聲音繼續說道：

「我昨天已經說過，那就再說一次，我對恭弘完全沒有意思，而且也說得很清楚了。恭弘來這裡煮飯，是因為我付錢請他來幫忙，也就是僱用他。無論我和誰交往，都和恭弘沒有關係。」

「是啊。」佐伯緩慢地起身，語氣開朗地說，然後抓抓頭笑了。「是我沒有搞清楚狀況，對不起，造成妳的困擾。我以為妳出了什麼事，宙在跟我求救。」

「你腦筋有問題嗎？如果我出事，會叫救護車或是報警，怎麼可能等你來救我？」

「嗯，的確是這樣，我真的腦筋有問題。」

佐伯拍拍衣服，整理儀容後，向花野鞠躬。

「對不起，我會把這裡收拾乾淨。」

「不用了，你在我房間門口走來走去會造成我的困擾，今天就先回去吧。宙，妳就吃昨天的、那個什麼，不管是燉牛肉還是其他的什麼，反正妳就吃那個，晚上我們可以出去吃飯。」

花野不耐煩地說完，打了一個很大的呵欠。她沒有卸乾淨的眼妝滲出一片黑色，看起來就是黑宇宙——折磨宇宙警察的壞蛋首領。

「笨蛋！」

宙忍不住大叫。以白皙玉手掩著嘴的花野停下動作。

「我超討厭花野！就讓宇宙警察打敗妳！」

宙內心充滿憤怒，狠狠瞪著張大眼睛的花野，比之前在幼兒園時瞪著瑪麗時的感情更強烈，流下幾滴眼淚。

在感覺極其漫長的剎那之後，花野吸了一口氣，然後慢慢吐出來，雙手捂住臉。從她纖細的手指縫隙中，傳來她費力擠出的呢喃。

「……唉，果然沒辦法，早知道不該把她接回來。」

真真切切的聲音絕對不可能聽錯。宙深受打擊，好像被推入泳池之中。原本充滿全身的憤怒好像被吸塵器吸走般消失不見，只剩下脆薄的外殼。雖然自己剛才罵花野笨蛋，還說超討厭她，但仍然受到很大的打擊。花野從手掌中抬起頭，以好像在看什麼討厭東西般可怕的眼神緩緩看向宙的瞬間，宙衝了出去。

「啊，宙！」

佐伯慌忙叫住她，但宙不理會佐伯，衝出玄關，沿著坡道衝下去。

她擦拭著流不停的淚水，漫無目的地奔跑著。她一心只想著遠離那個家。除了眼淚，鼻涕也流了出來，她呼吸困難。中西家的狗狂吠不已。

真希望可以馬上飛去新加坡。真希望比花野豐腴的風海用力擁抱自己。真希望可以和萌牽著手一起睡覺。真希望可以聽到康太的鼾聲。

但是，新加坡太遙遠，而且即使真的能夠飛到新加坡，風海一定會很傷心。那天去機場為他們送行時，風海用力抱著宙，嘀咕著：『這樣真的是正確的決定嗎？宙，妳一定會受苦，和妳分開後我一定會後悔。』

媽咪，花野說，她沒辦法，早知道不該把我接回來。我已經這麼忍耐了，我已經盡力做了我能夠做的事，但是花野一臉厭惡地對著我，我不知道該怎麼辦。

宙淚流不止，中途腳一軟，跌倒在地。雖然她的手撐在地上，但手掌和膝蓋都一陣劇痛。手掌破皮發紅，睡褲也破了。

「好痛啊……」

宙抱著膝蓋，壓抑著聲音開始哭泣。不久之前，她總是放聲大哭，讓大人聽到可以來救她，但現在學會喉嚨和腹部用力，不哭出聲音的方法，避免打擾工作到深夜的花野，避免花野覺得自己是個麻煩的孩子。

雖然現在很想放聲大哭，但可能已經忘記那種哭泣的方式。

她靜靜地哭泣著，聽到機車的聲音。她沒有抬起頭，聽到機車在自己身旁停了下來。「宙！」有人叫她的名字。是佐伯的聲音。

「宙，太好了，找到妳了！」

抬頭一看，發現佐伯跳下機車跑過來，緊緊抱著她。佐伯打量著宙的全身後問：

「妳跌倒了嗎？膝蓋破了，啊，手有點破皮。還有沒有其他地方受傷？沒有撞到頭吧？」

佐伯擔心地問，宙對著他點點頭，他安心地吐出一口氣。佐伯的大手放在宙的頭上說：

「對不起，都怪我沒有好好聽妳說話，讓妳承受了這些不愉快。」

佐伯溫柔地撫摸著她的頭，她的眼淚又奪眶而出。那是之前理所當然地存在，但現在以為已經失去的溫暖。宙幾乎快放棄，以為再也不會有人像這樣撫摸她了。沒想到還可以感受到這種溫暖。

凝結在喉嚨深處的聲音融化，滾滾傾瀉而出。宙抱著佐伯，放聲大哭起來。佐伯默默抱著她，在她哭完之前，一次又一次撫摸她的頭。

宙哭累之後，佐伯帶她來到商店街。風海都向生活協同組合訂購經過嚴格挑選的食品，平時都去樋野崎花園城和車站大樓購物，所以這是宙第一次踏進商店街。有拱頂的小路兩旁都是店家，清晨的這個時間，所有店家的鐵捲門都還關著，但宙覺得很像廟會的攤位。佐伯推著機車走在商店街內告訴她，這叫拱廊式商店街。

「車站前逐漸開發後，這裡的商店比以前少很多。」

「我喜歡這種地方。」

帶著宜人香氣的熱氣從一家店敞開的拉門內飄出來，佐伯告訴她，那是豆腐店。經過那家店時，悄悄探頭張望一下，看到頭上綁著毛巾的大叔正在大鍋子前默默攪拌著。佐伯告訴她，大叔正在製作豆漿。

「釜炊的豆腐很好吃，下次我要用這裡的豆腐煮味噌湯給妳嚐嚐。」

佐伯大聲說了聲「早安」，原本一臉好像生氣表情的大叔笑著向他揮揮手。

穿越拱廊後，佐伯停下腳步。那裡有一棟白色和米色磚牆的房子，很像是外國的建築物，門口放著很多盆栽，五顏六色的長春花掛著朝露，看起來亮晶晶。宙抬頭看著寫了英文的招牌，佐伯告訴她：「上面寫著『Bistro Saeki』，就是佐伯小餐館的意思。」

「佐伯、小餐館……所以這是你開的店嗎？」

「我爸是老闆，我們全家一起經營這家餐廳，進來吧。」

佐伯說著，帶著宙走進餐廳。餐廳內有三張餐桌，吧檯前有五個座位，小巧的店內放置很多植物，窗邊也有很多盆栽，非洲菊開得很漂亮。

「這裡是洗手台，妳去洗一下手，然後隨便坐，我來做早餐，妳是不是餓了？」

佐伯說完，走進廚房。不知道裡面是什麼樣子？和家裡的廚房不一樣嗎？宙產生了強烈的好奇心，急急忙忙洗手後問：「我可以進去嗎？」接著聽到佐伯回答說：「可以啊。」

老舊的餐廳廚房和家庭的廚房不同，空間很寬敞，所有東西都井然有序。在早晨寧靜的空氣中，使用多年的平底鍋和鍋子都在等待上陣。從窗戶照進來的光很明亮，似乎可以看到光的顆粒。

宙覺得這裡很乾淨，和走進神社一樣，充滿澄淨的空氣。她輕輕吸氣，聞到了淡淡的美味香氣。那是蛋包飯、漢堡排、炸雞塊和炸蝦這些宙喜歡的菜餚精華凝聚在一起的味道。啊啊，我喜歡這裡。她清楚感受到這件事。這裡很舒服自在，光是來到這裡，就無條件地感到滿足。

宙站在那裡不動，在她對面的佐伯打開冰箱問她：「妳有什麼想吃的東西嗎？妳那麼大清早起床，然後還全速奔跑，肚子應該超餓吧？」

要做日式還是西餐的呢？佐伯嘀咕著，宙注視著他熟悉的背影，想起剛才自己哭得泣不成聲時，他一次又一次撫摸自己的溫暖。他搶在別人之前，第一個來找我。

「呃，佐伯先生。」

宙叫道。佐伯轉過頭。宙看到他沒有笑容的嚴肅表情嚇了一跳。

「阿恭。」佐伯突然開口，「妳差不多可以叫我阿恭了，不然我會很傷心。」

他像小孩子一樣鼓起臉頰。

「我叫恭弘，也可以叫我恭叔叔，但是叫阿恭聽起來不是比較可愛嗎？」

宙看著他的樣子，忍不住笑了。

「阿、阿恭。」

宙有點緊張地叫了一聲，佐伯立刻眉開眼笑，豎起食指說：「再一次。」他看起來很開心，宙又叫了一次，他連續點頭說：

「很好，很好。」

「阿恭，你這個人很奇怪。」

宙的內心深處暖暖的。她微微露出笑容，佐伯哭喪著臉說：

「不要說我奇怪嘛。好，既然妳叫我阿恭，那我就做妳喜歡吃的東西答謝妳，隨便點什麼都沒關係。」

宙聽到之後想了一下。風海做的所有料理都很好吃，佐伯做的菜也很好吃。要點什麼好呢？宙歪著頭思考，突然叫道：

「啊！鬆餅。」

「喔喔，不錯喔，那我做厚鬆餅給妳吃。」

「啊，那個、我也想做看看。」

鬆餅是日坂家的特別料理，每當家裡有人情緒低落，或是很疲憊時，風海就會做鬆餅。兩片煎成金黃色的圓形鬆餅疊在一起，而且上面必定會放大塊奶油和草莓醬。奶油融化後滲進鬆餅，一放進嘴裡，甜蜜的滋味讓臉頰很自然地放鬆。和萌吵架的日子，或是康太連續加班，整個人無精打采的日子，只要全家人一起吃熱騰騰的鬆餅，就可以增添幸福的色彩。在宙眼中，鬆餅就像是讓人提神振作的魔法。

但是，以前為大家煎鬆餅的媽咪已經去了遠方，一起吃鬆餅的萌遠在國外，以後必須自己動手做提神振作的魔法，必須先學起來。

佐伯並不知道宙內心的這份決心，笑了笑。

「好，那我就把阿恭超蓬鬆鬆餅的秘訣傳授給妳。」

佐伯遞給她一件服務生穿的黑色圍裙，雖然太大了，但她綁在胸前，接著又綁好了三角頭巾，佐伯說：

「真可愛啊，下次可不可以找妳來幫忙？妳在的話，一定可以吸引客人上門。」

「好啊，我想幫忙。」

「好，那店裡忙不過來的時候，就找妳來幫忙。我們要開始嘍。」

佐伯把麵粉、雞蛋、料理秤、調理缽等放在使用多年後已經失去光澤，但完全沒有水漬的銀色作業台上。

「首先要混合麵粉後過篩，如果少了這個步驟，麵粉容易結塊，做出來的鬆餅就不好吃了。來，妳試試看。」

把麵粉、泡打粉和少許鹽倒入大篩網內，放在料理缽上方過篩。麵粉在朝陽下閃著光。「好像下雪一樣。」宙嘀咕道，佐伯在一旁稱讚她：「很厲害，很厲害。接著要打蛋，要把蛋白和蛋黃分開，妳行嗎？」

佐伯在說話的同時打蛋，靈巧地將蛋白和蛋黃分別放在另外兩個料理缽中，露出挑戰的眼神看著宙，宙挺起胸膛說：「我會。」她以前讀幼兒園時，就經常被稱讚手很靈巧。

她拿起雞蛋，在作業台邊緣叩、叩敲了幾下，大拇指輕輕塞進裂縫處，用力剝開了蛋殼。她想模仿佐伯，把蛋白和蛋黃分開，卻不小心失敗了。原本打算把蛋黃放在一半蛋殼內，沒想到手一滑，蛋白和蛋黃都一起滑進料理缽內。她忍不住叫了一聲，佐伯說著「沒事、沒事」，用一個大湯匙把蛋黃撈出來。

「只差一點點，再試一次。」

宙接過另一顆蛋，點點頭。打第三顆蛋時，才終於成功將蛋白和蛋黃分開。她得意地抬頭看著佐伯，佐伯笑著對她說：

「妳學得很快。好，那就再試一次。喔，厲害喔。好，接下來就由我來小試身手。」

佐伯說完，把裝著蛋白的料理鉢抱在手上，拿著打蛋器俐落地打發起來。原本半透明的蛋白打入空氣後，漸漸有了明顯的顏色，而且慢慢膨脹。

「哇，哇，哇，阿恭，你超厲害，好像在變魔術。」

「我在做蛋白霜，這就是讓鬆餅變蓬鬆的秘訣。宙，妳把那裡的砂糖放進來。啊，不要一次全放。嗯，分四次放進來。」

「知、知道了。」

加入砂糖後繼續攪拌。重複幾次這樣的步驟之後，蛋白變成細膩的霜狀。用木杓舀起蓬鬆的蛋白霜，一整片都緩緩滑落。

「宙，接下來交給妳接手，把蛋黃和剛才篩過的麵粉、牛奶混合在一起。喔，宙，妳很會嘛。好，再把剛才的蛋白霜加進去。動作要俐落、輕柔，不要破壞好不容易打發出來的泡沫。喔喔，現在要加入香草精，我差點忘了。」

宙心無旁鶩地把柔和的黃色，和像白雲般蓬鬆的蛋白霜混合在一起，每個瞬間，顏色完美地混合，逐漸變化，小小的泡沫好像不時發出咻咻的聲音。當她將意識集中在抱在手上的料理鉢時，剛才的悲傷漸漸遠離。此時此刻，之前的傷心、花野說的話都無法刺痛宙的心，只聽到佐伯的聲音不時溫柔地響起。

宙有一種奇妙的感覺，她似乎看到自己的心緒流動，好像站在不遠處，看到內心的悲傷漸漸沉靜、平靜下來。

「好，現在就要開始煎了。有點難度，我先來示範。」

佐伯把很有分量的平底鐵鍋放在瓦斯爐上，加熱之後，加了薄薄一層油，接著把平底鍋放在濕抹布上。聽到平底鍋發出「滋滋」的聲音後，佐伯說明：「要用這種方式調節溫度。」

把平底鍋重新放回瓦斯爐上，把仍然維持蓬鬆感的麵糊倒進鍋中。一會兒之後，就散發出香草的香氣，接著是麵糊微焦的香氣。剛才充分發泡的蛋白霜讓鬆餅變得很鬆軟，比風海做的鬆餅厚很多。

「好，接下來就是阿恭獨家秘訣了，要加入少許熱水，然後要唸咒語說，變好吃，變好吃。」

佐伯嚴肅地說。宙對著他點點頭。當宙說著「變好吃，變好吃」時，佐伯沿著平底鍋的邊緣，淋入少許熱水，頓時冒出帶著甜味的熱氣。「哇！」宙叫了一聲。佐伯蓋上平底鍋的蓋子後，摸著宙的頭說：「稍微燜一下，有了妳的咒語加持，絕對好吃。」

把奶油放在差不多像宙握起的拳頭那麼厚的鬆餅上，奶油原本尖銳堅硬的輪廓立刻變軟、變圓了。佐伯把雞蛋形狀的玻璃糖漿壺遞給她說：「這是楓糖漿，妳想加多少都沒問題。」

「有沒有草莓醬？呃，鯨魚牌的。」

宙說了超市販售的瓶裝草莓醬名字。佐伯面露愁容，「對不起，店裡沒有。」但是他很快換上開朗的表情：「啊！但是有其他超讚的東西，妳等我一下。」

佐伯走出去後，很快拿著一只白色陶瓷盤回來，盤中裝著色彩鮮豔的草莓醬，還有大塊的果肉。

「昨天剛好做了這個，草莓季已經過了，這批甜度不夠，店家便宜賣給我，說可以用來加工。啊，這是我做的，絕對好吃。」

宙接過盤子，立刻聞到酸酸甜甜的香氣。

「這不是鯨魚牌，而是阿恭牌。」佐伯露齒一笑。

「謝謝。」宙還以笑容。她用湯匙舀了草莓醬，鮮豔的紅色濃稠草莓醬落在鬆餅上，漂亮的色彩讓她忍不住「哇！」地歡呼。佐伯對她說：「趕快吃吧。」宙急急忙忙合起雙手說聲「開動」，把叉子叉進煎得很美的鬆餅中。

叉子前端碰到煎得香脆的鬆餅表面，承受到些微阻力，隨即叉入鬆餅中。她把叉子向前一拉，甜甜的香氣立刻撲鼻而來。她切下一大塊雞蛋顏色鬆軟的鬆餅送進嘴裡，感受到表面微微堅硬的香脆口感，整塊鬆餅就像把雲放進嘴裡，立刻融化消失，嘴裡只剩下奶油豐富的香氣和草莓醬爽口的酸味。

「真好吃……」

宙深有感觸地嘀咕著。風海做的鬆餅比較薄，口感比較有彈性。風海的鬆餅當然很好吃，但眼前的鬆餅很特別，宙第一次吃到這麼美味的鬆餅。

「阿恭，我第一次吃這麼好吃的鬆餅，果醬也超好吃！」

「這是我用心做的，當然好吃啊。」

佐伯小餐館的特別座位是非洲菊綻放的窗邊四人座餐桌，粉紅色、黃色和紅色鮮豔的盆栽旁，放著佐伯的母親因興趣製作的羊毛氈造型玩偶。兔子、熊、鯨頭鸛，看著各種動物一起遊戲，心情就很愉快。

宙和佐伯面對面坐在特別座位上，他們中間是好幾塊疊在一起的鬆餅。

咬一口，發出感嘆，再咬一口，嘴角上揚。好吃，太好吃了，沒有任何地方可以買到這麼好吃的鬆餅。

但是，這並不是提神振作的魔法鬆餅，吃了之後，並沒有覺得渾身是勁。想必因為不是風海做的，才沒有提振精神的效果……宙放下叉子，低下頭。

「……阿恭，你覺得花野怎麼看我？」

花野剛才說的話仍然沒有消失。即使宙想要忘記，努力不去想，但花野費力擠出的那個聲音仍然揮之不去。果然沒辦法，早知道不該把她接回來。

「我搬去和花野一起生活之後，她從來不和我一起吃飯，幾乎不和我聊天。花野一定不想和我一起生活，她覺得我很煩，她一定很討厭我。」

原本以為剛才已經把身體的水分都哭完了，沒想到喉嚨深處再次發熱，只要稍不留神，淚水就會奪眶而出，她拚命忍住，一口氣喝下佐伯準備的檸檬水。冰冷爽口的水總算把她的感情推回喉嚨深處。

「今天因為我，害你也被花野討厭了。對不起，真的很對不起，我、但是、但是……」

佐伯的溫柔令她高興，但她萌生了相同分量的歉意。佐伯人這麼好，自己卻害他受委屈。她向佐伯道歉時，原本已經吞下的淚水又流了下來。宙不停地用手擦拭著淚水。

「宙，妳聽我說，花野學姊並沒有討厭妳。」

佐伯把桌上的餐巾紙遞給她後，又繼續說道：

「我是說真的，她一定覺得妳是全世界最可愛的人。」

「騙人。如果是這樣，那她為什麼都不理我？」

「她只是不懂得疼愛的方式。」

宙聽不懂佐伯這句話的意思，原本用餐巾紙捂著眼睛的她抬起頭。佐伯吃著自己盤子裡的鬆餅，好像自言自語般繼續說道：「花野學姊從小幾乎獨自長大。花野學姊的媽媽——也就是妳的外婆結過兩次婚，但是超討厭第一次結婚的對象。當初似乎是因為父母逼迫，於是就和對方結婚，讓對方入贅。花野學姊就是外婆和那個人之間生的孩子。妳外婆很討厭她的丈夫，在花野學姊還是小嬰兒時，就和真心喜歡的人私奔了。風海就是外婆和那個真心喜歡的人生下的孩子。妳外婆超猛，把丈夫和孩子留在娘家，自己遠走高飛了。」

「所以，我的外婆把花野和外公留在她的娘家……由我的曾外祖父和曾外祖母照顧嗎？」

宙努力整理後問。佐伯佩服地說：

「妳太聰明了，我之前必須寫在紙上，才搞得清楚這些關係。妳外公因為太太走了，覺得繼續留在太太娘家生活很痛苦，於是就丟下花野學姊離家出走。花野學姊只能和外祖父母一起生活，但他們完全不疼愛她。川瀨家是本地的世家，是很有淵源的家族，他們說花野學姊是繼承人，從小就對她很嚴格。」

佐伯又接著說，花野必須負責打掃整個家，像宙這個年紀時，就得負責煮飯給全家人吃。

「啊？等一下，花野不是說，她不會下廚嗎！？既然她小時候就做飯給全家人吃，為什麼說不會下廚？」

宙無法相信佐伯說的話，忍不住問道，佐伯難過地搖搖頭。

「她雖然懂得怎麼做飯，但就是沒辦法下廚。除了妳的曾外祖父、曾外祖母，還有曾外祖母跳舞的朋友也整天去家裡，所以花野學姊還要煮飯給那些人吃，更過分的是，花野學姊在大人吃完飯之前，都必須服侍他們，等大人吃完之後，她才能吃飯。」

「為、為什麼……」

「他們的思想落伍，認為小孩子不可以和大人坐在同一張桌子上吃飯，所以花野學姊每次都獨自躲在廚房角落吃飯。」

宙不寒而慄，雙手用力握著拳頭。怎麼會有這麼荒唐的事？她想起佛堂內的遺像。宙，這些都是妳的祖先。這是妳的外婆，後面的是曾外祖母。曾外祖母的興趣是跳舞，聽說曾經在樋野崎大會堂跳過舞……風海曾經帶著回憶，告訴過宙這些事，對了，宙從來沒有聽花野提過他們。

而且，她也是第一次聽說花野和風海姊妹父親不同，而且她這才想起家裡有外婆的遺像，但並沒有外公的……

「花野學姊一定覺得煮飯給別人吃是強制勞動……是被迫做的工作，一直感到莫大的痛苦。之前曾經聽她提過，在她恢復自由之後，就沒辦法法再下廚做飯了。我剛才想說的是，花野學姊不知道該怎麼和妳相處，她不懂要怎麼和妳相處。」

「不知道？」

「比方說，有人幫助我們，我們就會說『謝謝』，如果犯錯，就會對別人說『對不起』。開心的時候笑，難過的時候哭，妳是不是覺得自己天生就知道這種事？但其實不是這樣，而是從小有很多愛我們的人反覆教導我們，我們才能學會這些事。我們認為理所當然的習慣，其實是有人持續不斷教導的結果。但是，沒有人教花野學姊，為什麼小孩子會受到大人的愛護，小孩子又是怎樣被大人疼愛。宙，妳是不是知道道晚安的親吻，和努力之後給予肯定的擁抱？」

佐伯問，宙緩緩點點頭。她當然知道。因為媽咪和爸比都很疼愛我，我從來沒有感受到任何束縛，也不知道什麼是寂寞。

「花野小時候很孤單寂寞嗎？」

宙自言自語地嘀咕著，然後大吃一驚，看著佐伯。她終於發現了很重要的事。

「我一直以為大人不會寂寞、害怕或是難過。」

她一直以為，大人不會有像她那樣脆弱的感情，她以為大人都很堅強勇敢，有淚不輕彈。她曾經聽風海和康太說過他們小時候的事，但都是歡樂、興奮的故事，他們從來沒有說過任何悲傷的往事或是痛苦的回憶，雖然聽起來有點矛盾，但她一直以為大人從小就很堅強。

啊啊，難怪之前佐伯說到霸凌的事時，自己覺得很不可思議。她完全沒有想到，佐伯也曾經很脆弱。

原來無論佐伯和花野都曾經脆弱，他們現在仍沒有完全擺脫脆弱的部分。宙此刻才終於發現這件事。

佐伯微笑著。

「大人也會煩惱，會因為不愉快的事而痛苦。我也一樣，所以花野學姊那句話，是對自己說的。『我果然不行』、『我沒有能力接她來一起同住』，她是基於對自己的失望，覺得自己很沒用，才會說那句話。」

「這……這、誰知道呢？搞不好只是討厭我。」

「不可能，我很清楚，我太瞭解花野學姊，妳也不想一想，我認識她這麼久了。」

佐伯靜靜的話語鏗鏘有力，然後又拿了一塊鬆餅放在空盤上。「雖然果醬不錯，但這也很讚喔。」他在鬆餅上淋了滿滿的楓糖漿。陽光從窗戶照進來，融化的奶油和糖漿閃著光。

「在妳搬過去之前，花野學姊花了很多時間整理房間，而且還特地聯絡我，要求我『做一些小孩子愛吃的料理』，她請託說著『拜託了』時，我嚇得差點腿軟。我不相信從來不願意向別人低頭的她，竟然會說那種話，我還以為她被外星人綁架，變了一個人。」佐伯開玩笑說完後，又微笑著說：「好了，快吃吧。在妳充分理解前，我會一直告訴妳花野學姊的事，先填飽肚子吧。」

「……嗯。」

「恭弘，你以為你是誰啊，竟然幫我說話。」

一個沙啞的聲音響起。宙驚訝地回頭一看，發現花野站在門前。她穿著那件整天穿在身上的胭脂色運動衣，頭髮很凌亂。

「啊、啊！花野學姊，妳怎麼會在這裡？」

「花野，妳什麼時候來的！」

裝在門上的牛鈴並沒有響。宙和佐伯驚慌失措，花野用力皺著眉頭說：「我早就來了，而且你還敢問我怎麼會在這裡。你去找宙，然後就沒回來，我當然是因為擔心，來這裡找人啊！」

「啊？妳打我手機就好了啊。」

「你是說，掉在我家走廊上的這個嗎？」

花野從運動衣口袋裡拿出手機，遞到佐伯面前。佐伯慌忙站起來，摸著長褲後方的口袋：

「哇，真的假的！哇，原來我的手機掉了。花野學姊，對不起。」

「我還以為你們出了什麼事，到處找人。來到這裡時，發現你的機車停在門口，沒想到你們竟然在悠閒地吃早餐。」

花野用全身嘆著氣，當場坐下，自言自語地說：「簡直難以相信。」

「啊、那個，花野，我……」

宙因為花野突然出現大吃一驚，這時才終於回過神。於是跳下椅子，準備跑過去，但兩隻腳無法動彈。宙惴惴不安地站在原地，花野抬起頭，突然笑了，但她笑得好像快哭出來了。

「想到我這種人是妳的母親，妳是不是很失望？」

「啊？」

「當然會很失望。我不下廚，做不到任何像是母親會做的事，才會一直請風海照顧妳。風海之前就說，姊姊搞不定這件事，她果然說對了。妳和我一起生活，實在太可憐了。」

陽光照在花野的身上，她的皮膚白皙得幾乎透明。宙覺得很像嚴寒冬日清晨的薄冰，只要稍微用力，就會碎裂。雖然明知道不可能有這種事。

「日坂一直說，要建立正確的關係，要努力往這個方向努力，這不光是為妳好，也是為了我，我聽到後心動了。那時候我應該叫妳去新加坡，但是我對和妳一起生活產生一絲期待，就沒能說出口，但最後我們一起生活還是失敗了。妳因為我而不能去新加坡，對不起。」

花野輕輕一笑，從她的嘴唇微微張開一條縫，看不到她的虎牙。花野漸漸變成失去輪廓，模糊而又脆弱的存在。原本站在原地的宙用力吸氣，跑過去，雙手推著花野的臉頰。宙的小手用力推起花野的嘴唇，花野的虎牙終於露出來。

「好痛！宙，妳幹嘛？妳這是在報復我嗎？」

花野像往常一樣，用不滿的聲音說道，宙用力吸氣說：

「我、我也想和花野一起生活看看！」

宙的聲音很大聲，連她自己也嚇了一跳。

「我覺得和妳在一起，可能會很開心——所以，我也要說對不起。」

花野瞪大眼睛，宙注視著她。她們相互看著對方片刻。

花野先笑了。她噗嗤一笑，纖瘦的身體搖晃著，然後輕輕戳著宙的臉頰說：「妳說話很大聲嘛，而且剛才罵我『笨蛋』？妳可以像這樣，如果有想說的話，就大聲說出來嗎？」

「呃、呃，那、那個、我……」

花野喜孜孜地笑著繼續說：

「雖然有點不甘心，但是恭弘說得沒錯，我真的不知道，我無法察覺妳想要什麼，或是妳希望我為妳做什麼，更何況我經常為自己的事忙得不可開交，又很健忘，馬上就超過我的負荷，但是，只要妳大聲對我說，我至少會聽到，所以妳要告訴我。」

花野從運動服口袋裡拿出東西，遞到宙的面前。那是宙昨天晚上情緒失控，揉成一團的通知單。花野把通知單壓平，整齊地折好。

「對不起，原來是昨天。」

「……沒關係，這件事沒關係。我自己也忘了，但是……我有一點點傷心。」

宙猶豫著要不要說出口，但最後還是說了。花野把手放在宙的頭上。

「對不起，讓妳覺得這麼寂寞。」

宙聽到花野溫柔的聲音，淚水在眼眶中打轉，但她拚命忍住了。花野把頭轉向站在不遠處看著她們的佐伯。

「恭弘，我剛才說得太過分，但你看到我只穿內衣褲的樣子，算是扯平了，我不會為了揍你這件事道歉。」

「我知道，妳沒殺我我就要偷笑了。先不說這個，妳男朋友呢？」

佐伯看向花野背對著的門口，花野聳聳肩說：

「我讓他回去了，如果你們見面會很麻煩，而且我發現他的嫉妒心比我想像的更嚴重。」

原本坐在椅子上的花野站起身，用力伸懶腰後，看著桌上成堆的鬆餅，皺皺眉頭。

「我一大早就跑來跑去，餓死了，這裡只有甜食嗎？」

「鬆餅的麵糊還沒用完，我來做可麗餅。有火腿和起司，我記得還有芝麻葉，可以嗎？」

佐伯問，花野點點頭。佐伯立刻轉身準備走去廚房，宙慌忙抓住他的衣服。

「阿恭，等一下，你也會做可麗餅嗎？」

「啊？喔，我會啊，只要把麵糊攤平煎一下就搞定了。」

「那你教我怎麼煎可麗餅。」

「啊？妳為什麼要學這個？」

「我也想做可麗餅。」

於是，佐伯就教了宙怎麼煎可麗餅。雖然不必像做鬆餅時注意蛋白霜的狀態，相對比較輕鬆，但餅皮很薄，很容易煎焦，而且翻面很難，煎焦了兩片，還碎成一團。由於剩下的材料不多，於是交給佐伯，佐伯煎出很漂亮的可麗餅。

「我來泡咖啡，妳們一起吃吧。」

佐伯把用芝麻葉、貝比生菜點綴，捲得很漂亮的火腿起司可麗餅放在花野面前後，又立刻回去廚房，宙和花野並排坐在窗邊的座位上。

「阿恭果然厲害，他的廚藝真好。」

「是啊。哎喲，宙，妳的鬆餅真醜，不像是恭弘的手藝。」

花野探頭看著宙的盤子，宙回答說：

「這是我煎的，從麵糊開始做，蛋白霜是阿恭打的，但我打蛋很成功，阿恭還說我加入蛋黃攪拌的功力很強，只不過不好煎，翻面超級難，差一點飛出平底鍋，然後就黏成一坨了。」

「是喔，原來是妳煎的。」

拿著刀叉的花野從宙的盤子裡切下一塊鬆餅，把邊緣煎焦的部分沾了草莓醬送進嘴裡。

「好甜。」

花野微微皺起眉頭，但隨即哼了一聲。

「很厲害啊，煎得很好，很好吃。」

這句話帶著和聽到別人說「妳很可愛」、「我喜歡妳」時相同的溫度，傳到了宙的心裡。宙覺得心頭暖暖的，喜上眉梢。宙拿起自己的叉子，吃著鬆餅。

鬆餅已經冷掉，不像剛才那麼鬆軟，但又甜又美味，簡直令人驚訝。雖然沒有加任何配料，但宙覺得味道突然變好吃了。為什麼？難道突然變成提神振作的魔法鬆餅嗎？

「真的欸，花野，真的超好吃。」

宙忍不住對花野說，正抓著可麗餅旁的芝麻葉放進嘴裡的花野很驚訝。「妳現在才覺得嗎？妳剛才不是已經吃了很多嗎？」

「雖然是這樣，但反正很好吃。太不可思議了，原本我以為只有媽咪的鬆餅可以提神振作，沒想到這個鬆餅好像也是魔法鬆餅。太厲害了，是阿恭很厲害嗎？妳覺得呢？」

宙嘴裡塞著鬆餅，邊吃邊說，花野責備她：「我會聽妳說話，妳慢慢吃。」但是表情很溫柔。

花野拿著叉子，把盤子拉到自己面前。盤子裡是宙的失敗品『想成為可麗餅卻沒有成功的餅皮』。

「啊，花野，妳別吃那個，我來吃，妳吃阿恭做的。」

「沒關係，我吃這個沒問題啊。」

花野慢慢咀嚼著，宙忍不住凝視著她。

「啊，這個也很好吃。」

「啊？真的嗎？」

「有些地方很香脆，有些地方軟綿綿的，口感很有趣，我認為很好。嗯，真的很好吃。」

花野一口接一口。

「但是，宙，妳以前喜歡下廚嗎？我從來沒有聽風海提過這件事。」

看著花野吃可麗餅的宙聽到這個問題，猛然回過神。

「呃，以前、並沒有喜歡，但是，可能變得喜歡了。」

「是喔，」花野哼了一聲，「那就好，但沒必要勉強自己學，吃飯這種事很好解決。」

花野的語氣有點不滿，宙想起佐伯剛才說的事，她無法想像那是多麼悲傷的經歷，讓花野變得無法下廚。

「……如果不想學了，我就會放棄。」

「嗯，很好。」

花野吃完了。宙看到盤子裡空空的，又繼續說：

「但我應該不會放棄。」

宙的語氣好像在宣誓般強烈，花野納悶地看著她。

「剛才看到妳吃得這麼津津有味，我很開心，覺得會愛上料理這件事。」

花野吃了自己做的食物，而且說很好吃。只是這麼微不足道的事，就讓她心跳加速。不，並不是微不足道的事，自己親手做的東西為別人帶來美好的時光，是一件很了不起的事，而且應該也是很重要的事。

花野緩緩眨著眼，長長的睫毛抖動著。

「……妳是個好孩子。」

花野深有感慨地嘀咕，「這都是風海他們和恭弘的功勞，尤其必須好好感謝風海，我絕對無法教出這麼出色的孩子。」

「風海那傢伙不是有點極端嗎？」

突然飄來咖啡的香氣，佐伯拿著托盤走來。

「她以前就很執著，或者說很頑固，我不知道被她瞪了多少次。」

「阿恭，你認識媽咪？」

「她是我國中的學妹，她應該還記得我。如果她知道是我在照顧妳，不知道會露出什麼樣的表情。」

佐伯呵呵笑著，把咖啡杯放在花野面前，在宙面前又放了一杯牛奶。

宙喝著冰牛奶思考著，風海和佐伯應該真的合不來。風海只要看到別人髮型很誇張，就會皺眉頭，如果看到佐伯手臂上的刺青，一定會昏倒。

「風海可能真的會生氣，應該說，她討厭我……」

花野不經意地說到一半，慌忙住嘴。宙問花野：「媽咪討厭妳嗎？」

「啊，不，沒這回事。只是一種修辭，不是我想表達的意思，嘿嘿。」

花野笑了，但她的笑容很僵硬。

宙想起花野和風海相處的狀況，媽咪總是很嚴厲地斥責媽媽。媽咪一直說，姊姊根本沒辦法照顧孩子，而花野總是默默承受。

還有佐伯剛才說的那些事。也許，不，不是也許而已，花野和媽咪之間，絕對有很多我不知道的事。

「啊，咖啡太好喝了。」

「這是我最近超愛的獅王咖啡推出的香草堅果咖啡，是不是很好喝？」

「你也要替我家準備這種咖啡。」

「呵呵，沒問題，交給我來處理。」

「幹嘛這麼神氣？」

佐伯坐在對面的座位，和花野鬥著嘴。宙想要問正在喝咖啡的花野，她和風海之間的事，但立刻改變主意。接下來仍會和花野一起生活，她覺得不必急著問。

更何況現在……

宙用叉子叉起剩下的鬆餅送進口中。鬆餅又甜又鬆軟，怎麼會這麼好吃？鬆餅果然是讓人渾身是勁的魔法。大家一起吃，內心就會變得溫暖，然後就覺得，什麼事都沒問題了。

宙開心地笑了，花野詫異地看著她。

「幹嘛突然笑？」

「沒事啊。」

花野看到宙笑了，她的虎牙也從嘴唇之間探出頭。

第二章

飄著柴魚和昆布香氣的熱清湯素麵

大崎瑪麗吃飯的時候總是板著臉。

宙在第二學期開學後不久發現這件事。她們分在同班，第一次分在同一個小組。

樋野崎第二小學在吃營養午餐時，規定每個小組都要圍在一起吃飯。每四個人一個小組，把課桌併在一起，四個人面對面一起吃飯，瑪麗就坐在宙的對面，一抬頭就可以看到她吃飯的情況。無論營養午餐吃什麼，瑪麗都好像只是基於義務在吃飯，機械式地把食物送進嘴裡。

這一天第一節課就是運動會的練習，大家都精疲力盡，營養午餐吃的是每個月一次「各種地方料理日」的沖繩料理，黑糖滷肉、苦瓜鮪魚沙拉、蔬菜炒麵和開口笑。

「今天的營養午餐爛死了，我尤其討厭苦瓜，那根本不是人吃的東西，我真的沒辦法。」

坐在宙身旁的元町勇氣用筷子攪拌著沙拉大聲說道。勇氣最近說「我」的時候都用「俺（O-re）」，只是聲調有點奇怪，就好像在說「香蕉歐蕾」的「歐蕾」。每次聽到勇氣的第一人稱，宙就有一種如坐針氈的感覺，渾身都不對勁。

「川瀨，妳喜歡苦瓜嗎？可以幫我吃嗎？還有蔬菜炒麵裡的胡蘿蔔也給妳。」

「啊？我才不要，昨天才剛幫你吃了蘆筍。」

勇氣很挑食，每天都會挑剔營養午餐的菜色。學校的方針是『如果沒有過敏等特殊原因，禁止剩菜』，勇氣每次都把自己不愛吃的食物丟進別人的餐盤中，最近都是坐在他旁邊的宙深受其害。

「哲郎，那你至少幫我吃苦瓜，拜託，我可以分一個開口笑給你。」

坐在勇氣對面的葛西哲郎是一個沉默寡言的男生，哲郎搖搖頭，只是簡短地說句「我也不愛吃」。

「啊？怎麼會這樣？你們都不友愛同學，我吃苦瓜會吐。我家根本不會出現這種東西，如果在家裡，剩下不吃也沒關係。」

他的父母太寵他了。宙很無奈。都已經小學六年級，每次都為了吃蔬菜吵吵鬧鬧，難道他不覺得丟臉嗎？

「啊，大崎，妳幫我吃苦瓜，拜託。」

勇氣合起雙手拜託著，默默吃午餐的瑪麗不滿地說：「我不要。每次都為這種事吵個不停，你腦袋有問題嗎？」

「幹嘛這樣說話？」勇氣鼓著臉頰說，「妳不幫我吃就算了，有必要說我腦袋有問題嗎？」

「你就是腦袋有問題啊，你根本沒有意識到自己這麼挑食很丟臉，還神氣地到處宣揚。」

瑪麗用筷子夾起苦瓜，用一口整齊的牙齒咬著鮮豔綠色的苦瓜。

「難道你打算長大之後，仍然到處炫耀自己味覺失靈嗎？噁心死了。」

瑪麗故意大聲咀嚼著苦瓜說道。勇氣大叫著：「妳什麼意思啊！」用力站起來，椅子倒下，發出很大的聲音，正在開心吃飯的同學都看向他們。

「我媽咪說，不需要勉強吃不喜歡的食物。我爸爸也說，現在日本有很多營養豐富的食物，沒必要刻意從不喜歡的食物中攝取營養！要攝取所有食物的想法才是腦袋有問題！」

宙抬頭看著臉漲得通紅，跺著腳回答的勇氣，喉嚨覺得很不舒服，好像喝了搞錯加糖分量的可可。

雖然曾經有靠學校的營養午餐來補充營養的時代，那已經是以前的事。現在營養午餐的目的，是讓學生接觸各種食材和料理，同時瞭解各地的飲食文化，學習在團體生活中的飲食禮儀。前幾天，校長不是還長篇大論地說明，目前的營養午餐具有以上這些不同的意圖嗎？勇氣的媽咪說不吃也沒關係云云，根本就和現階段營養午餐的目的無關。

瑪麗把苦瓜吞下去後，嘆氣。「你真的腦袋有問題，竟然會在這種時候把『媽咪』、『爸爸』抬出來助陣，真是太丟人現眼了。老師，我和元町一起吃營養午餐很痛苦，我要把課桌搬開。」

正在教師辦公桌前吃飯的班導師北川驚慌失措地叫著「哎喲哎喲」，站了起來。今年三十歲的北川溫和文靜，班上的同學都叫她『依子』。

「大崎，發生什麼事？你們吵架了嗎？」

「我才不會浪費時間吵架，只是覺得很痛苦而已。」

瑪麗說話的同時，把課桌搬開。勇氣大叫著：「我也是啊！我也討厭妳啊！依子，她超讓人火大，一開口就說我腦袋有問題！」

「哎喲哎喲。呃，大崎，吃飯要保持心情愉快，知道嗎？」

「和元町一起吃營養午餐，我完全愉快不起來。」

瑪麗斬釘截鐵地說完，在遠離其他三個人的地方獨自繼續吃飯。她默默把蔬菜和黑糖滷肉送進嘴裡的樣子顯然拒絕別人干涉，原本就愁眉苦臉的北川眉頭皺得更緊了，好像在討好氣得滿臉通紅的勇氣般語氣溫柔地說：「呃，那也沒辦法，今天就你們三個人一起吃飯，好不好？」

「為什麼要用這種方式處理？」

宙聽到有人嘀咕，不禁微微點頭表示同意。

班上大部分同學每次都冷眼旁觀勇氣在吃營養午餐時的抱怨，覺得他很煩。五年級之前，多位班導師都很嚴格，所以勇氣不敢像現在這麼囂張，現在根本肆無忌憚。這都是因為北川以『不罵人的教育』為宗旨，而且付諸行動，因此即便勇氣把不喜歡吃的食材放進別人的餐盤，或是大聲表達不滿，她只是一再重複「努力試試，但如果真的不行，那也沒辦法」，有時候甚至說什麼「幫助同學很重要，其他同學要不要偶爾幫忙他吃呢？」簡直就在肯定勇氣的行為。

不罵學生和縱容學生的任性是兩回事。就連小學生都明白這樣的道理，但北川完全不認為自己有任何問題。班上同學根本不把她放在眼裡，因此不叫她『老師』，她卻以為學生是因為和她關係好，才直呼她的名字。班上還有其他任性妄為的同學，只是沒有勇氣那麼嚴重，甚至有妨礙上課的問題學生，但北川當然從來不責罵他們，導致六年三班就像是一盤散沙。

「川瀨，苦瓜！」

勇氣生氣地坐下，用命令的口吻說道，然後下巴指著餐盤。宙只回了一句「不要」，哲郎搶著搖頭。勇氣哼了一聲，然後把苦瓜和胡蘿蔔都挑出來，好像丟垃圾一樣丟在餐盤外。當他把所有不愛吃的食材都放在托盤角落後，才終於開始吃。宙斜眼看著這一切，內心只希望趕快換座位，不知道要和這種同學一起吃飯到什麼時候。

難怪瑪麗會生氣……

勇氣很沒家教的行為讓宙失去食慾，她看向不遠處的瑪麗。瑪麗已經吃完午餐，正在喝牛奶。瑪麗一邊吸著吸管，一邊把鋁箔包折起來，顯然已經喝完牛奶了。不知道是否還在為剛才的事生氣，瑪麗仍然滿臉不悅。

隔天，勇氣感冒請病假，營養午餐的時間很平靜。那天有勇氣不愛吃的納豆和白芝麻拌四季豆，如果勇氣在的話，鐵定又會鬼吼鬼叫。難得可以安靜地吃午餐，宙鬆了一口氣，坐在斜對面的哲郎看起來很開心，但是瑪麗和前天一樣板著臉。宙以為有什麼她不喜歡的食材，但似乎並不是這麼一回事，她把所有的食材都以相同的速度送進嘴裡。

「瑪麗，妳有沒有喜歡或是不喜歡的食物？」

宙隨口問道，瑪麗好像第一次發現宙在那裡，似乎完全沒有想到宙會和她說話。宙看到她的反應，覺得很驚訝。

「啊，對不起，問了這麼奇怪的問題。」宙慌忙說道。

「沒關係。」瑪麗冷冷地回答後，再次默默吃午餐。

宙一直以為瑪麗是因為勇氣的關係，所以每天吃營養午餐時都板著臉，但真正的原因該不會是自己？但是，為什麼？宙捫心自問，唯一想到的，就是兩個人在幼兒園時曾經吵過架，除此以外，她們完全沒有交集。上小學之後，這是她們第一次同班，座位第一次這麼靠近，除了打招呼和聊一些事務性的事以外，從來沒有聊過天。

瑪麗仍然記得當時的事，還在不開心嗎？但是她還在意這麼久之前的事？

原本平靜而安靜的營養午餐時間，宙卻有點悶悶不樂。

✦

每個月第一個和第三個週六，『佐伯小餐館』的午休就是『阿恭的料理教室』時間。講師當然是佐伯，學生就是宙。佐伯會利用閒暇時間教宙做菜。

夏末乾爽炎熱的這一天，佐伯要教宙做『慢炒蔬菜醬底（Soffritto）』。宙在佐伯小餐館的廚房內，穿上熊圖案的圍裙，頭上綁好三角巾，注視著佐伯的手。雖然開了冷氣，但正在用火的廚房還是很熱。宙的鼻尖冒著汗，拿著銀色自動鉛筆，在巧克力色的筆記本上做筆記。

自從小學一年級時學做鬆餅後，佐伯每次教她做菜，她就把食譜記在筆記本上。食譜筆記本的第一頁，當然就是魔法鬆餅。之後又學了炒蛋、水波蛋、培根炒菠菜，和如何汆燙出美味的青花菜。宙每次都一個勁地做筆記，幾天之後，在家裡的廚房或是佐伯小餐館的廚房內複習。宙真的很積極好學，因此佐伯特地安排時間為她上課。

宙用手背擦擦太陽穴的汗水，確認自己寫在筆記本上的內容。

①將相同分量的洋蔥、胡蘿蔔和西洋芹切碎（如果無法切很碎，可以用食物調理機）。

②將一杯橄欖油倒進鍋內，將切碎的大蒜加入鍋中翻炒。

＊將常溫的橄欖油慢火加熱，香氣會更加濃郁，要發揮耐心！

③翻炒至大蒜散發出香氣後，將其他切碎的蔬菜一起加入，用中火繼續拌炒。要讓油脂充分滲入所有蔬菜，加一小撮鹽，就像用鹽避邪除煞時那樣，只要少許即可。

④關小火，蓋上蓋子，燜三十分鐘。

⑤轉中火，用木杓均勻翻炒，讓蔬菜的湯汁收乾。

⑥翻炒十分鐘至十五分鐘，水分就可以確實收乾。

「這就是『慢炒蔬菜醬底』，是義大利料理中不可或缺的基底，只要加入這種基底，味道就馬上升級。」

佐伯向宙說明詳細步驟的同時，用木杓緩緩拌炒鍋中的蔬菜，原本胡蘿蔔帶有銳利線條感的邊緣，漸漸柔和軟化了。

「我們店的波隆那肉醬義大利麵就用了這個，所以味道很有層次。」

「什麼！原來有加西洋芹？我完全沒吃出來。」

原本低頭記筆記的宙抬起頭說道，佐伯得意一笑。

「宙，我知道妳不喜歡吃西洋芹，但是妳每次都吃得津津有味。」

「太厲害了，阿恭，你根本就像是魔法師。」

宙不喜歡吃西洋芹，雖然不至於不敢吃，但每次放進嘴裡，都需要有一點勇氣，而且每次都隨便咬幾口就馬上吞下去，完全不想嚐味道。但是她最愛吃波隆那肉醬義大利麵，佐伯曾經做給她吃了很多次，沒想到裡面竟然有加西洋芹。

「我希望妳長大之後，有無論吃什麼，都會覺得美味可口的味覺。」

佐伯在說話時並沒有停下手。

「所以，我贊成那個叫瑪麗的女生的意見。」

剛才加蓋燜炒的時候，宙把營養午餐時發生的事告訴佐伯。

「這傢伙還真糗。」佐伯聽到勇氣的事，大笑著說，「我向來認為吃飯吃乾淨，不挑食，懂得品嚐所有食物的美味是一個人的魅力之一。當然，如果沒有餘裕細嚼慢嚥、細細品味，或是會造成過敏的狀況就另當別論，但那個叫勇氣的男生並不屬於這種情況吧？是源於過於任性而減損自己的魅力，真是太可惜了。」

「他在五年級之前，女生都很喜歡他，現在大家都不想理他。只要坐在他附近，他就會把自己不喜歡吃的食物丟到別人的餐盤裡。」

宙之前對勇氣沒什麼感覺，但現在很討厭他，當她看到瑪麗不假辭色地拒絕勇氣，就覺得很痛快。

「我原本想和瑪麗多聊一聊。」

上次主動和瑪麗聊天時，瑪麗表現得有點驚訝，也許是之前在幼兒園發生那件事的關係。宙向佐伯說明，佐伯不加思索地說：「那種流鼻涕年紀時的吵架，她應該早就忘了吧？」

「不要說我們流鼻涕啦，但我覺得瑪麗應該記得。因為花野在第一學期來學校參加教學參觀時，她超驚訝地看著花野。」

那一天，宙和花野在教室角落說了幾句話，突然覺得氣氛怪怪的。她納悶地轉頭一看，發現瑪麗正凝視著她們，而且那絕對是相當驚愕的眼神。

宙讀幼兒園時，花野幾乎從來沒有去過幼兒園。在幼兒園時就認識宙的同學，上小學之後，看到和宙在一起的花野，都會覺得很納悶，可能有人亂想，因此有家長一臉凝重地問宙：『小宙，妳的媽媽怎麼了……』

「瑪麗一定記得我那時候說，我有兩個媽媽的事。」

「是喔。沒想到花野學姊竟然會在教學參觀日時去學校。啊，宙，妳看，水分幾乎都收乾了。」

佐伯指著鍋子說道，宙探頭看向鍋內。剛才鍋子裡的蔬菜還有很多湯汁，現在變成濃稠的糊狀。

「哇，真的欸，而且超香……」

「這是蔬菜高湯，有滿滿的美味精華。」

宙在筆記本上寫下「煮到軟爛為止。蔬菜的高湯＝美味」。

「啊，對了對了，花野有來學校，雖然每次都來匆匆去匆匆。」

宙寫完後抬起頭回到花野的話題。

自從一年級那次之後，花野除非真的忙不過來，否則都會去參加教學參觀。學校發的通知單都會看，只是有時候已經超過期限。

蔬菜煮成糊狀後，蔬菜醬底就完成了。佐伯說：「好，今天的課就上到這裡。接下來我要用這個慢炒蔬菜醬底來做波隆那肉醬義大利麵，妳再等我一下。」

『阿恭料理教室』還提供餐點。

「哇！我最愛波隆那肉醬義大利麵了。」

宙坐在廚房角落的圓椅上，以免影響佐伯做事。那張圓椅是佐伯的專用椅，宙很喜歡坐在那張椅子上，看佐伯下廚的背影。

「下次要教我怎麼做波隆那肉醬義大利麵。」
「好。」
這個空間充滿美味的香氣，和食材等待輪到自己上場的氣息。宙自從第一次踏進這個空間後，就愛上這裡，也愛上了佐伯邊做事，邊和她聊天的時光。在喜歡的地方和重要的人一起共度喜歡的時間令她相當開心。
佐伯動作俐落地炒著從冰箱內拿出的食材。將事先燉好的牛筋和牛絞肉混在一起是佐伯小餐館的獨特作法，讓兩種不同口感的肉結合在一起，讓味道更有深度，但宙目前除了「好吃得整個人都融化了」以外，想不出其他的感想。
「花野學姊沒有看到最後嗎？話說回來，她工作真的很忙，但只要她去學校，妳不是就很有面子嗎？她現在是知名插畫家，大家都會對她刮目相看吧？」
花野的工作順利到簡直不可思議。去年在海外很有權威性的繪本大賽中，成為日本屈指可數獲得畫家獎的插畫家。如今工作已經排到幾年之後，不時出現在媒體上。宙覺得以插畫家身分出現在電視上的花野，好像美麗的流體般，有一種抓不到摸不透的感覺，很接近以前在玄關迎接她時的花野。
「阿恭，不要連你也說這種話。」
宙甩著懸空的雙腳說道。站在烤架前的佐伯回頭看她一眼。

「我完全沒有覺得花野讓我很有面子，我想要有一個正常的媽媽。」

「什麼意思？什麼叫正常？」

宙聽了佐伯的問題後，想了一下。

首先，不需要讓自己覺得很有面子。比方說來學校參加教學參觀，希望她融入其他媽媽，不要太突出。比起別人說她漂亮，說她衣著有品味更令人高興。還有很希望能擁有一些和同學聊天時，讓人不禁莞爾的小故事——像是我家的媽媽做披薩時，會從餅皮開始做，所以每次都要等很久才能吃到，或是媽媽明明哭點很低，偏偏喜歡看有動物或是小孩子出現的紀錄片。

「就是和同學聊天時，可以附和說『我媽也一樣』那種感覺。」

宙喃喃說道，佐伯稍微停下聲，用溫柔的聲音說：「這樣啊，這的確是一個困難的問題。」宙看向佐伯熟悉的背影。

佐伯今年三十七歲。剛認識他時的一頭金髮，如今變成很有品味的棕色，花俏的刺青被乾淨的白襯衫蓋住，藏了起來。他整個人的感覺變得溫和，原本表情豐富的臉上經常浮現寧靜的笑容。宙覺得似乎不該再叫他阿恭，而是要叫他恭弘或是佐伯比較好。

阿恭變了，已經不再是我所熟悉的阿恭了。

宙所熟悉的佐伯，是拿著手持煙火甩個不停，挨花野罵的樣子；比賽誰吃冰淇淋比較快，然後吃得嘴巴周圍都黏乎乎的，仍然得意地笑著說自己『贏了』；還有即使鼻涕都流出來，手快凍僵了，仍然和宙一起完成巨大雪球的樣子。宙明明喜歡這樣的佐伯，甚至覺得這才是佐伯，沒想到並非如此。宙所喜歡的佐伯，深信那才是佐伯的部分輕而易舉地被抹殺掉了。

宙認為原因就在於佐伯父親兩年前的驟逝，他成為『佐伯小餐館』的第二代老闆。宙不知道繼承一家餐廳有多辛苦，更不知道和同住在一個屋簷下的家人『死別』有多麼痛苦。佐伯的父親很疼愛宙，因此宙也很難過，為這樣的離別傷心流淚，但是，宙並不認為自己內心有太大的改變，但是，佐伯的變化，讓她知道『死亡』有時候可以改變一個人。

我比較喜歡阿恭以前的樣子。雖然宙這麼想，但她知道這句話不能說出口，她覺得這樣會讓佐伯難過，但是，有時候她會突然陷入感傷。就好像同一個夏天不會再次出現，人也會變化，無法再恢復以前的樣子。

『就像盆栽，像盆栽。』

宙對佐伯的變化感到有點不知所措時，花野這麼對她說。

『枝葉恣意生長、自由自在綻放的盆栽或許看起來很輕鬆，但是越長越大之後，其實會很辛苦。樹枝可能會過重而折斷，也可能因為營養不良而枯萎。有時候為了保護自己，必須自我修剪。但這麼做是為了保護自己的核心，為了保護樹幹，絕對不會失去樹幹，所以不必擔心。』

花野說完之後，又喃喃自語著『那就不能再打擾他了』『他應該很辛苦』，不久之後，佐伯就不再來坡道上的家，但花野每週請幫傭來家裡三次。

宙無法理解花野的想法，但是從花野採取的行動來看，知道她是顧慮到佐伯越來越忙，宙覺得希望佐伯繼續來家裡只是自己的任性，於是只好放棄。

「但是我沒想到會從妳嘴裡聽到『正常的媽媽比較好』這種話，怎麼了？妳們吵架了嗎？」佐伯問。

宙回答說：「並沒有具體的理由，我們也沒有吵架，硬要說的話，就是我開始思考這種問題了。」

不知道這是不是就是俗話所說的「長大」，雖然她自認並沒有依賴花野，需要在精神上獨立，只不過除此以外，她並不知道該怎麼形容目前的狀況，她只是對花野這個人的存在產生了疑問。

宙目前能夠照顧自己的生活，但是花野從來沒有替她熨燙過一條手帕，校外教學時從來沒有準備過便當給她。宙是在學校的家政課上學會熨燙衣服，便當都是佐伯準備的。

幫傭田本太太——一位孫子已經長大的七十歲女性——教了宙做家事的正確方法。她教會宙如何晾襯衫才不會皺，以及熨燙衣服的訣竅。在學習晾衣服時，宙簡直驚訝連連。原本以為花野晾衣服的方法很理所當然，沒想到根本是亂晾一通。花野經常把皺成一團的衣服直接掛上衣架，有時候放在衣櫃裡的浴巾歪七扭八。花野若無其事地說，只要能穿就好，想要保持筆挺的衣服必須送洗，沒想到其實自己洗衣服，也可以讓衣服保持整齊。

田本最近傳授煮高湯的方法給宙。用刨刀削下像枯木般的柴魚熬製的高湯，無論香氣還是味道，都和高湯調理包完全不一樣。在蛋汁內加少許高湯後再煎，就可以做出和餐廳一模一樣的高湯蛋捲。宙立刻把熬製高湯的方法寫在食譜筆記上。

但是，就算宙和花野分享這些事，不知道花野是否滿腦子都想著工作的事，她只是心不在焉地回答『啊，是喔』。宙從來不曾感受過從她身上學到任何東西的喜悅，也無法和她分享學會新事物的喜悅。

花野對宙的學校生活似乎並沒有興趣。雖然她會參加學校的教學參觀，但是事後不會發表任何感想，從來沒有問過宙有關班導師的情況、鄰座同學的情況，或是和誰交了朋友、和誰吵架之類的事。只要花野問一句『今天學校怎麼樣？』宙就心花怒放，但是她從來不問，只不過如果宙主動要求『妳問我學校的情況嘛』也很奇怪。

波隆那肉醬義大利麵的香氣撲鼻。『佐伯小餐館』的波隆那肉醬義大利麵加了肉、番茄和增添香氣的紅酒，比其他店的肉醬色澤更深，肉末更多，只是一想起那味道就令人垂涎欲滴。但是現在一想到花野的事，食慾就受到影響。

「其實我不太知道世界上別人的媽媽到底是什麼樣子，不知道什麼是正常的媽媽。教學參觀日時，可以看到各種不同類型的媽媽，但是我知道花野絕對不『正常』，而且知道她身為母親，有很多欠缺的地方。如果這個世界上有對孩子的關心度比賽，花野絕對有機會搶倒數第一。」

佐伯不知所措地沉吟著。

「不，我覺得並不是妳想的那樣，她很關心妳，我覺得花野是用自己的方式關心妳。」

「我當然知道，她並不至於覺得我不重要。」

比方說，花野喝得酩酊大醉的時候，或是終於完成一項耗費很多時間的工作時，就會心情大好地撫摸宙的頭。妳長得真可愛。真期待看到妳的將來。妳很善解人意，一定是像風海，我就完全沒有這種優點。花野總是用溫柔的語氣重複這些話，宙每次都樂不可支，但又覺得那是花野把自己當成寵物的感覺。在花野的眼中，宙就只是

『孩子』。

所以，花野從來不會和宙談任何重要的事，每次宙問花野工作的事、死去的外祖父母的事、風海的事，以及家族的事，花野就立刻變得沉默。雖然會顧左右而言他地說什麼『以後再告訴妳』，但是宙覺得花野根本不打算讓自己碰觸重要的事——也就是那些花野不想談起的事。

「花野或許想要好好愛我這個小孩，但是花野眼中最重要的人，她最愛的人是柘植先生。」

宙說出口時，胸口隱隱作痛。那種疼痛，就像是一直刺在心上的刺正在強調它的存在。

花野和柘植還在交往。雖然起初由花野掌握主導權，但隨著時間的流逝，主導權漸漸易主。花野得獎，成為柘植掌握主導權的決定性契機。大量工作一下子上門，花野不知所措，於是由柘植擔任她的經紀人。

『從今以後，我所有的事都全部交給柘植先生處理。』

花野對所有人都這麼說。

『不光是工作，我在私人生活方面也完全信賴他。如果沒有他，我絕對撐不下去，真的很感謝他。』

花野有點害羞，但又有點自豪地這麼說。宙看著花野，覺得和以前經常看到的——在幼兒園時，同學看到父母來接自己時的表情一樣；花野和孩子在完全接受自己的人面前，忘記前一刻的寂寞和不安，終於露出笑容神態完全相同，於是宙知道『花野是很脆弱的人』。

花野應該承受著宙無法想像的壓力。她曾經看到那些西裝筆挺的男人向花野深深鞠躬，也曾經看到花野在電視上和一些看起來很聰明的人談一些很費解的內容。她經常受邀去東京，工作電話不斷。花野一個人的確難以應付，所以宙也明白需要柘植的協助，但宙並不是針對這個部分，說花野『脆弱』。

花野每次都會說『私人生活方面也一樣』，這代表她承認不僅在工作方面，而是川瀨花野這個人需要柘植。比起工作，花野更重視柘植在私人生活方面的協助，宙覺得花野只是想要依靠柘植。

花野的言行就是最好的證明，可以明顯感受到她對柘植的依賴，而且這種依賴越來越嚴重。如果要換餐桌，那就聽聽他的意見。他說那家餐廳的服務態度很差，我們去另一家餐廳。我第一次買這種顏色的洋裝，妳覺得好看嗎？柘植說，我穿在身上絕對好看。

即便她們母女難得一起用餐，柘植也總是話題的中心。柘植笑起來像這樣。其實他很怕這個。花野總是一臉幸福地和宙聊這些事，宙再次覺得她太像幼兒園時的同學了。

『如果柘植先生離開了，不知道妳要怎麼辦。』

宙曾經這麼問。因為她對花野徹底依賴柘植感到很無奈，原本滿面笑容的花野立刻愁容滿面，宙的心一沉，以為自己說錯話了，沒想到花野嚴肅地說：

『我根本不願意想像這種事。但是，我想想，應該會有一種好像獨自被丟棄在沙漠正中央的感覺。』

『……這麼嚴重，那不就是攸關生死嗎？』

宙輕鬆地回答，但感受到某種不冷不熱的感情在內心累積。

花野絕對無法成為『母親』。『母親』必須愛孩子、保護孩子，我希望有這樣的『媽媽』，但是，花野仍然是渴望別人愛她、保護她的『小孩子』。如果柘植離開，她會完全忘了我，逃去沙漠的正中央。

花野無法成為『媽媽』，她會永遠是被柘植保護的孩子。

『她有特殊的才華，因此當然和普通人有點不一樣。』

曾經有大人這麼對宙說。也有人問她，會不會覺得這麼亮麗出眾，而且又有才華的人是自己的媽媽很有面子？班上甚至有同學當面說『好羨慕』，但是這種羨慕無法為宙的內心帶來絲毫的滋潤，反而讓她的心變得更加乾澀。她覺得同學好像在說，妳媽媽很特別，所以不能奢望有正常的媽媽，好像在斷言，她必須放棄乞求有一個正常的、純粹的『媽媽』的心願。

「在花野眼中，男人比女兒更重要。我努力告訴自己，她是這種人，這是無可奈何的事，不會像以前那樣充滿期待，只不過有時候仍然會想，如果花野是正常的媽媽，不知道該有多好。比方說，就像媽咪一樣。」

她淡淡地回想起和風海一家人的生活，那已經變成遙遠的記憶。風海在移居新加坡的隔年，生下一對雙胞胎兒子，整天忙著照顧孩子。帶著年幼的孩子回國太辛苦，這幾年都沒有回國，宙已經好幾年沒有見到他們了。即使如此，仍然無法改變風海是宙的另一個母親這個事實，而風海正是宙理想中的『正常』媽媽，風海總是會發現她些微的成長，然後加以稱讚，無論遇到任何事，她們都可以產生感情上的共鳴。

「我知道不可以期待花野像媽咪一樣，她們原本就是兩個不同的人，但是正因為我感受過媽咪帶給我的一切，才會對花野有期待。我會想，如果是媽咪在就會不一樣。」

「……妳想去新加坡嗎？」

佐伯略帶遲疑地問。宙微微搖頭。

「我並沒有煩惱到這麼嚴重的程度，只是有時候會想到這種假設性的問題。花野就是花野，也只能是花野，不能期待她像媽咪一樣。」

「不，」佐伯輕聲沉吟，「我並不是不能理解妳的要求，也知道妳會寂寞，但是花野很愛妳，我相信她對妳也有一種依賴，知道妳絕對會一直陪伴在她身旁。她很依賴妳。」

「依賴？依賴小孩子？」

宙忍不住用責難的語氣問道。佐伯說：

「對她來說，依賴別人是天大的事，她很不懂得依賴別人，她依賴妳，就代表她發自內心相信妳，就是很珍惜妳。好了，已經完成了，妳去吧檯坐。」

佐伯把煮軟的義大利麵倒進平底鍋，隨著滋滋的聲音，立刻散發出香氣。宙嘆了一口氣，聽從佐伯的指示，移動到吧檯座位。佐伯立刻端來完成的波隆那肉醬義大利麵。拌了肉塊和醬汁的義大利麵冒著美味的熱氣，如果是平時，宙會驚呼一聲「哇！」然後急忙拿起叉子，但今天覺得眼前的義大利麵有點失色，好像食慾溜走了。她慢吞吞地拿起叉子，輕輕瞪著在吧檯內露出微笑的佐伯。

「問你喔，你要為花野辯解到什麼時候？」

雖然佐伯現在已經不去坡道上的家了，但目前仍然悉心照顧宙。今天的『阿恭料理教室』就是其中之一，田本不上門的日子，宙都會加熱預先做好的菜當作晚餐，但佐伯說：「一個人吃微波爐加熱的晚餐太寂寞了。」於是就找宙來店裡，替她準備晚餐。佐伯說：「我很關心妳最近好不好，所以找妳過來。」但是，佐伯明明是因為宙是花野的女兒，才會對她這麼好。宙很希望他的心意可以獲得回報，但總覺得花野把佐伯當成工具人。雖然經常把『恭弘，真的很謝謝你』掛在嘴上，那只是對他照顧自己女兒說的客套話。

「我很愛吃你的料理，很高興你願意教我做菜，和你在一起的時候也很開心，但是，就算你這麼做，花野也不會多看你一眼。」

雖然宙很不想說這些話，但還是說出口。因為佐伯實在太可憐了。

「就是啊，你也該死心，趕快找個人結婚了。」

突然聽到大聲說話的聲音，轉頭一看，佐伯的母親直子站在那裡。不知道她從什麼時候開始聽他們的談話，故意誇張地嘆氣說：「我也差不多想要退休了。」

「媽，什麼意思啊？妳不是一直說，要好好守護爸爸留下的這家店嗎？」

「正因為要守護這家店，才更要培養繼承人啊。我們家的男人都只會做菜，根本搞不定錢的事和面帶笑容招呼客人，才會希望你可以娶一個好媳婦進門，接手我的工作。」

福態的直子重重地坐在空椅子上，笑著對宙說：

「而且我想抱孫子，照理說，你如果有個跟小宙差不多大的孩子也不奇怪。」

宙看著直子福態臉上露出的笑容，不置可否地笑笑。直子一直都很擔心獨生子的未來。「你高攀不上花野，她不可能當你的老婆，趕快去找一個和你般配的女孩子。」直子經常掛在嘴上的這句話，帶著對兒子的憐憫，宙每次聽到這句話，心情就很複雜。如果花野不是那樣的人，阿恭或許可以成為我的父親。如果一家三口能夠一起經營這家店，每天的生活一定很快樂。但是花野絕對不可能這麼做，阿恭會說，那樣的花野就不是花野了。事情無法稱心如意。

「又不是只有我沒有結婚，而且有人雖然結婚，但沒有生孩子，甚至有人離婚，到頭來還是一個人。」佐伯聳聳肩。

「別人我可管不著，我管不著，」直子不以為然地說，「我在討論我們家、我兒子的事。如果沒有看到你建立幸福的家庭，改天去那個世界時，沒辦法向你爸爸交代，而且你爸爸會很難過。」

佐伯聽到母親提起死去的父親便陷入沉默。宙看著他坐立難安地喝咖啡的側臉，吃著波隆那肉醬義大利麵。雖然味道應該和平時一樣，但有一種生疏感。

「言歸正傳。」佐伯用開朗的語氣說道，「妳那個同學，就是那個叫瑪麗的同學，既然妳們座位這麼近，妳不妨主動和她說話？也許她那天只是因為肚子不舒服之類很無聊的理由沒有理妳。」

「喔喔。」宙想起他們剛才在討論的事嘀咕著。她完全忘記了。

「而且，妳可以和她討論那個叫勇氣的傢伙，人一旦有了共同的敵人，就能夠團結在一起。」

「共同的敵人，你把元町說得好像『壞人』。」

「他不就像是敵人嗎？還有你們的班導師。」

「嗯，沒錯，還有老師。」

宙完全不抱期待，嘆了口氣，但內心覺得也許和瑪麗好好談一談是不錯的主意，就算只是消除幼兒園時的小疙瘩也好。既然分在同一班，而且座位又那麼近，如果能夠成為朋友，她很想和瑪麗當朋友。

「啊，對了，剛才聽松谷精肉店的老闆說，週末好像會有一個很大的颱風。小宙，妳要記得把院子裡的東西收好。」

直子好像突然想到似地提醒。宙邊吃邊點點頭。

半夜時，據說是十年一度的大型颱風直撲樋野崎市。坡道上方的老屋被颱風吹得劇烈搖晃，幾乎要讓人懷疑屋頂就快被吹走了。宙在自己房間的床上縮成一團，中庭傳來乒乒乓乓什麼東西打破的聲音，可能是屋頂的瓦片被吹落。風聲呼嘯，像碎石般的雨滴打在窗戶上，不知道是電線被風吹動，還是接觸不良，房間內的燈閃個不停。

「好討厭喔。」

她拿起書，試圖讓自己不去想颱風的事。她以前就喜歡看書，這一年間則愛上了小說。無論遇到再不愉快的事，無論心情再憂鬱，一旦進入故事的世界，就可以徹底忘記，而且看完之後，會讓人心情變得溫柔，或是激發動力。她目前主動擔任學校的圖書委員，也有追讀的作家。

她平時都會很快進入故事的世界，但颱風越來越大，影響到她的閱讀。風聲還可以忍耐，但是燈光不時熄滅，根本無法專心，想睡又睡不著，只能闔上書本，看著窗外好瞭解颱風的情況。電視上說，颱風將在黎明時分離開，但她很擔心會永遠被困在這場暴風雨中。

鏘噹。窗外又傳來不知道什麼東西打破的聲音，宙嚇了一跳，膽戰心驚地走出自己的房間。她探頭看向花野的房間，看到花野房間燈火通明，想必還沒有睡覺，正在工作。

「我睡不著。」宙想去花野房間，對花野這麼說，但那只是一時的胡思亂想。因為她很清楚，如果真的這麼做，花野只會冷淡地打發她「只要睡著就沒事了」。如果柘植今晚在這裡留宿的話，或許會對宙說：「那我們去客廳喝杯熱茶。」

雖然宙對柘植的第一印象很差，但慢慢接觸之後，就發現他其實是一個好人。由於柘植是佐伯的情敵，宙原本在內心發誓，絕對不會接受他，但柘植顯然棋高一著，宙在不知不覺中，對他放鬆了戒心，覺得『他好像也沒那麼壞』。柘植很疼惜花野，絕對不會傷害花野。有時候說話的語氣雖然強烈，但十之八九是因為擔心花野，而且很關心身為花野女兒的宙。柘植和宙相處時，會保持剛剛好的距離感，不會讓她感到不舒服，也不會問東問西，或是強迫宙接受他的想法。但如果宙拿筷子的方式不正確，或是用字不當時，他就會指正。每次去出差，都會買伴手禮回來，宙生日和聖誕節時，他一定會送禮物——通常都是時下流行的兒童品牌衣服和包包。他應該不太熟悉這些東西，想必每次都會事先調查，這麼一想，就覺得有點開心。

和剛認識他的時候相比，他的白髮和皺紋增加了，每次吃完飯，都要吃好幾顆藥。不時聽到他說，為了血壓問題而去住院檢查。柘植真的老了，只是目前的狀況下，有伴總比沒伴好。

宙怔怔地看著花野的房間片刻，漸漸有了睡意，於是就走回自己房間。風雨似乎稍微變小，現在應該可以睡著。她上床，關好燈。就在這時，遠處傳來女人的尖叫聲。

在目前的暴風雨中，只有一個人發出的尖叫能夠傳到宙的房間。宙踢開被子跳下床，衝出房間。前一刻還關緊的紙拉門敞開著，玄關那裡傳來動靜。宙慌忙跑去玄關，看到花野穿著那件她平時當作工作服的胭脂色運動衣，正在玄關穿鞋子。「發生什麼事了？」宙問。花野猛然轉過頭，顯然已經失去理智。她頭髮凌亂，膚況油膩，凹陷的雙眼通紅，乾澀的嘴唇不停地顫抖。宙以為看到鬼，差一點發出尖叫。

「花、花野，怎麼了？」

宙心跳加速，幾乎快從喉嚨跳出來。花野眼神渙散，雙眼無法聚焦，似乎看向宙的後方，但她沒有在看任何東西，簡直就像是被什麼附身。

「我非去不可。」

「妳要去哪裡？外面的風雨這麼大，妳到底要去哪裡？」

「他們說他死了。」

花野顫抖著說出這句話，宙聽不懂這句話的意思，皺著眉頭問：「什麼？」花野眼神飄忽，「他死了。」又重複著。「我非去不可，他死了。」

「花野，我聽不懂妳在說什麼，妳先鎮定。妳說『非去不可，他死了』是什麼意思？」

「他們說，柘植、死了。」

一陣強風吹來，玄關的拉門晃動著，玻璃發出好像快被吹破的聲音。

「死了……怎麼會？」

幾天前見到柘植時，他還嘆息說自己肩膀很痛，但身體狀況並沒有很差。宙正在努力回想時，手臂一陣劇痛，她不禁輕聲尖叫。花野用令人難以置信的力氣抓住她的手臂，纖細的手指勒緊宙的手臂，指甲陷進她的肉裡。

「他們說他死了。他說今天要留在家裡，沒想到現在竟然說他死了。騙人，說他死了根本是騙人，對不對？」

淚水從她通紅的雙眼流下，從她哭泣的方式發現，每次說到「死」這個字，她似乎就崩潰一次。宙第一次看到花野這麼六神無主。

花野突然鬆開手。「我非去不可，我要去親眼確認，我必須去見他。」花野一打開被風吹得用力搖晃的拉門，各式各樣的東西吹進來。不知道哪裡來的樹枝擦過宙的臉頰，宙因為害怕和疼痛而尖叫出聲。花野完全無視她，準備出門。門劇烈搖晃，玻璃發出巨大的聲響。宙不顧一切地抱住準備衝進暴風雨中的花野左手臂。

「等一下，花野，妳等一下。妳再說清楚一點，否則我聽不懂。妳不要激動，妳現在出門太危險了！」

「妳不要妨礙我！放開我！」

她們開始拉扯，接著聽到「啪！」的一聲。這個聲音和承受的衝擊，讓宙忍不住鬆開手。這次又是什麼打中了我？她抬起頭，和花野四目相對。

「不要妨礙我，我要去找柘植。」

宙在片刻之後——也許只是遲遲不想承認——才終於發現自己挨了花野的耳光。宙愣在原地時花野已經衝出家門。胭脂色的背影很快融入狂風暴雨的黑暗中消失不見。

宙無力地癱坐在被雨淋濕的玄關。臉頰很痛，她茫然地摸了一下，指尖沾到鮮血。

隔天上午，花野在柘植畫廊的工作人員陪同下回家了。

樹枝、破碎的屋瓦碎片、垃圾等在玄關散落一地，宙正獨自把這些垃圾裝進垃圾袋。

「小宙，妳一定很擔心吧，對不起，一直沒有辦法和妳聯絡。」

角野滿臉歉意地說，他是柘植的朋友和得力助手。他一頭雪白的頭髮總是整齊地梳成三七分，身上發出好聞的香味，向來瀟灑有型，但今天頭髮和衣服都很凌亂，臉看起來好像突然老了幾歲。

「是心肌梗塞，救護車來的時候已經……」

角野按著眼角搖頭，宙將原本看著角野的視線移向花野。

颱風過後的天空一片蔚藍，清澈透明，彷彿這個世界只有天空被洗得一乾二淨。站在天空下的花野，就像自身接受了被沖洗下來的所有負面事物。不知道是否有人讓她換了衣服，她穿著乾淨的T恤和長褲，但臉頰削瘦，簡直就像死人一樣。花野並沒有察覺宙的視線，也沒有跟宙說話，搖搖晃晃走進家裡。

「呃……請問守靈夜和葬禮……」

宙目送花野進屋後問道。角野突然皺起眉頭。他似乎很為難，好像在思考該怎麼說，然後含糊其辭地說：「那個、他的家屬希望可以低調送他上路。」

「再怎麼低調，花野應該會去送最後一程吧？」

「不，花野小姐不會去。」

角野堅定地搖頭。宙問「為什麼」。女朋友不能去送男朋友最後一程，怎麼可能有這種事？角野停頓一下，好像在吐苦水般說：「他太太希望花野小姐不要去。」

「他、太太……」

「對，妳剛才也看到花野的樣子了，必須有人陪著花野小姐。雖然我很想陪著她，但我必須協助守靈夜和葬禮的事，有沒有人可以陪在她身旁？希望妳可以馬上聯絡那個人。」

角野一口氣快速說完這番話。宙完全沒有機會開口。

「呃、呃，那個……」

雖然她馬上想到田本，但是不知道要怎麼向田本說明花野不能去參加守靈夜和葬禮的事。這時佐伯的臉浮現在眼前，她立刻說：「我想到一個人。」

「喔喔，這樣嗎？太好了，那妳趕快請對方過來這裡。我有空的時候就會和妳聯絡，對不起。」

角野敷衍地摸摸宙的頭，然後逃也似地離開。計程車似乎還等在外面，車門打開、關上的聲音後，引擎聲漸漸遠去。

「柘植先生的、太太……」

宙喃喃嘀咕著。柘植很愛花野，因此宙完全無法想像他另有家庭。但是，認真思考這個問題後，反而納悶為什麼之前沒有發現。柘植很少留宿，從來沒和宙聊過他的個人生活。雖然他無論在工作和私人生活上都成為花野的後盾，但從來沒有聽說他和花野要結婚。原來很多地方都可以找到蛛絲馬跡。

「原來是婚外情。」

最近班上同學熱烈討論的深夜連續劇就是這個主題。班導師北川也在追這部劇，在每一集播出隔天的班會上，都會和同學一起討論，說什麼『劇情發展超驚人』。既然連大人都這麼迷，一定很精采。於是宙去看了一下，結果發現很無聊。大人毫不掩飾自己的慾望，一哭二鬧三上吊，很令人心煩。凡事都有所謂的先來後到，如果有想要的東西，就必須按照正當步驟拿到手，不可以搶奪屬於別人的東西。這根本是連幼兒園的小朋友都知道的事，這些大人卻完全拋在腦後，把痛苦、悲傷掛在嘴上，甚至扯到什麼命運，簡直太滑稽可笑了。宙在看那齣連續劇時嘀嘀咕咕抱怨，花野對她說：『一旦跨越底線，之後的底線就會降低。妳以前不會邊吃飯邊看書，現在不是也經常這麼做嗎？現在有時候為了看書，甚至把飯丟在一旁不吃。這種事也一樣，只要做了一次，對這件事的罪惡感就會降低，就會有第二次、第三次，然後越陷越深。』

這種事可以和看書相提並論嗎？宙當時這麼想，對花野的這番話充耳不聞。但是，不知道花野當時帶著怎樣的心情聽著我的批評，又是帶著怎樣的心情說那番話。

屋內傳來很大的聲音，宙猛然回過神。花野剛才還一副失魂落魄的樣子，為什麼現在房間內傳出這麼大的聲音？宙踢掉腳上的拖鞋進屋，走向花野的房間。

「呃，那個、花野，我可以進去嗎？」

宙在門外發問，但房間內沒有任何回答的聲音。她又問了一次，但這次沒有再等花野回答，就打開了紙拉門。

這是她第一次走進花野的房間。

房間是差不多六坪大的和室，一整片牆邊的書架上塞滿書，書架下方雜亂地堆著塞不進去的畫冊和童書，有些書堆已經雪崩，榻榻米上散亂著作廢的畫紙和看起來像塗鴉的草圖，在一片雜亂中，只有整齊放著各種畫材的大書桌井然有序。

房間內有些許灰塵的味道，角落放著的小型雙人床、梳妝台和兩座衣櫃，彰顯著花野的生活感。

原來花野在這樣的空間生活。

宙覺得自己終於接觸到花野重要的一面，產生了淡淡的感動；她覺得自己終於接觸到花野重要的一面，但她隨即因為竟然是以目前這種方式瞭解而感到悲哀。

花野完全沒有察覺宙內心隱約的痛楚，正在把衣櫃抽屜裡所有的東西都拿出來，她在找什麼東西。

「我最後一次穿喪服是什麼時候？怎麼找不到呢？」

「喪服……妳去年不是說都蛀掉，所以丟掉了嗎？妳打算、去參加嗎？」

宙戰戰兢兢地問。

「當然啊。」花野語氣嚴厲地說，「我怎麼可以不去？」

「但是，角野先生說……」

「角野說什麼？」

花野轉頭看著宙。宙看到她凶巴巴的眼神，說不出話來。

「妳別說廢話，我不可能只有一套喪服，只是不知道塞去哪裡了。」

花野離開衣櫃，開始在壁櫥內翻找。她的背影似乎拒絕別人對她說話。啊啊，我已經無能為力了。宙轉身走回自己房間，拿起放在枕邊充電的手機撥打電話。

在真正遇到困難時，宙只能找一個大人幫忙。那個唯一的大人佐伯不一會兒就出現，他一定是接到電話後就馬上出門了。宙等在玄關，看到最近成為佐伯愛車的大型重機駛上坡道。

「阿恭！」

宙跑過去，佐伯拿下安全帽，緊張地簡短問道：「花野學姊呢？」

「她正在找喪服，但一直找不到，然後她就說，這種事根本不重要……」

花野剛才洗完澡，開始化妝。她比平時更仔細地在臉上搽粉的樣子，看起來很可怕。

宙帶佐伯進屋後，在花野的房間門口叫道：

「花野，阿恭來了。」

「他來幹什麼？我現在沒時間理恭弘。」

花野坐在梳妝台前，凝視著鏡子中的自己。她臉上的妝感覺比平時更濃。

「你們看了就知道，我現在很忙。啊，宙，我平時用的眉筆好像放在客廳了，妳去幫我拿過來。」

「花野……」

宙不知所措地抬頭看著佐伯，站在她身後的佐伯嘆了一口氣。

「花野學姊，妳打算去參加守靈夜，正準備出門嗎？」佐伯問。

「對啊，」花野回答，「無論他們說什麼，他們不可能當著那麼多穿著正式服裝去悼念的人面前把我趕走，沒錯，他們不可能做這麼丟人現眼的事。」

花野似乎在說給自己聽。

「……妳不是之前就做好了可能會和他就這樣永別的心理準備嗎？」

佐伯靜靜地說，花野停下手。

「我記得妳之前曾經說過，妳和他之間，是無法為他送終的關係，但是花野學姊，妳現在為什麼要做這種蠢事？」

花野緩緩轉過頭。她的臉蒼白美麗，讓人不寒而慄。宙覺得她就像是精緻的人偶。

「如果不這麼做，我就快要死了。」

花野的聲音微微顫抖，簡直就像是幼童。「我沒想到他就這樣離開我，我沒有想到有一天，他竟然會拋下我離開，所以我只能這麼做，如果不這麼做，我快發瘋了。」

「我能夠理解妳的心情，但是這不就是妳受到的懲罰嗎？妳搶走別人的東西，而且一直佔為己有。妳踩在別人的心上追求自己的幸福。」

咻。只聽到有東西飛過來的聲音。那個東西打中佐伯的身體。站在佐伯身旁的宙低頭看著掉在地上的東西，發現是化妝水的瓶子。

「什麼叫懲罰！我也很痛苦啊！」

「那不是妳自己的選擇嗎？」

再次響起東西飛過來的聲音，但是佐伯撥開了。打中紙拉門門框的是香水的小瓶子，圓形的瓶子在地上滾動。宙彎身撿起地上的兩個瓶子時想，原來阿恭知道花野和柘植的事，但仍然默默守護著花野嗎？為什麼？如果他真的喜歡花野，不是應該阻止她嗎？為什麼這幾年來，都假裝沒看到……

宙抬頭看著佐伯的背影，看著他寬闊的後背。

「痛苦只能自己吞下去。花野學姊，妳成為加害者時，不是做好了這樣的心理準備嗎？」

「你不要這麼說！柘植對我說，我完全沒有錯！」

宙覺得花野大叫的樣子有點像勇氣，就像勇氣之前不知如何宣洩無法如願的煩躁而跺腳的樣子，宙帶著和之前看勇氣時相同的感情看著花野。

花野到底是什麼時候跨過了底線。從什麼時候開始，她的底線越來越低，最後完全消失了？從什麼時候開始，理所當然地強迫別人接受她的任性？我們住在同一個屋簷下，但我完全沒有發現……

佐伯和花野兩個人互看著對方，但花野先移開視線，小聲說：

「……只是看一眼而已，我只是想見他最後一面。他們不讓我見他，我想見他，哪怕只看一眼就好。我不能接受自己沒能送他最後一程。恭弘，你應該能夠理解，對不對？」

花野的聲音好像在求助，又好像快哭出來了。

宙覺得花野很有心機。只有這種時候向阿恭撒嬌，心機太深了。但是，佐伯深深嘆氣。

「那邊有沒有什麼人可能願意幫妳？」

花野鐵青臉上露出一絲欣喜。

「角野。是他的朋友，一起工作，也知道我和他的關係。」

「電話呢？」

佐伯拿出手機。

「妳這樣直接闖進去，人家怎麼可能讓妳見到他？必須思考方法。」

佐伯太縱容花野了，和依子沒什麼兩樣。佐伯看著花野遞到他面前的手機螢幕，用自己的手機記下電話號碼。宙覺得這一幕太滑稽，這簡直就是「會吵的孩子有糖吃」，那些遇到討厭的事，或是討厭的食物時，好好遵守規定而接受的人根本就像傻瓜。

「好，我會和他聯絡，但是花野學姊，妳還沒吃東西吧？」佐伯問。

「嗯，對啊。」花野點點頭。

「肚子餓的時候，思考能力會受到影響。我來煮湯，我要開一下冰箱。」

佐伯說完後走去廚房，打開冰箱。他從冰箱裡拿出幾樣食材，嘀咕著：「有這些食材，應該可以做花野學姊喜歡的奶油濃湯。」宙在走廊上向廚房張望，注視著佐伯的背影。她平時都會走去佐伯身旁，想知道他按照哪些步驟，做出什麼料理，但今天兩隻腳釘在原地。

廚房內很快充滿牛奶的柔和香氣。微風從敞開的窗戶吹入，把香氣吹到房間的每個角落。美豔動人的花野被香氣吸引，飄然走進廚房，然後在桌子旁坐下。宙悶不吭聲地在花野對面坐下。

她並不是因為擔心花野，肚子當然也不餓，只是想好好看清自己之前不知道的事。也許是在找能夠說服自己的理由，希望自己能夠覺得「這是無可奈何的事」，只不過她不認為可以找到這樣的理由。相反地，隨著時間的推移，花野和那個花野認為比女兒更重要的男人之間，竟然是禁忌關係一事所帶來的憤怒越來越強烈。

佐伯把湯盤放在她和花野面前，她才終於回過神。顏色柔和的南瓜奶油濃湯中加了一顆雪白的溫泉蛋，撒了一些乾燥巴西利，看起來美味可口，完全不像是在短時間內完成的。

「妳們趕快趁熱吃吧。」

佐伯催促著，花野輕輕拿起湯匙，喝了一口湯，然後又喝一口，接著一口一口。

花野挑了一件漆黑洋裝代替喪服。緊貼著花野苗條身體的緊身洋裝襯托出她的美，但宙知道，那根本不適合穿去悼念的場合。雖然花野可能是在六神無主之下的決定，但宙覺得她根本沒有常識。穿這件衣服去參加守靈夜和葬禮絕對很奇怪。

即便宙露出驚愕的眼神，花野仍完全沒有發現。花野靜靜地重複著好像小貓在喝牛奶般的動作。

「宙，妳怎麼了？快吃啊。」

佐伯發現宙雙手放在腿上沒有拿起湯匙，於是催促著她，但宙搖搖頭。

「不用，我現在不餓。」

從半夜花野出門之後，宙就沒有吃任何東西，但是她完全不覺得餓，簡直就像整個胃都消失了。她不禁想像，原本應該是胃的位置可能塞了棉花或是垃圾。

「這樣啊，那妳餓的時候說一聲，我幫妳重新加熱。」

佐伯平時都很關心宙，但今天可能少了平時的餘裕。他輕輕摸摸宙的頭之後，走去走廊上。過了一會兒，聽到佐伯壓低聲音正在說話。「是，我完全瞭解家屬的心情，但是還是希望你可以協助安排一下花野學姊道別的時間。我相信去世的柘植先生，應該會這麼希望。這些年，你不是看著他們在一起嗎？不是應該幫一下忙嗎？」

宙豎起耳朵聽著佐伯努力說服角野的聲音，在心裡覺得阿恭是笨蛋，他真的太笨了。明明應該放手，卻反而想緊緊抱在懷裡；明明應該曉之以理，反而連同花野的任性也一起接受。無論他用情再深，還是無法打動花野。

而且花野豈止不正常，根本就是異常。她非但無法成為正常的母親，反而是可以肆無忌憚地和別人發展婚外情的人。她自私任性，只關心自己，完全不會察覺別人的想法，對這種人再好也沒用。

花野放下湯匙起身。比起喝湯，她更在意佐伯打的那通電話。她站起來時太用力，宙湯盤中完全沒喝的湯灑了出來，但她完全沒有發現，也去了走廊。

湯汁在桌子上形成一小灘水漬，巴西利無所適從地浮在柔和的黃色水漬上。宙拿起一旁的抹布想要擦掉，但下一剎那，突然感到很悲哀。她把抹布一丟，走出家門。兩個大人都沒有發現。

清澈的天空下，帶著一絲秋天味道的風吹來，輕輕拂過宙綁在腦後的馬尾。她抬頭看著無雲的天空，深深吐出一口氣。左側臉頰陣陣抽痛，她伸手摸摸臉頰，發現受傷的位置熱熱的。

她摸著臉頰思考著。接下來該怎麼辦？她已經沒有自信和花野繼續生活下去，花野太令人失望。她發現自己內心在哭泣。原本以為已經接受，已經不指望了，但其實仍然渴望『母親』，渴望有人比任何人更愛自己、關心自己。但是，經過這次的事，她終於知道，花野絕對無法成為她期待中的母親，花野無法成為母親。

走出大門，她沿著長長的坡道走了幾步。她看到一個像是大學生的姊姊騎著腳踏車順坡而下，遠處有一個爸爸推著嬰兒車，緩緩走在坡道上，來往的車輛慢慢經過宙的身旁。宙看著這片已經成為她日常的景色，嘀咕著「那段時光太美好了」。讀幼兒園期間是最美好的時光，那時候她對花野充滿崇拜和尊敬，對花野只有『喜歡』的感情。偶爾才見面的母親是一個很有魅力的人。

剛開始一起生活時，發現自己之前對花野的瞭解僅止於一小部分，這讓她很受打擊，看到了以前所不知道的花野後覺得受傷，也因生活不如原本的想像而痛苦。即使如此，她仍然沒有失去『希望』和『期待』，始終相信，只要持續和花野生活在一起，花野一定可以慢慢接近自己的理想。阿恭教她做的提神魔法鬆餅發揮魔力，讓她如此相信。那一天，她的確相信未來，甚至覺得只要有了魔法鬆餅，就可以解決所有問題。

但是，效果並沒有持續太久。每當覺得快被寂寞壓垮，覺得和花野之間的距離越來越遠，宙就帶著祈禱的心情煎鬆餅。花野起初會和她一起吃，但久而久之，就會對宙說『妳先放著，我晚點再吃』，於是只好用保鮮膜把花野不知道什麼時候才會吃的鬆餅包起來，塌掉的鬆餅看起來很悲哀。

如果不一起吃，就失去了意義。

宙知道花野很忙，更知道花野重視工作，也許希望花野把時間花在自己身上是自己的任性。如果提出希望花野花時間陪伴自己，可能會讓花野為難。宙苦惱了很久，最後什麼話都說不出口，只能一次又一次為鬆餅包上保鮮膜，最後，她不再做鬆餅。花野應該根本沒有察覺這件事。

『只要妳大聲對我說，我至少會聽到。』

雖然花野曾經這麼說，既然這樣，很希望花野不要讓自己為是否可以大聲叫喊感到不安。每次覺得花野對自己的重視程度排在別人後面，就無法表達真實的心意。看到花野眼中只有柘植的身影，就會覺得柘植比自己更重要，於是就沒有勇氣把話說出口。

唉，我其實真的很寂寞孤單。

覺得和花野之間——和母親之間的距離很遙遠——因而寂寞。

這時，她似乎聽到身後傳來木頭擠壓的聲音。那個熟悉的聲音是川瀨家的大門打開或關上時發出的聲音，該不會是花野和佐伯出門，打算去參加守靈夜？宙驚訝地轉過頭。

門前是一個身穿喪服的女人，正打算走進屋。那個女人的背影看起來和花野的年紀差不多，宙沒見過那個人。難道是角野派了畫廊的工作人員來這裡嗎？宙繼續看著那個女人。

一輛計程車經過宙的身旁，在大門前停下，角野驚慌失措地衝下計程車時，宙才發現自己猜錯了。宙看著角野慌慌張張地衝進屋的樣子，產生不祥的預感，立刻轉身走回家裡，還沒有走進家門，就聽到叫罵聲：

「妳別異想天開！搞不清楚自己只是情婦，還想去參加守靈夜？妳以為妳是誰啊，如果妳繼續不把我媽放在眼裡，小心我去告妳！」

那個女人很瘦，纖細脖子上戴著大顆的珍珠項鍊很顯眼。大吼大叫的女人幾乎撲向茫然站在原地的花野，佐伯和角野擋在她們之間，拚命阻止著。

「我不會原諒妳，妳奪走我媽的丈夫，奪走我的爸爸，我絕對不原諒妳。妳別想去見最後一面，我絕對不會讓妳見到。」

「對不起，桃子，對不起，都是我的錯，我知道自己的行為踐踏了你們家屬的心。」

角野不停地對那個女人道歉。這個叫桃子的女人似乎是柘植的女兒，仔細觀察後，發現可以從她的眼睛和鼻子看到柘植的影子。

「是啊，是啊，你徹底踐踏了我們的心，竟然暗中計畫讓情婦進來，你把我們當成什麼！？簡直欺人太甚！」

「我無論道歉多少次都沒關係，但是妳不要再鬧了。妳這麼做，妳爸爸不會高興，他會很難過。」

「角野先生，你在說什麼啊？為什麼要讓他高興？他會在這個女人無法送他最後一程的情況下，離開這個世界，這就是對他的懲罰！我不會原諒他，還有這個女人！」

那個女人雙眼通紅，叫罵的聲音帶著哭腔。宙注視著那個女人因憎恨而扭曲的臉，瞭解到原來整件事如此嚴重。電視劇中的那些叫喊都是假的，那些演員哭的時候仍然維持自己美美的樣子，但在現實生活中，人會痛苦得不惜拋棄自己的人性。造成眼前這個女人如此痛苦的不是別人，而是自己的母親……

「媽媽，回家吧。」

身後響起一個像銀鈴般堅定的聲音。這個和眼前的情境格格不入的冷靜聲音，讓現場頓時安靜下來。宙回頭一看，發現瑪麗站在身後。瑪麗穿著黑色洋裝，臉色發白，嘴唇蒼白。瑪麗用略微顫抖的聲音繼續說道：「妳在這裡解決不了任何問題，趕快回去陪外公啦。」

在角野手中掙扎的女人——桃子的表情緩緩放鬆下來，她猛然推開角野的手說：「是啊，我這個當女兒的必須陪伴在他身旁。沒錯，我根本不需要來這裡，我要回去了，但是，川瀨小姐，在我回去之前，有一些話要對妳說清楚。」

桃子對著仍然一臉茫然的花野說：「妳不許再碰任何和栢植家有關的一切，一旦我知道妳主動接觸，我就會採取法律手段，同時也會公布妳和栢植家的關係。如果社會大眾知道妳跑去當別人的情婦，而且對方的年紀可以當妳爸爸，不知道會作何感想。聽說妳曾經在聲色場所打滾過，我相信那些低俗的雜誌一定會寫得很生動有趣，我還真希望有機會拜讀。」

桃子露出扭曲的笑容後，說聲：「瑪麗，我們回家！」就轉身離去。瑪麗正準備跟上蹬蹬蹬踩著高跟鞋的母親，但轉頭瞥了宙一眼。

瑪麗既沒有像她母親般憤怒，也沒有同情。宙看到瑪麗那雙悲傷的雙眼，頓時領悟了一切，同時驚訝錯愕。瑪麗什麼都知道。她知道自己外祖父和宙的母親之間的關係，才會對自己表現出那種態度。

瑪麗小跑著，跟著母親一起離開。宙很想叫住她。瑪麗，我之前不知道這件事，我真的完全不知道。但是，說了又如何？說了也無法獲得瑪麗的原諒。

「花野學姊。」

佐伯叫道。宙回頭一看，發現花野癱坐在地上，雙手捂著臉，肩膀起伏喘息著，從她的指尖傳出模糊的聲音。

「算了。我……冷靜下來了。算了。」

花野重複幾次之後，搖搖晃晃站起來，然後對著手足無措的角野鞠躬。「你可以走了，不好意思，你正在忙的時候打擾。算了，我不會去守靈夜，也不會去參加葬禮。」

「都怪我，我沒想到桃子會聽到我講電話，真的很抱歉……」

角野轉身去追桃子母女。花野對站在身旁保護她的佐伯露出無力的笑容說：「對不起，我比較清醒了，但突然覺得很累。我要去睡一下。」

花野盡可能努力用平時的語氣說話，但是她的聲音顫抖，而且她揮揮手，走回自己房間的腳步很蹣跚。佐伯對著她的背影說：

「我會陪在妳身旁，我並沒有什麼企圖，只是在妳痛苦的時候，我想陪在妳身旁。」

花野沒有回答，走進了自己的房間。

四天之後，宙才聽說柘植的守靈夜和葬禮都已經順利結束。是角野打電話來通知的。

『桃子要求我不可以和妳聯絡。她很生氣，說就連她父親死後，我都還想要幫助她父親外遇，這是對我的處罰……』

角野一次又一次說『對不起』，最後表明以後無法在工作上協助花野，如果有需要，會協助找一個能夠接手經紀工作的人。

花野可能沒有力氣拿電話，開了擴音功能，因此宙聽到所有的通話內容。宙聽著角野似乎在電話彼端鞠躬道歉的聲音，看著花野的臉。

那天之後，就遵守諾言守在花野身旁的佐伯默默地燒著開水。蒸氣推開了老舊水壺蓋子，發出特特特持的輕微聲音。花野聽著身後的動靜，靜靜地回答說：

「我知道了，謝謝你之前的照顧，請你多保重。」

花野掛上電話時，室內充滿茉莉花茶的溫柔香氣。

「這種時候，要喝有助於明目的飲料。其實我只是剛好在櫃子裡找到這個。」

佐伯用開朗的語氣說道，然後把玻璃茶壺放在花野面前。千日紅和茉莉花在帶著一抹色彩的茶中搖曳綻放。這是花野最近很愛的工藝茶，但是佐伯並不知道是栢植出差帶回來的伴手禮，成為花野愛上工藝茶的契機。

花野靜靜地注視著茶壺中的花片刻，靜靜地說聲「謝謝」。

宙不發一語地看著花野。原本以為她會生氣說「不要拿這種東西出來！」沒想到她並沒有這麼任性。宙冷靜地這麼想。

花野拿起茶壺，把茶倒進杯中。她倒了兩杯茶，把其中一杯放在宙的面前，拿起另一杯喝了一口，重重地嘆氣。

「恭弘，對不起，給你添麻煩了，你還代替田本做了很多事。」

田本似乎不知道花野外遇的事，宙聽到佐伯對花野說：「我擔心她會嚇到，就請她休息一陣子」時，暗自安心不少。

「你的餐廳沒有營業吧？這樣對伯母太不好意思，你還是回去吧。」

「花野學姊，妳沒關係嗎？」

「你聽到剛才那通電話吧？全都結束了，不能永遠都走不出來。」

「但是，妳從那天之後就沒有好好吃飯，妳會昏倒。」

「只要恢復正常生活，食慾遲早會恢復。」

「也許是這樣……話說回來，宙差不多該去學校上課了，要趕快恢復一般生活。」

宙最近都不想去學校，自從柘植去世那天後，她就一直沒去學校，花野和佐伯也沒有叫她去學校，宙一直以為他們忘記這件事。

宙雖然喜歡工藝茶的香氣，但並不喜歡味道，只喝了一小口，對佐伯點了點頭。一旦去學校，就會見到瑪麗。雖然很想和瑪麗聊一聊，但是到底該聊什麼，又該怎麼開口？想要知道那天短暫交流的眼神中，瑪麗到底帶著什麼感情，另一方面又完全不想知道，宙感到天人交戰。她注視著自己在茶中晃動的臉。

「哎喲，妳的臉頰怎麼了？」

花野突然發現這件事，嘀咕著。宙抬起頭，心想也許自己剛剛聽到時不小心發出驚呼聲。花野看著她，微微歪著頭納悶。

「妳現在才發現？妳不記得妳打了我嗎？」

花野張著形狀漂亮的嘴唇，瞪大美麗的一雙眼睛。宙直視著她的眼睛。

花野的眼神飄忽起來，就和接到柘植死訊那天晚上一樣，很像工藝茶中的花緩緩綻放。

「我……打妳……」

「妳那天不是打了我嗎？這就是當時留下的傷痕。」

雖然有可能是樹枝刮傷皮膚，但是無法斷言不是花野的指甲造成的。花野深深吸了一口氣，好像風從縫隙中吹進來般，發出咻的聲音。

「在妳眼中，柘植先生比我更重要，覺得阻止妳出門的我很討厭，結果就打了我。」

雖然宙也知道用這種方式說話很討厭，但是嘴巴自己動了起來。

「我不知道妳和他是婚外情。什麼都不知道……我真的一無所知，妳從來不會告訴我任何重要的事！但我的生活被妳搞得一團亂，被妳當成絆腳石，最後還被妳丟著不管，簡直糟透了！」

內心的這些憤怒原本只是小火，卻在瞬間爆發了。宙帶著幾乎要燒盡整個身體的強烈情緒，用力瞪著花野。

「如果妳要說小孩子不要多嘴，那就不要讓我用這種方式知道。雖然妳一副只有自己很不幸的態度，但怎麼可能只有妳不幸？不要再影響我的生活了！」

花野皺起眉頭，動動嘴巴，似乎想要說什麼。宙倒吸一口氣，但是立刻大叫：「我可不想現在聽妳哭著道歉！」宙很驚訝自己竟然說出這麼討人厭的話。

「啊……那個、我、那個……」

花野似乎努力想要表達什麼，卻沒有找到適當的話題。她用顫抖得很不真實的手放下杯子，然後逃也似地衝出房間。宙聽到玄關傳來用力開門和關門的聲音，不以為然地說了聲「簡直難以相信，她竟然逃走了」。都已經到了這種時刻，花野仍然不打算面對嗎？

佐伯大吃一驚，打算衝出去追花野，但隨即停下腳步，走向坐在椅子上，用力喘息調整呼吸的宙，輕輕撫摸她的臉頰。佐伯的指尖溫柔地撫摸著臉頰上的傷痕。

「啊啊，就是這個嗎？對不起，我也沒有發現。雖然這是藉口，但平時我都會注意到，真的很對不起。」

宙推開佐伯的手，雙手捂著自己的臉。感情劇烈起伏，她痛苦不已，眼睛深處發燙。

「宙，對不起，我也忽略了妳。」

「你沒什麼好道歉的，你也是把花野放在第一位。」

她捂著臉思考，自己並不想說這種話，並不想說這種嫉妒的話。

佐伯摸著她的頭；大手緩緩摸了好幾次。

「不要這樣，我並不是想對你耍任性。」

「為什麼？妳可以對我任性啊，我想接受妳的任性。」

宙察覺到佐伯在她的面前蹲下，在很近的距離，響起一個平靜的聲音。「妳對我也很重要，沒有和誰進行比較，就只是覺得妳很重要，但是，我還是讓妳獨自感到傷心。雖然我說妳很重要，卻還是忽略了妳。妳一定很不愉快，一定很害怕。對不起，以後不會這樣了。」

佐伯摸著自己頭的手掌很溫暖，宙差點就這樣捂著臉哭出來，但她用力忍著。這幾天來的孤獨、恐懼、絕望和憤怒，她沒有告訴任何人，獨自吞下，此刻終於被發現，而且被接受了。

「阿恭，謝謝你……」

原本差點崩潰的心稍微振作了點。太好了。她這麼覺得。但是，仍然有無法消除的空虛。為什麼這些話語、掌心的溫度不是來自花野？花野不願面對我嗎？她永遠不想面對我的悲傷和眼淚嗎？

「阿恭，你趕快去追花野，別管我了。」

「但是……」

「我沒事，我沒花野那麼脆弱。」

宙說出口之後，自己大吃一驚。沒想到我竟然會說這種話，這句話到底是從何而來？但同時能夠理解。沒錯，花野很脆弱，她只能逃走，我比花野堅強，至今為止，我沒有對任何人說過洩氣的話。正因為我很堅強，所以不願意接受阿恭的溫柔，一旦接受，就會真的變成母親不屑一顧的可憐孩子。

「你去吧。」宙再次說道，佐伯仍然猶豫不決。

「你不用擔心，我已經沒事了，你去吧。」

「那……我去看一下情況，但我們晚一點再好好聊一聊，好不好？」

佐伯最後又用力摸摸她的頭，走出房間。宙聽到他衝出大門外的動靜。宙在空無一人的客廳內，收拾著桌子上的餐具。剛才在佐伯面前拚命忍住的淚水好像潰堤般不停地流，她用手背擦了一次又一次，緊抿的雙唇之間發出嗚、嗚嗚的聲音。家裡沒有人，哭出來也沒有關係，但是她不想哭出聲音。

玄關響起門鈴聲。佐伯剛才不顧一切衝出去，照理說大門並沒有鎖。是誰啊？但是自己這種狀態，沒辦法出門見人。宙打算假裝不在家，但是門鈴再次響起，玄關傳來聲音。

「不好意思，請問有人在嗎？」

聽到客氣的問話聲，宙大吃一驚。她知道那是誰。但是，怎麼可能？她用抹布擦擦臉，回應道「來了」，然後急急忙忙跑去玄關。

「啊，小宙，妳好。」

瑪麗從玄關虛掩的門探頭進來。

「小宙，妳沒去學校嗎？妳媽媽在家嗎？」

「她、她剛才出去了，所以、不在家。瑪麗……妳怎麼……」

瑪麗今天穿了一件白T恤和深藍色的裙子，打扮得乾乾淨淨。她有點緊張，但是臉上已不見前幾天的悲傷。

瑪麗打開掛在肩上的斜挎包，在裡面翻找著什麼，然後嚴肅地伸出手。

「我今天來這裡，是要把這個交給妳媽媽。」

那是一個差不多手掌大小的小瓶子。宙還來不及問那是什麼，瑪麗就對她說：

「那是我外公的骨灰，但只有一點點，我外婆叫我拿過來，不要被我媽媽看到。」

宙目瞪口呆。瑪麗為什麼送這麼重要的東西過來？

住她的衣襬。

「我、我不能收下。」

「沒關係，我外婆說沒問題。」

瑪麗把小瓶子塞在不知所措的宙手上，說聲「那我走了」，準備離開。宙慌忙抓住她的衣襬。

「等一下，等一下，我……」

雖然宙覺得不能讓瑪麗就這樣離開，但是說不出話。瑪麗回頭看著宙，揚起帶著幾許悲傷的微笑。

「對不起，我媽媽上次那樣，沒想到她會跑來這裡大吵大鬧。小宙，妳完全狀況外吧？一定讓妳很不愉快，對不起。」

「妳、妳別這麼說，我才應該向妳道歉！」

宙慌忙說道，然後深深鞠躬。

「花野……我媽媽……真對不起。」

「小宙，妳不用道歉。我們為大人的事相互道歉太奇怪了，那就都不要道歉。」

宙抬起頭，瑪麗對她露出親切的笑容。看到瑪麗既沒有板著臉，也沒有不悅，而是一臉平靜，宙忍不住問她：「可以和妳說幾句話嗎？瑪麗，妳說得沒錯，我完全狀況外，希望妳可以告訴我妳所知道的事，我們談談吧。」

瑪麗有點錯愕，隨即靦腆地說：

「其實我也想和妳好好聊一聊，呃，這附近有沒有可以聊天的地方？如果妳媽媽回來，事情就會變得很麻煩，我們去外面聊。」

於是，她們來到走路五分鐘就可以到的野鳥公園。沒有任何遊樂器材的公園內有一座涼亭和幾張長椅，公園內完全沒有人。宙聽到鳥啼聲，抬頭看向天空，瑪麗指著最近的一棵樹說：

「妳看那裡有黃眉黃鶲，牠的肚子是不是很黃？」

「啊，我看到了，那隻鳥叫黃眉黃鶲嗎？妳知道得真清楚。」

「我喜歡鳥。」

瑪麗害羞地說。宙第一次看到她這樣的表情。回想起來，之前只看過她不悅地抿著嘴唇的樣子，想到這都是因為自己的存在造成的，宙不由得很難過。

瑪麗在長椅上坐下後，打開在路上買的果汁罐拉環，喝了一小口之後開口。

「妳媽媽很愛我的外公，外公被送去醫院時，我看到妳媽媽也趕到醫院了。」

瑪麗告訴宙，花野渾身被雨淋得濕透，對著家屬一次又一次鞠躬。拜託了，千萬拜託了，讓我看看他，只看一眼就好。瑪麗的外婆——柘植的妻子看到她不計形象地拜託的樣子，可能有些同情，差一點點頭答應，但瑪麗的媽媽桃子拒絕了。她罵花野

『不要臉』，然後大聲要求周圍的人：『趕快把這個傷天害理的女人趕出去。如果沒有人採取行動，我會殺了她，我會一刀殺了她！』

「我媽媽有點不正常。」

宙聽到「殺人」這個強烈的字眼，有些緊張，瑪麗聳聳肩後繼續說道：

「我媽媽很愛外公，不僅很愛外公，甚至覺得外公就是她的全世界。聽說她從小就為了得到外公的認同想要當畫家，她從東京美術大學畢業後出國留學……我記得好像是去巴塞隆納，反正就是去一個有名的地方留學，但完全畫不出優秀的作品，沒有受到肯定，於是外公就對媽媽說，妳還是把畫畫當作興趣就好，不要想當畫家，建立其他的人生目標。……我覺得這是天下父母心，既然根本沒有成為職業畫家的才華，卻想要成為職業畫家持續努力，不是很痛苦嗎？但是媽媽覺得外公放棄了她。」

瑪麗說，她搞不懂她媽媽為什麼非要成為畫家不可，但桃子很渴望成為出色的畫家之後，自己的作品可以掛在父親畫廊的特別位置。父親對她說『把畫畫當成興趣就好』這句話，等於宣判她的死刑。桃子被逼入絕境後，和父親當時最信賴的畫家結婚，生了孩子。

「那個孩子就是我，媽媽把自己無法完成的夢想寄託在我身上。妳知道我的名字為什麼叫瑪麗嗎？」

被瑪麗這麼一問，宙只能回答說：「我不知道。」

「我的父母當然都是日本人，我長得很像平安時代的女生，完全就是一張日本人的臉，卻叫瑪麗這種名字，難道妳不覺得奇怪嗎？元町好幾次都對我說『妳明明就是日本人的長相』。」

「喔。」聽到瑪麗這麼說，宙不禁叫了一聲。這麼說起來，的確有點奇怪，但從她懂事的時候開始，就知道她叫『瑪麗』，而且現在有人的名字更有個性，因此宙從來沒有在意過這件事。

瑪麗看到宙驚訝的樣子，笑了笑。「小宙，妳在這方面真的很單純。我外公很喜歡畢卡索。」

「喔喔，我知道，他也曾經好幾次和我聊畢卡索。」

「所以妳聽說過吧？就是畢卡索的情人中，誰帶給他最多靈感。」

「我知道。啊，該不會……」

「沒錯，就是瑪麗．德蕾莎。媽媽為了讓外公高興，就給我取了這個名字，是不是難以置信？我的名字是她為了取悅她的父親而取的——所以，我一點都不喜歡這個名字。」

瑪麗哼了一聲，又繼續說道：「和媽媽結婚的爸爸很可憐，他很懦弱……不，爸爸很溫柔，我想很多事都是媽媽強勢要求的。」
宙什麼話都說不出來。原來天底下還有這樣的媽媽。她的內心滿是驚訝。
瑪麗說話的語氣很平淡，就像在說眾所周知的往事，就像是在回憶已經結疤的傷痕時，是那種已經跨越疼痛的平淡。
宙帶著不可思議的心情看著瑪麗冷靜說話的側臉。記憶中的瑪麗脾氣很差，很任性，完全不是像現在這樣，能夠平靜談論自己的人。不知道她經歷了多少事，才終於擁有今天的平靜。
「我和媽媽之間的回憶，都是和畫畫有關，也許除此以外，就沒有任何回憶了。」
瑪麗繼續說道。在她懂事之前，她的玩具就只有蠟筆和顏料。她對她媽媽最初的記憶，就是她用一支桃紅色的蠟筆畫圓圈。畫到一半時，她媽媽強迫她換成黑色蠟筆，她用黑色蠟筆畫了幾個小圈圈後，桃子歡呼起來：
『那是臉。你們看，她這麼小的年紀就可以明確地畫出主題，太厲害了，她絕對有天分！』
即便在孩子眼中，都覺得桃子的喜悅太誇張。瑪麗不知所措地看向外公，外公露出一絲寂寞的微笑。
「我想，外公一定覺得媽媽很可憐。我也覺得媽媽超可憐，完全就是自己唸了緊箍咒給自己，這樣的人生太不值得了。」

瑪麗呵呵一笑。

「雖然我背負媽媽的期待，但是我畫得超爛。起初還為了媽媽，努力想要畫得好一點，只是完全沒有進步。就算是這樣，為了讓媽媽開心，我還是努力畫，但是媽媽罵我：『妳的眼睛和手都有問題吧！？』於是我就越來越討厭畫畫，原本就畫得很差，後來更加慘不忍睹，這就是所謂的負面循環。」

瑪麗充滿懷念地談著往事的神態，看起來就像是大人。

「上小學之後……我記得是三年級的時候，我說我不想再畫畫，我最討厭畫畫了，結果媽媽超生氣，把軟管的顏料塞進我的嘴巴。我滿嘴都是顏料的苦味和臭味，幾乎不能呼吸。我以為自己會死。我至今仍然無法忘記當時的顏料味道。那一次，爸爸救了我，但他因為這件事終於受不了媽媽了，就搬去長野縣的山裡。我們好幾年都沒有見面，前幾天外公葬禮時，相隔幾年終於見面，感覺他就像是陌生的叔叔，我們還很客套地打招呼說，好久不見。啊哈哈。」

宙想像著桃子像凶神惡煞般把顏料塞進比目前更年幼的瑪麗嘴裡的情形，全身顫抖。雖然嘴裡還有剛才喝的果汁甜味，但總覺得有奇怪的味道，於是慌忙拿起罐裝果汁喝了一口，把腦海中的想像吞下。瑪麗若無其事地喝著自己的果汁，好像突然想起了什麼，對宙說：

「對了對了，我要跟妳道歉。」

「啊？為什麼要道歉？」宙問。

「就是幼兒園時的事，妳忘記了嗎？」瑪麗微微歪著頭問。「我們不是曾經在母親節畫畫嗎？那時候妳媽媽很疼妳，而且大家都對妳很好，所以我超討厭妳，因為我媽媽從來沒有那樣疼愛我，雖然想要向媽媽撒嬌，可是又覺得媽媽不會理我，根本不敢向她撒嬌，然後妳那次很自豪地說『我就有媽媽和媽咪兩個媽媽』。我在擔心萬一畫不好，又會挨罵時，妳卻說這種話，就覺得超生氣。」

瑪麗害羞地抓抓臉頰，嘿嘿笑了一聲。

「現在我知道，妳家也有一本難唸的經。對了對了，第一學期教學參觀那天，我超驚訝，來學校的人並不是我記憶中的小宙媽媽，而且她還是外公的女朋友。當時我竟然沒有尖叫，連我自己都覺得自己很了不起。」

原來如此。宙想起了當時的情景。原來瑪麗當時的表情是這個意思。

「瑪麗，妳什麼時候知道那件事？就是柘植先生和花野……我媽媽的事。」

「在妳媽媽得獎之後。那是我媽媽從以前就夢寐以求的獎項，如果妳媽媽只是和我外公交往，我媽媽應該還能夠原諒，沒想到連才華都完勝我媽媽，那就……但是我媽媽沒有想到那個女人的女兒和我同校，現在都還不知道。因為我媽媽幾乎沒有來學校參加過任何活動。」

宙聽到瑪麗最後一句話，感到十分驚訝，然後才想起的確不曾在學校看過瑪麗的媽媽，因此之前桃子來家裡時，宙完全不知道她是誰。

「在我說討厭畫畫之後，她就不管我了。她那個人無法成為母親。」

雖然瑪麗說得雲淡風輕，但宙十分驚詫。因為她有完全相同的感受，原本以為只是發生在自己身上，其他小孩子都不會思考這個問題。

「妳說她無法成為母親是什麼意思？」

宙不安地問，瑪麗回答說：「就是字面上的意思。她當初只是為了她自己的目的才生下我，在她身上完全找不到大家所說的母性，或是親子的感情。即使有，也是微乎其微，在標準值以下，就好像在游泳池裡滴幾滴香水，只能勉強有一丁點香味。」

瑪麗說的每一句話，都讓宙有一種熟悉的感覺。

「小宙，妳是不是對我淡然的態度很驚訝？但其實我也曾經難過，曾經憎恨，不知道煩惱了多少個夜晚，不知道該怎麼辦。但是，我最後終於想通了，我和她相處時，希望她扮演好『母親』的角色，所以才會受傷，其實只要把她想成『家人』就解決了。」

宙聽到這番以前從未聽過的意見，猛然回過神。她歪著頭納悶，瑪麗對她說：

「妳不覺得媽媽這兩個字有特殊的感覺嗎？不管是繪本還是漫畫，電視劇也一樣，都會把媽媽這個角色描寫得很特別。像是包容一切的溫柔，無私的愛之類的，把孩子放在最優先，自己則放在次要，完全知道孩子在想什麼，對媽媽的形象是不是有這樣的感覺？」

宙聽到瑪麗的問題，緩緩點頭。瑪麗用力點頭後笑著說：

「但這只是印象，並不是事實，只是理想而已，就好像明星或者說是夢幻。呃，那個叫什麼，對了，偶像！就是偶像。其實這個世界上並沒有那麼多完美的母親，媽媽就只是『家庭』成員而已。」

「只是『家庭』成員而已……」

「沒錯，妳知道家庭真正的意思嗎？我還特地查了字典，家庭就是以夫妻和有血緣關係的人為中心構成的團體。那就是說，無論『母親』還是『孩子』，都是在某個條件下聚集在一起的群體中的名稱而已，而且目前這個時代，有很多字典上找不到的、建立在各種關係上的『家庭』。在全新意義的『家庭』中，不分『母親』或是『孩子』，只是指在人生路上相互扶持的團體。」

瑪麗就像在回答國文題目般俐落地說明，宙欽佩地聽她侃侃而談。雖然以前從來沒有這麼想過，但很可能就像她說的那樣。

「媽媽並不是我希望的、期待中的『母親』，但是，她盡了身為我的『家人』的義務。我生活中衣食不缺，對未來的生活沒有任何不安，只因為我對『母親』這個角色抱有期待，產生了少許的不愉快和失望。總之，媽媽有盡到她身為『家人』的責任。」

宙在內心重複著『身為家人的責任』這句話，然後想到自己和花野。如果期待花野扮演好母親的角色，就會有很多失望，但是回想起來，自己的生活也很健全……

「更何況我也不是媽媽眼中的出色『女兒』。我拒絕了她寄託在我身上的夢想，現在媽媽發神經的時候，我不會理她，會逃回自己的房間，所以我相信媽媽同樣對我很失望，並不是只有我覺得受委屈。」

瑪麗呵呵一笑。

「我現在覺得，我要力所能及地盡身為『家人』的責任。我無法回應媽媽對『女兒』的期待，那我也就不要期待媽媽是『母親』；但是身為『家人』，我會盡可能讓媽媽生活更舒適，盡最大的努力扮演好『家人』的角色。自從我有這種想法之後，心情就變得超輕鬆，整個人都放鬆了。雖然說不要對對方有任何期待聽起來很薄情，但我相信應該這麼做。」

宙覺得好像有一陣風吹過身體，有一種恍然大悟的興奮貫穿全身，就像是遲遲無法解決的問題終於解決，故事的結局比自己想像的更完美的感覺。

「瑪麗，妳太厲害了，妳能夠這麼想，真的很厲害，聽妳說了很多我以前從來沒有想過的事，我太高興了，但是，妳為什麼和我說這些事？」

無論是關於出生的事，還是名字的由來，都根本不需要告訴別人。瑪麗看著宙，用力皺起眉頭，似乎陷入思考。

「嗯，為什麼呢？我一直很想和妳聊天，啊，對了，可能是因為妳應該會對我說『我家也一樣』吧。」

瑪麗露齒一笑，露出虎牙。宙的心跳加速一拍。

「雖然這麼說不太好，但是妳媽媽絕對不是理想的『母親』，她和我外公談戀愛，又從事那麼高難度的工作，我覺得妳應該能夠瞭解我的感受……啊，對不起，我不該亂說話。」

宙用力搖著頭，她很想說些表達心情的話，但是一旦開口，可能就會哭出來。瑪麗對著她繼續說道：

「而且妳在吃營養午餐時的表情和我一樣，可能也是原因之一。」

「啊？」

瑪麗突然改變話題，宙眨著眼睛，瑪麗噗哧一笑。

「無法融入集體活動的白癡——妳總是用這種表情看著元町，我完全同意妳的看法。雖然其實妳並不知道，但我之前以為妳和我一樣，知道所有的事。」

瑪麗開心地喝了幾口果汁，又繼續說：

「我們兩個人都因為家庭因素，有一些不為人知的事，但仍然努力克服，遵守團體行動的規定，他卻為了吃苦瓜或是胡蘿蔔這種事整天吵個不停，真的會覺得他腦筋有問題，而且前一陣子還一直把『媽咪』、『媽咪』掛在嘴上。妳知道妳當時是什麼表情嗎？根本就像看到垃圾一樣。」

「啊？我有那麼可怕嗎？」

宙忍不住用手摸著臉，瑪麗調侃地說：「有啊有啊，根本超鄙視他。」

「我還討厭元町的一件事，就是他說的『我』，妳不覺得聲調超奇怪嗎？不知道是不是因為他的發音太奇怪了，每次聽到都超火大。」

「啊，沒錯沒錯！他說『我』的時候，聽起來就像是在說抹茶歐蕾或是香蕉歐蕾的歐蕾，聽起來超不舒服，但這也許是因為俗話說的『憎其人而及其物』吧。」

「啊，有道理！之前吃營養午餐時，不是有草莓歐蕾嗎？那一次我憋笑憋得好辛苦。聽他說『我（O-re）超喜歡草莓歐蕾』時，很想嗆他，以為自己在說冷笑話嗎？

還有還有，北川老師也超那個。雖然不知道她是不是在貫徹『不罵人的教育』，但這種事，在自己的孩子身上貫徹就好，我覺得她超不負責任。」

「我懂我懂！我們班級就像是野生動物園，真的超煩。很羨慕四班的神戶老師，該管教的時候就必須嚴格管教，真的超羨慕。」

「神戶老師真的很不錯，啊，但是聽說有家長去向學校投訴，所以我們班的家長要緊急召開親師座談會。」

「啊？真的嗎？去投訴的家長該不會是原田的媽媽？」

兩個人你一言，我一語地聊了一陣子八卦，瑪麗開心地笑著。宙第一次發現她這麼健談，表情這麼豐富。

「宙，我就知道妳很棒，我覺得我們是同路人。我們都生活在與眾不同的家庭。之前在吃營養午餐時，我就超欣賞妳，覺得我們一定可以成為好朋友，想和妳成為好朋友。」

瑪麗說完這句話，浮現柔和的微笑。宙正想說「我也是」，但突然打住。前一刻飄飄然的心情一下子萎縮了。

她很想和瑪麗變成好朋友，一起聊很多事。瑪麗說得沒錯，她們一定可以成為好朋友，但是，這個願望不可能成真，因為兩個母親之間的鴻溝永遠都無法填補，一旦她們成為好朋友，就會承受不必要的傷害。

但是，這並不是最大的問題。

「我要搬家了。媽媽在外公的葬禮之後，整個人就像是幽靈或者說是殭屍，於是爸爸就問我們，要不要去長野。」

我們一家人要不要在沒有任何親戚朋友，沒有任何回憶，就像一塊白色畫布般的地方重新開始？瑪麗的爸爸來參加栢植葬禮時，問分居多年的妻子，桃子點頭答應了。

「只不過不知道實際生活後的情況，畢竟爸爸一度放棄『家庭』逃走，所以我無法完全相信他，而且以前媽媽發神經的時候，外公都會袒護我，現在外公離開了，還必須離開外婆生活，我對和爸爸、媽媽三個人即將展開的新生活很不安。」

瑪麗仰頭看著天空，宙跟著看向天空。鳥正準備起飛，但因為背光的關係，所以不知道是什麼鳥。瑪麗知道嗎？

「我媽媽是超級、超級麻煩的人，整天連自己的事都忙不過來，而且很情緒化，經常像小孩子一樣放聲大哭，有時候我覺得她根本已經忘記我的存在，但有時候又會口出惡言，簡直讓人傻眼。當她有空的時候，就會心血來潮地關心我一下，但是她一點都不覺得自己對孩子造成負面影響，搞不好還會自以為是，覺得很關心我。」

不知道是不是順著氣流的關係，鳥兒在天空盤旋上升，最後變成黑色的點，消失不見。宙看著鳥兒消失後說：「我懂，我媽媽也一樣。」瑪麗仰著頭笑了，宙也跟著笑了。

「其實妳剛才來我家之前，我正在抱怨我媽媽，我對她說，不要露出一副好像只有自己很不幸的表情。」

「喔喔，小宙，妳太猛了。」

「但是，說了之後，心情卻不是很好。」

看到花野皺起整張臉的瞬間，宙就胸口發痛，很後悔自己這麼說。

雖然宙覺得無奈，也有點輕蔑花野，在開口對花野說話的當時，打算指責她竟然不惜丟著孩子不管，陷入離經叛道的戀愛，甚至覺得要好好數落一下至今為止所發生的一切。但是，看到花野很受傷時，就不知道該說什麼了。

「她明明把我的生活搞得一團亂，但我才抱怨一下，她就好像很受傷的樣子，妳不覺得太有心機了嗎？而且只要我稍微抱怨幾句，我媽就什麼話都說不出來，然後直接逃走，真是讓人傻眼，真的很卑鄙，但我又同時覺得，早知道就不要說那些話。」

「本來就是這樣，但是，妳不需要後悔，妳完全可以抱怨，既然是父母，就應該要接受小孩子正當的意見。我最近會頂嘴，也會和我媽吵架，差不多每五次，我媽就會向我道歉一次，進步超大。」

宙深深體會到，瑪麗以接受她媽媽為基礎，正面處理和媽媽之間的關係。原來瑪麗比自己更早陷入痛苦和煩惱。

「瑪麗，妳超厲害，我太佩服妳了。」

「討厭啦，」瑪麗羞紅臉，「妳這麼說，我好害羞喔，其實也沒什麼厲害，但是我們都算是有點與眾不同的『家人』，要努力讓自己和有點古怪的媽媽相處的生活好過一點。」

瑪麗用有點戲劇化的語氣說道，宙用力點頭。

「是啊，就這麼辦。」

每次發出笑聲，就覺得心情輕鬆不少。溫柔的秋風把她們的聲音帶去遠方。

在野鳥公園和瑪麗道別回家的路上，遇到花野。花野明顯鬆了口氣，可能是她發現宙不在家，於是出來找人。

「宙……對不起。」

宙打量周圍，除了花野以外，並沒有其他人。佐伯回家了嗎？

「對不起，我滿腦子都想著自己的事，完全沒有想到妳。妳說得沒錯，我之前的確把妳當成累贅。」

花野注視著自己的手心。

「我昏了頭，但我知道，這只是藉口。對不起，請妳原諒我。雖然我想妳應該不會原諒我。」

宙站在花野面前看著她的臉。花野用力皺緊眉頭，表情比剛才的瑪麗更幼稚。

「我並不否認，我很愛柘植，他第一次讓我感受到被人守護的安心感。」

「嗯。」宙點點頭。

「就算我只是一個默默無聞的畫家，他仍會欣賞我。即使我是無名小卒，他也會接納我，這讓我很舒服自在。和他在一起，我感受到保持自己真實的樣子被愛的『幸福』。」

宙在腦海深處想，那是小孩子對父母的感情。在賽跑中跑最後一名也沒關係，在發表會上唱歌忘了歌詞也沒關係，風海總是盡情地稱讚宙。風海對宙的愛毫無條件，宙深深相信，風海絕對不會拋棄自己，無論自己遇到任何事，她都會保護自己。

宙猛然發現，也許花野以前不知道這種感覺。聽佐伯說，花野從小在管教很嚴的環境下長大，不知道怎麼愛別人。宙經常想到這句話，但其實花野自己並不知道『被愛的感覺』，柘植第一次讓花野感受到什麼是被愛……

這樣的她，當然無法成為我期待中的母親。宙終於明白這件事。拚命追求被愛的人，當然不可能想到要愛別人。

「花野，妳實在不適合當母親。」

宙說這句話並沒有責備的意思，但花野好像接受審判似地點點頭。

「妳實在太難搞了，無論發生多大的事都一樣，在暴風雨中打女兒的臉，然後跑去找男人，這種行為大有問題。還有柘植先生的事，雖然我並不是不能理解妳的心情，但還是認為這件事無法原諒。畢竟有人受到了傷害。」

宙想起桃子的臉。桃子可怕的模樣令人心生畏懼，她體會到原來一個人可以如此痛恨另一個人。但是，桃子的憤怒理所當然，畢竟花野踐踏了她對家人的感情。

「我還是無法接受妳和柘植先生的事，不能因為自己的任性，就去做不該做的事，或是傷害他人的事，這會讓那些規規矩矩的人像傻瓜。」

花野又點點頭。

「但是，我們是家人，我和妳是一家人，這次的事就算了、算了。但是，希望不會再有下次。」

宙在說話的時候，並不知道哪件事『算了』。但是，花野是自己的母親，而且是自己的家人，所以她覺得『算了』，也覺得應該『算了』。

花野瞪大眼睛，微微張開嘴巴，不知道想要說什麼，猶豫幾次之後，緩緩說出了

「謝謝」兩個字。

「謝謝妳接納我。」

原來如此。原來這就是接納。宙在點頭時想到。瑪麗知道什麼是接納嗎？

「對了，花野，妳知道我班上有一個同學是柘植先生的外孫女嗎？」

「對不起……我知道，但是她和妳的關係似乎並不好，我覺得不告訴妳也沒關係。」

「是喔。」宙附和一聲，但突然想到：「妳為什麼覺得我和她的關係並不好？」

「我聽恭弘和田本太太說的，妳和他們不是無話不談嗎？田本太太都會寫報告給我，像是妳的鞋子太小，或是洗髮精有點不合用，諸如此類的，最近甚至還會寫妳很會刨柴魚花。她做事很認真，幫了我很大的忙，很慶幸找到這麼理想的人。」

宙根本不知道這件事，聞言相當震驚。之前生活中遇到不便時，還沒有開口，這些小問題就解決。原本很佩服田本太太觀察入微，沒想到花野也都知道。田本太太真的很厲害，是完美幫傭。

「但是，我應該告訴妳。對不起。對了，妳會覺得去學校很尷尬吧？妳希望怎麼做？只要妳說出自己的想法，我可以做任何事滿足妳的要求，要考慮轉學也行。」

花野戰戰兢兢地說。她一臉為難，很無助，但可以明確感受到她的關心，於是宙露出微笑。
「我剛才在野鳥公園和瑪麗見面。瑪麗說，她要轉學了，和她媽媽一起，搬去她爸爸住的長野縣，臨走前，她說會努力讓新生活更快樂。」
宙最後揚起嘴角，花野瞇起眼睛，垂下眉眼說：
「原來妳們其實可以成為好朋友。」
花野帶著歉意小聲說道。宙輕輕點頭。
「但是沒關係，我們已經好好聊過重要的事。」
「這樣啊。」花野說這句話時，聽到輕微聲響。那是宙的肚子發出的聲音，她這才想起這幾天都沒有好好吃飯。
「啊！為什麼偏偏在這種時候！」
宙害羞得滿臉通紅，花野笑著說：「我肚子好像也有點餓。既然已經出來了，要不要找地方吃飯？我剛才叫恭弘回家了……我說我想和妳單獨聊一聊，所以他不在家。最近田本太太也沒有來，冰箱裡應該沒什麼食物。」
「……我來煮。」宙摸著肚子，走向家的方向。「花野，我真的超會刨柴魚花，我刨給妳看。」
花野很吃驚，然後跟上走在前面的宙。

田本在廚房角落找到的柴魚乾刨削器是舊式的木頭刨削器，原本生鏽的刨刀送去重新磨過，現在可以刨出超薄的柴魚花。握著像茶色木片般的柴魚在刨削器上滑動，就會發出咻咻咻聽起來很爽快的聲音。刨削數十次後，許多透明的柴魚花片輕飄飄地躺在下方的盒子中。宙拿起柴魚花出示在花野面前，她坦誠地說：

「好漂亮，看起來很好玩，讓我試試。」

花野像小孩子般說道。宙把柴魚交到她手上說：「小心別受傷。」花野嘟起嘴巴說：「啊，竟然小看我，我也會啦。」但不知道是否因為角度和施力不當，花野開始刨的時候發出嘎哩嘎哩卡卡的聲音，只掉下一些粉末。

「咦，沒想到這麼難。宙，妳的手真巧。」

「田本太太也這麼稱讚我。」

下方的盒子裡裝滿柴魚花後，宙就用昆布和柴魚花一起煮了高湯。只要遵守田本細心指導的方法，就可以煮出琥珀色香氣十足的高湯。花野看在一旁，嘀咕著：「我還以為更簡單，我只用過高湯塊，沒想到妳竟然會自己熬高湯，太厲害了。」

「有時候煮味噌湯時，高湯就是我做的。」

「啊？是喔？我一直以為是田本太太做的，早知道妳應該告訴我。」

「……好，以後會告訴妳。」

宙看著鍋子內說道。現在已經無法為了引起母親的注意而大聲叫喊，但如果只是向家人打聲招呼的程度，自己有辦法做到嗎？

「中元節的素麵還沒吃完，我來煮清湯素麵，好嗎？」

「妳會做清湯素麵？」

「對，我會做。」

宙煮好素麵，放進已經用鹽、味醂和醬油調味的高湯，只加上蔥花。她和花野面對面吃著完全沒有任何配料的清湯素麵。

「好吃……」

隔著熱氣，聽到花野小聲說道。宙默默點頭。兩個人之間只聽到窣窣吃麵的聲音。隔了一會兒，宙似乎聽到和吃麵聲不同的聲音，於是偷瞄一眼，發現花野在哭。

在颱風的隔天，花野回來之後，就沒有流過一滴眼淚。她的感情好像飛走了，沒有跟著她一起回來，或許現在她的感情回來了。

宙的眼前也濕了。她用一隻手摸摸眼睛，發現被淚水浸濕。我為什麼哭啊？但是無論擦了多少次，淚水仍然流不停。宙和花野一邊吃麵，一邊擦著眼淚。

兩個人都沒有說話，只是邊哭邊吃。應該不是因為傷心落淚，只是眼淚不停地流下來。

花野把麵湯喝完後，合起雙手說：「我吃飽了。」

花野沒有接受柘植的骨灰。『我是無法得到原諒的人。』她這麼說，然後透過角野，把骨灰歸還給柘植的妻子。

但是，花野提出想要去掃墓的請求，對方同意了。秋高氣爽的星期天，宙和花野、佐伯三個人，來到柘植的墳墓所在的鄰縣。穿越一片染成金黃色的銀杏樹後就是安靜的墓地，不知從哪裡傳來鳥啼聲。

三個人站在對方告知的柘植家墓前，合起雙手。之後佐伯和宙去周圍散步，留下獨自站在墓前的花野。

「花野學姊看起來神清氣爽，太好了。」

佐伯租了車子，一路開車來到這裡，他用力伸個懶腰說道。宙抬頭看著他高興的樣子問道：

「阿恭，你要維持目前的狀態到什麼時候？」

佐伯為了陪在花野身旁，餐廳暫停營業了好幾天。而今天，是難得他可以休息的店休日，他又特地租來車子，帶她們來這裡掃墓。這一切都是為了花野。

「我是花野的女兒，所以沒關係，我們是家人，無論花野怎麼樣，我都會陪在她身旁，但是你不一樣啊。」

不能繼續這樣下去。

「妳現在越來越會講話了。」佐伯瞇起眼睛，眼尾增加的皺紋，為他的臉增添上幾分柔和。

「我知道，我會在適當的時機向她求婚。」

「啊？真的嗎？但是突然求婚會成功嗎？」

這會不會太操之過急？花野很可能用一句「你有病嗎？」打發他。

「我無法成為花野學姊理想中的『情人』，無論經過多久，都無法擺脫在她屁股後面打轉的學弟形象。但是，我覺得可以成為她的『家人』。我喜歡花野學姊的一切，包括至今為止所發生的事，我可以接納所有的一切，和她一起走下去。而且我覺得妳也很可愛，所以不是『情人』，而是『家人』。雖然我可能無法讓她心動，但我想可以帶給她安心的感覺。」

佐伯說話時很溫柔，很真摯。

「我覺得……我覺得超棒。」

宙用力握住佐伯的手。

「阿恭，我可以和你成為一家人嗎？這簡直超讚，我覺得很棒。」

「現在還言之過早。」

宙興奮的樣子讓佐伯有點不知所措，笑了起來。

「如果花野學姊拒絕就沒戲唱了，但是，嗯，我會努力看看。」

宙心跳加速。他們應該不會馬上結婚，但是，佐伯不是想成為花野的『情人』，而是想成為『家人』，只要這句話能夠打動花野，他們之間的關係就會出現良好的變化。

「謝謝你們，好了，我們回家吧。恭弘，回程也要麻煩你開車了。」

遠處傳來花野的聲音。宙推著佐伯的後背說：「你先過去。」

花野站在從樹葉中傾瀉而下的陽光中瞇起眼睛。佐伯跑過去，他的白襯衫在陽光下閃了一下。

第三章　獻給你的濃稠蕈菇濃湯

也許是因為從前一晚就開始下雨，早晨有點寒意。冷風呼嘯，烏雲籠罩整個天空。上週整個星期都是秋高氣爽的好天氣，冬天突然加快腳步逼近。田本正在收拾午餐碗盤，雨滴打在廚房的小窗戶上，她探頭向外張望，嘆了口氣。

「今天是婚禮的日子，偏偏遇上這種惡劣的天氣。」

田本自言自語地嘀咕。宙差一點點頭，但最後還是忍住了。

聽說他們今天要在紅葉很美的郊區餐廳舉辦戶外婚禮。川瀨家院子內的紅葉從上週就開始染上鮮豔的色彩，那家餐廳的庭院一定也很美，但是可能都被風雨打落。

宙在餐桌旁翻開筆記本，心不在焉地看著之前學過的那些料理食譜。從小學一年級開始記錄的食譜筆記至今已經超過二十本，看著筆記本上被油濺到的污漬，和因為匆忙記錄而寫得凌亂的文字，就可以清楚回想起當時的空氣。目前手邊的食譜筆記是中學一年級夏天所學的料理。用鮪魚罐頭做的什錦炒素麵和牛肉燴飯。啊啊，對了，還做過好幾次香蕉磅蛋糕。跟田本學會之後，在佐伯生日時送給他當生日禮物，佐伯喜出望外，一個人吃完了磅蛋糕，還稱讚宙說，作為店裡的商品也沒問題。

宙想到這裡，粗暴地闔上筆記本，然後從口袋裡拿出手機，注視著漆黑的手機螢幕。

阿恭，恭喜你。她無論如何都說不出這句話。

佐伯今天要結婚，新娘是兩年前開始在『佐伯小餐館』打工的春川智美。她比佐伯小五歲，性情溫柔，一副銀框眼鏡更增添她的知性魅力。但是，宙對她的第一印象並不好。那時候的智美臉上沒什麼表情，可能是因為那時候她剛離婚，而且又是被對方拋棄，她就像嚴肅的女醫生般，感覺是一個很難搞的人。隨著時間的流逝，慢慢相處之後，漸漸瞭解到她誠實不做作，很容易親近的個性，宙在不知不覺中喜歡上她，只不過直子比宙更中意智美。

智美在學生時代就結婚了，基於前夫的要求，一直在家裡當家庭主婦，完全沒有工作的經驗。『我沒有任何工作經驗，而且年紀不小，很感謝你們願意僱用我。』智美曾經這麼說，因此工作很認真，而且做事細心，也許是性格關係，她很愛乾淨，加上她和住在遠方的父母關係有點疏遠，直子就把她當成親生女兒般疼愛照顧，最後逼迫兒子說：『拜託你把智美娶回家，我就可以放心退休養老了。』

智美似乎對工作勤快、經常露出爽朗笑容的佐伯很有好感，雖然她剛到餐廳工作時，都是一身白襯衫和黑長褲的嚴肅服裝，但漸漸換上色彩鮮豔和質料柔軟的衣服，她的耳垂和脖子上漸漸戴上一些小首飾。最重要的是，她在佐伯面前時，總是露出好像春天森林間隙的光線般柔和溫暖的笑容。

宙身為旁觀者，認為佐伯很早就察覺到智美的心意。這是因為宙好幾次發現佐伯很猶豫，不知該如何搪塞智美投向自己的視線，以及對自己說話時不同的語氣，但是，佐伯持續佯裝不知，面對母親的拜託，則是責備說『妳這樣會造成人家的困擾，不要隨便亂說話』。這都是因為他還無法忘記花野。

宙單手操作手機，打開手機相簿。滑了幾下之後，找出一張照片。三個人的笑容出現在七吋螢幕上。花野和佐伯臉貼在一起，笑得很燦爛，宙也在兩個人的正下方滿面笑容。

宙即將從小學畢業的那年冬天，花野突然失去繪畫的能力。只要坐在工作桌前就會頭痛，拿起畫筆就想吐。平時總是清晰地浮現在腦海的構圖，好像蒙上了一層霧，變得模糊不清。花野說自己江郎才盡，但宙認為是因為花野還沒有從失去柘植的打擊中走出來，又遭到那些缺乏同情心的流言蜚語攻擊，導致雪上加霜。

最初是因為和新的經紀公司合不來。花野並不願意上媒體，但經紀公司仍安排她頻頻在媒體曝光，接了不少花野不感興趣的工作，結果影響到繪畫本業。當花野對此表達不滿，反而被罵太傲慢。經紀人情緒失控地痛罵花野，我們是要捧紅妳，妳竟然不知好歹，連一句感謝都沒有。宙不知道那個經紀人對花野有什麼不滿，開始怠於工作事務的聯絡。

差不多在那個時候，不知道是誰去爆料，八卦雜誌用充滿惡意的內容和低俗的文字，刊登花野年輕時從事的工作——在酒店當小姐的事，說她有好幾個恩客，只要價錢夠高，她就願意被人包養當情婦，然後用賺來的錢買名牌，在大房子內養小白臉。雜誌上刊登出據說是花野年輕時的照片，在『稀世壞女人！？』的文字下，是一個濃妝豔抹，衣著暴露的女人。不知道照片中的女人是否喝醉了，或是拍攝角度有問題，看起來完全不像花野，只是那個女人有如假包換的虎牙。而花野自己承認：『這的確是我，雖然我有很多話想說，但我的確在那裡上過班。』

不久之後，當紅偶像團體中最受歡迎的女星和諧星先有後婚，閃電結婚和引退的新聞，讓大家對花野的話題失去興趣，但仍然無法改變花野曾經遭到肆無忌憚的無恥眼神和惡意攻擊的事實。他們收到被剪成碎片的花野照片，和塗黑的繪本、畫冊，這些事造成的打擊無法消除，一切都壓垮了花野的心，她的心靈渴求休息，拒絕工作。

畫畫是我唯一的優點，既然現在已經畫不出來，我就一事無成了，變成廢物。花野傷心欲絕，當時就是佐伯陪伴在她身旁支持她。

『妳並不是一事無成，只是目前進入什麼都不需要做的時期。妳只要做妳想做的事就好。』

佐伯和田本齊心協力，三餐都準備美味的料理，假日就開著車，載著花野去兜風或是看電影，竭盡全力為花野找回笑容。

幾個月後的一個陽光明媚的春日，佐伯的誠意終於打動花野的心。他們三個人一起吃飯時，花野好像第一次開口說話般小心謹慎地說：『我可能需要你，恭弘，謝謝你一直陪在我身邊。』

宙無法忘記佐伯當時的表情。他喜出望外，滿臉欣喜，讓人不禁覺得，天照大神走出洞窟時，眾神應該就是這樣的神情。宙猜想自己也是，難以相信竟然會發生如此美好的事，這一定是巨大幸福的起點。

那天之後，佐伯頻繁出入川瀨家，有時候會留宿。每當佐伯留宿的隔天，三個人都會一起享用豐盛的早餐。花野擁有從來不曾有過的平靜，臉上露出溫柔的笑容。他們兩個人恩愛的身影，總是散發出溫暖的氣氛。那段日子很幸福。即便現在回想起那段時光，宙仍會再度沉浸在幸福之中，嘴角情不自禁地上揚。

但是，那只是終將結束的短暫幸福。

花野在某一天突然無法再畫畫，而重拾畫筆時同樣很突然。某天她在簷廊上睡午覺，突然跳起來，衝進自己的房間，接著廢寢忘食，連續畫了三天兩夜。就算宙去她房間張望，或是佐伯做宵夜給她，她都完全沒有反應，專心一志，心無旁鶩地投入繪畫的世界。

『花野之前在蓄積心力。』

和宙他們一起守護花野的田本太太這麼說。她說，花野之前的心靈水庫枯竭了，需要花一點時間再度蓄積。花野在填滿之後，才終於找回自己。

田本太太的這番話道出真相。如同枯萎的花澆水之後，重新抬起頭，花野也在轉眼之間就恢復成原本的節奏。她和經紀公司解除經紀約，主動和之前關係良好的出版社聯絡，爭取到幾項工作。雖然因為之前突然無限期停止工作，導致失去客戶的信任，工作量不到原本的一半，但花野仍然心存感激。『我知道自己能力有限，但仍然有人願意把工作交給我，仍然有人對我說，一直在等我。光是這樣，我就知足了。』

看到花野恢復正常，宙很高興。花野工作的身影曾經讓她感到幻滅，但仍在不知不覺中萌生了好感。也許是因為隨著年齡的增加，懂得擁有能夠讓自己不顧一切投入心血的事多麼寶貴，以及因此受到肯定是多麼不易。

佐伯和宙一樣高興，他興奮地說：『太好了，花野學姊終於恢復正常的樣子。』

但是，花野卻向佐伯提出分手。『既然我要繼續這個工作，就無法帶給你幸福。我只會侵蝕你的人生，因此不能讓你繼續留在我身邊。我遲早會厭倦，你也會不滿。幸福不能只有自己滿足，而是必須滿足彼此。我希望你能夠得到這樣的幸福。恭弘，希望你能夠瞭解。』

宙完全無法理解花野說的話。現在這樣不是很好嗎？為什麼這種大家都幸福歡笑的日子無法持續？宙哭著抗議，有時候甚至大喊大叫，但花野始終沒有收回自己說的話。

不知道他們溝通了多久，佐伯終於放棄，認為無法改變花野的心意，然後對宙說：

『真希望花野學姊渴望的幸福，像是肉眼可以看到的容器，我就可以知道什麼料理是最適合她的幸福容器，知道該如何根據顏色、大小和深淺調整，同時能夠接受自己做的料理配不上那個容器，知道我奉上的料理和她的容器格格不入，也能知道她根本沒有任何料理可以裝進我的容器……』

花野和佐伯所追求的東西不一樣。宙用自己的方式理解了佐伯說的這番話，認為應該是這個意思，但是如果問她是否接受，她當然無法接受。她一次又一次要求花野改變決定，哭著要求佐伯不要放棄，但是兩個大人只是難過地對著她搖頭。然後，佐伯就不再踏進坡道上的家了。

轟隆轟隆轟隆。遠處傳來好像地鳴般的聲音。田本皺著眉頭說：「哎喲，竟然打雷了。為什麼偏偏今天的天氣這麼惡劣。」

宙回想起佐伯的笑容。佐伯那張宛如夏天清澈天空般爽朗的臉一直陪伴在宙的左右，自從在這個廚房第一次見到佐伯之後，佐伯就一直守護、關愛她。照理說，自己應該在他身邊為他祝福。

「我去寫功課。」

宙把手機塞進口袋，抱著筆記本走出去。她無意識地看向對面，在一片雨濛濛的景色後方，花野房間的紙拉門緊閉。

不知道花野目前在想什麼。

花野堅持不收回分手的決定，但是佐伯不再上門後，她那段時間有點不太對勁。她大吃大喝到幾乎快吐出來，而且拚命喝酒，差點失去記憶。有時候會站在院子裡發呆，還會茫然注視著佐伯以前坐的椅子，有時候會以驚人的熱忱投入工作，廢寢忘食，累得連走路都會搖晃，仍然不願離開桌子的樣子，似乎在緩慢走向死亡。

是不是愛得失去自我？分手之後，是不是覺得整個人都被掏空，必須靠其他東西來填補？既然這樣，為什麼要分手？

宙不知道有多少次吞下那些說了也無濟於事的話，只是默默守護著花野可憐的身影。最後，花野終於恢復往日的鎮定，適度飲食、正常睡眠，不再有令人皺眉頭的離譜行為，但是宙覺得她仍然失去了某些東西。

和阿恭一樣。

花野的樣子很像佐伯失去父親後的變化。花野當時說佐伯『像盆栽一樣修剪自我』，花野目前就是這樣。

花野維持自我，修剪掉重要的枝葉——阿恭。

就在這個時候，智美來到了『佐伯小餐館』。兩年的時間內，智美療癒了自身的傷痛，對佐伯產生好感，佐伯最後終於回應了她。直子說『這一路走來太漫長了』，八成是指佐伯對花野愛慕的期間。宙無法想像佐伯如何放下多年來的感情，又是如何接受智美，當她問佐伯：『你要結婚嗎？』佐伯帶著平靜的笑容點頭。宙覺得有什麼東西從他的臉上消失了，她覺得很鬱悶。人為了生存下去，必須拋棄自己重要的東西嗎？必須捨棄某些之前不可或缺的東西，才能夠活下去嗎？

怎麼可能有這種事？這個世界上一定有人拚命抱緊對自己而言重要的東西，繼續活下去，也有人努力不讓重要的東西失去，但是我身邊的大人為什麼不這麼做？為什麼不拚命保護自己重要的東西？

只能藉由捨棄來保護自我，這根本大有問題！

花野聽到佐伯要結婚的消息之後的反應，同樣讓宙很失望。『是嗎？太好了，那就送花祝賀他們。』花野明明很受傷，卻努力維持平靜，努力保持冷靜、鎮定。

為什麼會這樣！宙差一點大叫，但最後用力咬緊嘴唇。她已經深刻體會到，已經不可能、真的無能為力了。宙終於放棄讓兩個大人破鏡重圓。無論兩個大人內心是怎麼想，都決定讓那一段昇華成為過去，只能這樣。

「但是，討厭的事還是很討厭。」

宙看著紙拉門，說出內心的不滿。我討厭這樣，絕對有問題。但是，這已經是自己力所不能及的事，必須在內心消化這些情緒。

宙嘆著氣，正準備走回自己房間，手機震動起來。她從口袋裡拿出手機，發現收到神丘鐵太傳來的電子郵件。她點開螢幕，看到『要不要在圖書館見面？』的簡短內容。

「這種天氣去圖書館？瘋了嗎？」

宙無奈地說，但指尖輸入的是『好啊』兩個字。她回到房間，從衣櫃裡拿出開襟衫穿上，想了一下，把參考書、筆記和筆記用品放進包包裡。升上中學三年級，畢竟是考生，總覺得不可以毫無理由地出門玩耍。鐵太應該有顧慮到這點，才會約她在圖書館見面。宙站在鏡子前稍微整理頭髮，向正在廚房準備晚餐的田本說了聲：「我去圖書館讀書。」

「哎喲，天氣這麼差還去圖書館，太了不起了。晚餐會準備妳愛吃的焗豆，還會準備幾樣菜，後天早上我過來之前，就不愁沒東西吃。」

「太好了，我最愛吃妳做的焗豆，那我出門了。」

宙笑著走出家門，打開她喜歡的藍色雨傘，邁開步伐。雷鳴已經遠離，閃電消失，聽不到聲音，只有雨勢沒有變小，仍然下個不停。新買的雨鞋很快就沾到泥巴。

她轉著雨傘，看向天空。厚實的雲完全沒有縫隙。郊區的天氣一定差不多。結婚的大日子，竟然是這種天氣。

她並不是不想祝福他們兩個人，她很喜歡佐伯，也喜歡智美，但是仍然無法消除『根本不應該是智美』的心情，無法放棄『為什麼花野不行？』的想法。

「出門可能是正確的決定。」

如果剛才回到自己房間，一定會悶悶不樂。潮濕的空氣很不舒服，地上積水的感覺很噁心，雖然有撐傘，肩膀還是淋到雨。即便如此，仍然比留在家裡好。宙嘆了不知道第幾次的氣，加快腳步。

樋野崎市圖書館位在最近改建的文化中心內。文化中心還有可以容納三百人的禮堂、咖啡店、定食餐廳和會員制的健身房，是市民休憩的地方，也是沒有經濟能力的中學生理想的玩樂場所。宙從正面玄關走進文化中心，收好雨傘，用手帕擦著身體，聽到有人叫她「小宙」。抬頭一看，班上幾個女生聚集在出入口旁的自動販賣機前。

「咦？妳們怎麼都在這裡？」

「香里和真治分手了，我們在安慰她。」

排球社的槙原樹里用下巴指著班花森田香里，香里仰頭喝著提神飲料，然後打了一個和她漂亮臉蛋完全不相襯、很大聲的嗝，說著「我才不要別人安慰」，但她的眼睛明顯發腫。

「我才不喜歡那種移情別戀的男人！」

「啊！真的嗎！？」

宙大聲驚叫起來。

香里和小松真治是學校內出名的情侶，他們從小學六年級開始交往，整天形影不離。真治對香里很癡迷，只要香里和其他男生說笑，他就會生氣，如今他竟然變了心？

但這似乎是事實，聽說真治已經和小一屆的美術社學妹交往。宙根本沒說想看，樹里就主動拿出手機，給她看了相片。那是美術社在某家美術館前拍的集體照，放大的那張臉看起來和香里完全屬於不同的類型。

「很難相信吧？那個『馬子狗』竟然會喜歡別的女生。」

「聽說那個學妹是遇到喜歡的人就會大膽追求的人，所以他無力招架吧，沒想到他是這種人，虧他當初還整天把『永遠的愛』掛在嘴上。」

幾個女生七嘴八舌地數落著，摟著香里的肩膀說：「忘掉那種人。」香里雖然逞強，但無法掩飾很受打擊，紅著眼眶說：「已經忘了，忘記了。」然後又補充了一句狠話：「但不會原諒搶走學姊男朋友的女生！」

宙忍不住想，星期一去學校，恐怕會有一番風波，希望最後能夠和平落幕。

「啊，對了，我剛才看到神丘去了圖書館，妳和他約在這裡見面嗎？」

樹里好像突然想起這件事，指著圖書館的方向說。宙倒吸一口氣，她差點忘了鐵太還在圖書館等她。

「妳和神丘真恩愛，但只有一開始而已，八成很快就會偷吃，男人就是這樣的動物！」

香里氣鼓鼓地說。其他人慌忙安慰她說：「好啦好啦，妳不要亂遷怒。」然後又對宙說：「不好意思，她亂說話。」宙淡淡地笑了。

「香里，如果有需要，隨時可以陪妳聊天，我會盡我所能的。」

宙知道香里不會找自己，香里的朋友都沒有男朋友，她可能只找這樣的人當朋友。香里向來會根據不同的狀況挑選朋友，就連失去「永遠的愛」的這種時候，仍然沒有失去自我。看來她很冷靜嘛。宙這麼想著，轉身離開。不一會兒，她聽到樹里的聲音：「神丘不會有事吧？搞不好會被宙的媽媽吃了。」如果只是竊竊私語，顯然太大聲了。

「幼稚。」

宙頭也不回，小聲說完後冷笑一聲。這幾個女生聚集在一起，不知道是想安慰香里，還是想聊八卦，但是有些大人的想法同樣幼稚。並不是只有樹里她們會因為那些充滿惡意地針對花野的報導而說一些尖酸刻薄的話。直到現在，仍然會有一些內容離譜的信寄到家裡，讓人皺眉。

宙無法理解那些人為什麼對那種無聊的報導耿耿於懷，宙完全不相信那些內容。這也是因為佐伯立刻否認有這種事。他告訴宙：『花野的確曾經被生活所迫，有一段時期在那裡上班，但花野只是去打工賺錢而已，絕對沒有做任何愧對於妳的事，千萬不要相信那些報導。』

宙當然不相信。因為報導中提到的大房子就是坡道上那棟雖然很大，但很老舊的房子，花野的房間內沒有任何名牌精品。花野只有買畫冊和顏料時很捨得花錢，每天身上穿的是高中時代的運動服，她喜歡吃的東西是用酸梅昆布熱茶泡冷飯，喜歡的酒是氣泡酒，報導中的花野和實際狀況相差十萬八千里。

如果花野真的有所謂稀世壞女人的酒店小姐時代，宙反而很想見識一下。

宙竊笑著，走向圖書館後方的自習區，看到鐵太。他理著清爽的平頭，寬大的T

恤下露出兩條細手臂。他的臉曬得很黑，很有光澤，比起圖書館，他更適合出現在操場上。

鐵太坐在可以看到中庭大窗戶前的座位，正嚴肅地讀著文庫本。

「對不起，讓你久等了。」

宙在對面的座位坐下後打招呼。鐵太抬起頭，皺著眉頭說：「妳之前說很喜歡的這本書，一點都不好看啊。」

「你很煩欸，那你去看《週刊少年》啊。」

鐵太啪地一聲放在桌上的，是宙喜歡的推理系列其中一本。主角偵探是運動低能兒，也很遲鈍，但她具備觀察能力和推理能力，可以根據周圍人不經意的話和舉動，以及隱約感覺到的不對勁，找出凶手。她把這種能力託付給協助雖然當上了刑警，卻有點少根筋的哥哥。因為不起眼的少女說的話不受重視，但成年男人說話就不一樣了。不時有人懷疑其實是少女的推理，少女甚至成為凶手的目標，每一集故事都精采絕倫，不分軒輊。

「《週日週刊》不是有類似的漫畫嗎？」

鐵太愛看的少年漫畫雜誌中有推理漫畫，但鐵太搖搖頭說：

「不一樣。漫畫沒有真實感，才會覺得好看，但這個系列小說的主角，感覺好像會出現在真實生活中的人，所以才不行。」

「是喔。」宙忍不住說道，這正是她喜歡這部作品的理由。像是少女在家是老虎，出門是狗熊的個性，以及為了曾經在喜歡的男生面前，肚子不小心發出咕嚕聲而懊惱等等，有很多地方都和她很像，所以她覺得很親切。

「感覺會出現在真實生活中的人，不正是精采的地方嗎？」

「如果很現實，就覺得很累啊，至少在故事的世界，不願意再去想一些煩心的事。」

「喔喔。」宙又應了一聲，然後打量著眼前的鐵太。

鐵太在班上很會炒氣氛，總是逗大家笑。雖然有點人來瘋，但絕對不會做出傷害別人的行為。每次發現班上的氣氛不對，鐵太就會開始模仿諧星，化解尷尬的氣氛。他現在仍然會不計形象地做一些大男孩不會再做的搖屁股或是扮鬼臉的行為，因此女生很少會把他視為戀愛對象。

天真無邪的鐵太有時候會在宙面前表現出冷靜的一面，神態很成熟，宙每次看到，內心都會有些驚訝，體會到每個人在和不同對象相處時，會展現不同的一面。目前自己看到的不是他面對『同班同學』或是『同學』時的樣子，而是面對更特別的關係，面對『女朋友』的態度。

鐵太似乎覺得展現出這樣的一面很『丟臉』，突然說：「我還是比較適合看《諧星極限爭霸戰》，妳不覺得那個諧星很好笑嗎？就是會喊著咚咚隆鏘，然後扮鬼臉的那傢伙。咚咚隆鏘！」他在鬼叫的同時翻著白眼。

宙不知道那個諧星，有些驚訝。她的反應似乎讓鐵太更加害羞，羞得眼睛都發紅了，轉頭看向窗外，然後好像突然想起似地說：「啊，對了，槙原她們剛才在門口，妳有沒有看到她們？她們的表情好像在討論殺人計畫。」

「有啊，聽說香里和小松分手了，她們聚在一起安慰香里。」

原本以為鐵太會驚訝，沒想到鐵太以一副瞭然於心的態度點頭。「喔，終於解決了嗎？」他可能已經從真治口中聽說了。

「真治說，他不想成為無趣的人。」

「嗯？」

「好像是現在的女朋友對他說，只交過一個女朋友的男人很無趣。」

鐵太摸摸自己的頭。宙也曾經摸過他形狀很好看的頭，刺刺的頭髮摸起來很舒服。鐵太摸著頭，繼續說道：「年輕時，必須累積各種經驗，卻只交一個女朋友，閱歷太淺。學長，你一定很無趣。真治被學妹嘲笑，結果就當真了。」

鐵太說到這裡，大聲笑了起來。

「他真的太差勁，而且還把拋棄交往多年的女友這件事當作英勇事蹟，洋洋得意地說什麼是為了彼此的成長分手，明明只是有了新歡，甩了舊愛而已。」

「是啊，好過分。」

「而且還自以為很了不起地對我說什麼做完該做的事就趕快分手，再找下一個，要多累積一點經驗。」

宙知道自己的臉色很不好看。她看向鐵太，鐵太慌忙說：「又不是我說的，我只是在告訴妳，真治現在會說這種話。」

「……簡直太渣了，沒想到他是這種人。」

宙沒想到真治會說這種低俗的話，忍不住不悅地說。鐵太點頭表示同意。

「他以前很不錯，沒想到會因為交往對象不同，就有這麼大的改變。」

「真不想相信，這很讓人看不起。」

「沒錯，我也不想相信他是這麼膚淺的人，問題是他就是變成這樣的人。」

鐵太靠在椅背上，仰頭看著天花板，自言自語地說：「擁有自我不是一件容易的事。」宙聞言很驚訝。鐵太很瘦，脖子像女生一樣細，他的個子不高，臉上還帶著稚氣，如果說他是小學生也有可信度，但他的喉結很明顯，目前正微微上下移動。

「擁有自我？」

「嗯，我們不是經常會被別人的意見影響嗎？雖然和真治的新女朋友說的話無關，但我們的確經驗不足，還很不成熟，經常會無法判斷到底該堅持自己的想法，還是接受新的選項。」

「喔，嗯，是啊。」

宙看著鐵太的喉結，回想起和他之間的事。

她和鐵太在三年級時，才分到同一班，兩個人都被選為班幹部，就開始親近起來，但只是同班同學範疇的交往，三個月前，他們的關係才出現很大的變化。

他們的班導師會把所有的事都丟給班幹部，那天要求他們編輯班報。遠處傳來田徑社的吆喝聲，教室被夕陽染成一片橘色，鐵太短得像草皮般的頭髮在夕陽下閃著光，看起來很像金髮。宙怔怔地想著，很像剛認識阿恭時，他頭髮的顏色。原本低頭看著班報用紙的鐵太猛然抬起頭說：

『川瀨，妳周圍的氣氛總是很平靜，感覺很舒服，所以我想和妳在一起。』

宙起初完全沒有想到那是告白。

事後才從和鐵太同一所小學畢業的小澤真子口中得知，鐵太和宙一樣，從來沒有『和異性交往』的經驗。真子甚至說，她很意外整天和男生打打鬧鬧的鐵太竟然會在意女生。

『而且沒想到他會喜歡像妳這樣穩重務實的女生。啊，但是，鐵太的媽媽很早就死了，也許是因為這樣。』

『妳是說，他在我身上尋求母愛嗎？別鬧了。』

『好像不至於這樣，但是鐵太的個性很浮誇聒噪，妳和他在一起會很辛苦，當鐵太的女朋友好像會很累。』

真子說話時，對宙露出同情的眼神，但是宙驚訝地發現，鐵太和自己在一起時很穩重，即使偶爾喧鬧，也是在宙容許範圍內可愛的程度，宙從來不曾因為他的言行而不舒服，而且宙覺得鐵太不像其他男生那樣，帶著興奮，躍躍欲試，急著想和女生初嚐禁果。

而且，鐵太離開學校後還有另一面，私下的他有點厭世，很耿直。沒想到他的個性是這樣。宙不由得有點驚訝，但自己可能在無意識中，已經察覺到他的這個部分，否則當時可能就直接拒絕了。

「鐵太，今天這種天氣，你為什麼約我來這裡？」

鐵太很少會在假日主動約宙見面，至今為止，只有兩次在假日時，在學校以外的地方見面，而且兩次都是因為一起去參加活動。

「沒什麼特別的原因，只是想和妳見面，這種天氣在家裡，心情不是會很憂鬱嗎？」

鐵太連人帶椅一起轉向後方，看著中庭。

「難得一見的紅葉都被打濕，好可惜。」

「是啊。」

圖書館內沒什麼人，自習區除了宙和鐵太以外，只有一個人。像是大學生的男生戴著耳機，敲打筆電鍵盤的聲音和雨聲交織在一起。鐵太眺望著中庭的風景片刻後，喃喃地說：

「我姊姊……我姊姊回家了。」

「你姊姊？她以前不住在家裡嗎？」

宙只知道鐵太是單親家庭，他和父親兩個人相依為命。之前從真子口中得知，他的母親在他讀小學時去世，但真子並沒有提到他有兄弟姊妹。

「她離婚了，帶著女兒回娘家，三歲的女兒，算是我的外甥女？」

「這樣啊。」

「她女兒情緒好像有點不太穩定，每天都發出怪叫聲。」

鐵太靜靜地告訴宙，「她們在梅雨季節時回到家裡，算來已經四個月了。姊姊出了問題，每天都在哭，至於我爸爸，該怎麼說，好像不知道該怎麼處理。爸爸雖然人很好，只是這種時候，有點靠不住。」

宙注視著鐵太沒有長肉的單薄背影。也許他身上散發出隱約的晦暗和成熟的言行，都和這件事有關。

「姊姊和你差很多歲嗎？」

「大概差七歲，她今年二十一。」

鐵太又補充說，他姊姊高中畢業後，就立刻生下小孩。

「這樣啊。」宙附和著，想像著鐵太生活的環境，覺得那樣的環境有點艱難。

「今天早上，葵……我姊姊的女兒又大吵大鬧，說是因為下雨的關係，活動停辦了，好像是魔法什麼的角色秀。」

「喔喔，美味魔法少女。」

那是一部動畫，內容是一群穿著五彩繽紛可愛服裝的女孩，讓造成人類痛苦的敵人「負靈」悔改的故事，是時下小孩子都很喜歡的熱門動畫，三歲的女孩迷上這部動畫很正常。

「她真的很吵，真的吵死了，我覺得在家裡很煩，與其留在家裡，還不如和妳見面，於是就約了妳。對不起，這麼惡劣的天氣還約妳出來。」

「沒關係啊，我剛好想出門散心。」

宙在說話的同時，發現心裡有點雀躍。鐵太告訴自己之前從來沒有提過的煩惱，感覺他很信任自己，這件事讓她很高興。這代表鐵太認真對待自己，他們之間的關係邁向新的一步。而且，這意味著他認為自己是可以傾訴煩惱的對象。

「散心？發生什麼事了嗎？和妳媽媽吵架了嗎？」

鐵太轉過來面對宙，果然帶著害羞的表情。宙回答說：「不是什麼重要的事。」但是說到一半，立刻改變主意，決定要回應鐵太的信賴。

「我跟你說，我喜歡的人今天結婚了。」

鐵太目瞪口呆，宙才發現自己沒有說清楚，不由得緊張起來。

「啊，不是不是，他是花野……是我媽媽的前男友。」

「喔，既然那個人今天結婚，顯然新娘不是妳媽。」

「嗯，是啊，他人超好，很善解人意，從我小學一年級開始，就一直很照顧我。我一直希望可以和他成為一家人，但他和我媽媽分手了，然後，今天要和其他女人……咦？」

宙在說話時淚水不自覺地流下，她嚇了一跳，急忙擦拭著淚水濕了的臉頰。

「咦？怎麼會這樣？我自己都嚇到了，對、對不起。」

明明只是陳述事實而已，為什麼會流淚？宙從包包中拿出手帕，擦拭著眼角。

「哇，真是嚇到了，怎麼回事啊？對不起。」

無法控制自己，越著急，眼淚反而更加流個不停。宙有點手足無措，鐵太突然伸手想摸她的頭，她大吃一驚，身體向後仰。鐵太立刻縮回手。「啊，對不起。」然後稍微提高音量說：「這就……」說到一半，可能想到目前所在的場所，於是把頭湊過去，小聲繼續說：

「這就像是尿褲子，不用在意。」

「啊！？」

他突然在說什麼？宙瞪著鐵太，鐵太嘟起嘴說：

「忍耐超過極限時，不是會尿褲子嗎？尿褲子並不是什麼丟臉的事，而是不應該忍耐。本來應該去廁所尿尿，結果一直忍著，才會尿褲子，而且對身體也不好。」

「呃，啊，喔。」

鐵太的比喻太奇怪，宙有點傻眼。

「葵最近經常尿褲子，八成是因為她媽……就是我姊姊整天都神經兮兮，葵要看她臉色，不敢說要上廁所。」

「啊？等一下，你把我和三歲小孩上廁所的事混為一談，這很讓人困擾。」

「不是一樣嗎？我覺得妳是那種會一直忍耐，然後突然爆炸的類型。之前班際球類比賽時，妳一直很有耐心地配合古賀她們幾個女生的刁難，沒想到最後突然理智線斷掉，還撂狠話說什麼既然有這麼多不滿，她們不必參加了！」

鐵太想起當時的事，忍不住笑了。「古賀她們完全沒想到妳會說這種話，頓時臉色發白。」

「那次是因為如果我不嗆回去，就會沒完沒了。」

古賀和其他幾個女生都是運動社團的社長，認為如果她們不參加，就不可能會贏，於是自以為了不起，對宙百般刁難。要取得所有比賽項目的參賽權，所有在場邊加油的同學都要親手做聲援的旗子，如果做不到，會影響她們的士氣，導致她們無法充分發揮實力——這種要求一聽就知道是故意找麻煩，而且她們看到宙一臉為難的樣子便樂在其中。鐵太和其他男生勸她們『不要太過分』，她們完全不聽勸，說什麼『女生在討論事情，男生不要插嘴』。她們似乎完全沒有想到文靜和善的宙會反擊，也許她們以為宙會哭出來。沒想到宙說『那妳們就不必參加』，把古賀和其他幾個人的名字從參賽名單中剔除，把她們列入聲援名單。聽到袖手旁觀的班導師說『既然班幹部已經決定，那就沒辦法了』表示同意，她們才收起臉上得意的笑容。

「老師說，我應該更早生氣，還說大家看著我一味忍耐，都快吃不消了。」

「雖然很想跟老師說，應該由他出面糾正那幾個女生，但是他向來重視學生的自主性。」

「我以前讀小學時，遇到一個班導師也屬於這種類型，最後導致老師管教失能，無法維持班級正常秩序的『班級崩壞』，後來家長向學校投訴，那個老師被降級為副班導師。至少現在的班導師在班級管理上比當年那個老師還好一點。」

宙想起以前的事，噗嗤一笑，然後發現剛才流不停的淚水終於止住。她握著被淚水濕了的手帕，覺得鐵太剛才說的話或許有道理。我和三歲女孩一樣。仔細想一想，好像一直以來，就無法隨時表達內心的不滿，一直壓抑，最後就爆炸了。

「但竟然比喻成尿褲子。」

宙覺得很好笑，忍不住笑道。鐵太不滿地哼了一聲。

「不，妳可別小看喔，葵會因為罪惡感而提心吊膽，但又一下子情緒失控大叫，真的很不好對付。雖然我每次看到，就會瞞著我姊姊幫她處理，至少避免她又挨罵，只不過說到解決問題……算了，沒事。」

鐵太似乎覺得自己失言了，立刻打住，然後不時瞥向宙，窺視她的反應。他因為照顧年幼的外甥女上廁所而害羞，但宙反而覺得很不錯，似乎看到他為了掩飾小女孩的不安所付出的努力。

「你姊姊是什麼樣的人？」

宙問道。鐵太抱著手臂，沉吟著。

「離婚的前夫是姊姊以前打工那家店的店長，他會把打工的高中生肚子搞大，明顯大有問題。但是他當時聲稱，絕對會讓生下來的孩子幸福，我爸爸說，要以孩子為最優先，既然他願意負責，和我姊結婚，那就不再多說什麼，只要他能夠和姊姊一起好好照顧孩子長大就好。沒想到他在孩子出生後，整天在外面偷吃，甚至還對我姊、呃……那個叫什麼，神經……精神……」

「精神暴力？」

「沒錯，就是這個。明明是他害我姊姊的學歷只有高中畢業，他卻看不起我姊只有高中畢業，而且還破口大罵我姊姊不會做家事。我媽很早就死了，姊姊會做基本的家事，但是他挑剔說我姊姊碗洗不乾淨，還對折衣服的方式不滿意，反正整天都在罵人。我姊姊就算到現在仍然覺得會挨罵，所以狀況差的時候，連茶杯都沒辦法洗，還說出門很可怕，每天都和葵關在家裡。」

鐵太重重嘆氣，又對宙說：「對不起，我跟妳說這種事，妳很傷腦筋吧？」

「不會，沒關係啊。但是，你姊姊處於這種狀態，你還要幫忙照顧外甥女，不是很辛苦嗎？」

鐵太想了想，歪著頭。

「辛苦也沒辦法，但是這種時候就忍不住會想，如果我媽還活著就好了。我想我媽應該知道怎麼幫我姊姊，我不知道有沒有天堂，如果有天堂，我媽應該在那裡看著我們乾著急，想叫我們好好處理！」

宙發現自己對鐵太有了全新的認識。沒想到他內心這麼溫柔體貼。

「你媽以前一定是個好媽媽。」

「倒也不是說好媽媽，她是我家的老大，她病倒的時候，我真的嚇壞了，嘿嘿。」

鐵太露出笑容的臉龐，看起來比以前更加鮮明。

「雖然有時候覺得她很煩，但她不在，真的很傷腦筋。」

這時，傳來好像振翅般的震動聲。宙把手伸向自己的包包，但似乎是鐵太的手機發出的聲音。

「啊，是家裡打來的。不好意思，我去外面接。」

鐵太拿著手機跑出去。宙目送他離開後，趴在桌子上，然後趴著翻閱鐵太剛才丟在桌上的文庫本，翻到主角喜歡的對象殺了人，主角偵破之後，忍不住向哥哥哭訴那一幕時，不禁停下。

『哥哥，愛究竟是什麼？他因為愛由季而不惜殺人，但是由季已經不愛他了，說他造成了由季的困擾。他們曾經那麼相愛，我親眼看到，而且知道得一清二楚，但現在卻說他們之間已經沒有愛了。哥哥，愛到底是什麼？』

「對不起，我得回家了。」

突然聽到頭上傳來聲音，宙坐直身體。鐵太皺著眉頭，站在她面前。

「對不起，妳才剛來，我就要走了。」

「發生什麼事？」

「我不太清楚，我姊姊哭著說，她已經受夠了，葵哇哇大哭。我爸爸今天要上班不在家。」

鐵太用力抓抓頭，重複一次。「對不起，我先回去了。」

「呃……我可以，和你一起去嗎？」

鐵太很驚訝。

「我從來沒有和小孩子玩過，想和你的外甥女一起玩。是不是不方便？」

鐵太不知所措地眨眨眼回答：「可、可以啊，但是我們家現在超亂，而且葵可能會很吵。」

「沒關係，那我們走吧。」

宙站起身，鐵太有些納悶，似乎無法判斷宙的意圖，但他說了聲：「我先去還這本書，妳在門口等我。」然後跑去書架的方向。

◆

鐵太家就在車站前商店街後方的住宅區內，經過之前常去的『佐伯小餐館』時，宙不由得胸口發痛。即使不想看，還是看到寫著「臨時店休」的紙，但是，她搖搖頭，不去想這件事。

神丘家和佐伯家的餐廳一樣，都是南歐風的建築，米色中略帶粉紅的外牆和橘色的屋瓦很可愛，光蠟樹被雨淋濕了。

「不好意思，下雨天還讓妳走來我家，妳的腳都濕了吧？」

「沒關係，沒關係。」

走進鐵製大門，沿著踏腳石來到玄關，鐵太正準備開門，裡面傳來小孩子大哭的聲音。

「是葵的聲音。葵，我回來了。」

鐵太打開門說道，立刻聽到一個小孩子叫著「鐵久久」的聲音，啪噠啪噠的腳步聲慢慢靠近。

「哇，妳怎麼了？怎麼穿成這樣？」

有什麼東西用力撲向鐵太，看向鐵太抱起的東西，才發現是一個女孩。不知道為什麼，女孩身上只穿著一件內褲。

「我把茶茶、打翻了。」

女孩不知道哭了多久，雙眼通紅，肩膀大力起伏喘著氣。

「妳的衣服呢？」

「媽媽叫我脫掉，說我還會弄髒。」

「但妳不穿衣服會感冒啊，唉，姊姊在搞什麼啊。啊，宙，妳快進來。」

鐵太抱著葵走進屋內，宙跟著他進屋。

走進客廳，發現那是有一扇大落地窗的寬敞房間。客廳內放著簡單溫馨的木頭傢俱，但小孩子的玩具、零食、沒吃完的麵包散了一地。

「哇，葵，妳弄得太亂了。」

「墜不、起。」

「妳在這裡等一下，我去幫妳拿乾淨的衣服。宙，妳隨便找地方坐。」

鐵太放下葵後走出客廳。葵好像這才發現宙的存在，然後害羞地蹲下。只穿一件內褲面對第一次見面的客人，她可能很不好意思，於是宙移開視線。

地上有一個塑膠杯子，旁邊有一件揉成一團的粉紅色洋裝。宙順手撿起來，發現衣服濕透了。

「媽媽、恰的。」

葵戰戰兢兢地說。宙猜想葵的媽媽剛才用這件衣服擦拭她打翻的茶水。

「妳叫小葵，對嗎？我是鐵太的朋友，我叫宙，妳叫我宙就好，請多指教。」

宙對葵微笑，葵瞪大眼睛，然後有些害羞。宙看到她露出的小小牙齒，覺得她很可愛。

「等妳穿好衣服，可以和我一起玩嗎？小葵，妳喜歡玩什麼遊戲？」

「嗯？嗯，我喜歡玩美味遊戲，我最喜歡鳳梨鮮子妹妹了，嘻嘻嘻。」

她笑起來的樣子和鐵太有幾分神似。

「葵，妳趕快穿這件衣服。」

鐵太拿著小孩子衣服走回來。葵一看到那件黃色洋裝，立刻搖頭說：「我不要穿這件衣服。」鐵太勸她說：「妳不可以這麼任性。」但葵大聲叫著：「我不要嘛！」然後跺著腳。

「不要不要不要不要！」

不知道她為什麼這麼不滿意，扭著身體尖叫著。鐵太嘆著氣說：「唉，怎麼又來了？」可能這就是鐵太剛才所說的怪叫聲。

「不要不要不要不要不要！」

「為什麼？妳之前不是還很喜歡嗎？」

「反正我就是不要，不要！」

鐵太差一點揮起手，但又慌忙放下來，他可能打算去拿別件衣服，正準備轉身時，宙從鐵太手上拿過那件洋裝，舉到自己眼前大聲地說：「哇，這件衣服超可愛，上面有企鵝圖案，我最喜歡企鵝了，好漂亮喔，我好想要這件衣服。」

「呼啊？」葵發出錯愕的聲音。

「小葵，妳可不可以穿這件衣服給我看？這件衣服太可愛了，我想看妳穿，拜託了。」

葵納悶地看著宙拿在手上的衣服，然後用力點頭說：

「好啊，我穿給妳看。」

「啊！真的嗎？太高興了，那就拜託妳了！」

宙把洋裝當成寶物般交給葵，葵恭敬地接過去，獨自俐落地穿在身上，然後擺出一個姿勢。那是她剛才說很喜歡的動畫角色鳳梨鮮子的變身姿勢，宙對她說：「是鳳梨鮮子！」葵露出得意的表情。

「對了，這件衣服的顏色就是鳳梨鮮子的顏色，太可愛了。」

「嘻嘻嘻，對啊，敲可愛。」

葵可能覺得遇到知音，興奮地跳起來。

「宙，妳知道得真清楚，我還在納悶，這到底是什麼變身動作。」

「不光是小孩子喜歡，這部《美味魔法少女》很多女生都在看，聽說NEXT LOVE的阿健也很迷。」

男性偶像團體的成員之一喜歡動畫，說這是他時下最熱衷的動畫，因此增加很多年輕女生的粉絲。宙的朋友也因此開始看，由於她們太常推薦，宙就試著看了一下。原本以為只是給小孩子看的動畫，沒想到看了之後就無法自拔。有歡笑，有淚水，能夠激勵人心，是一齣很出色的動畫。

「我喜歡蘋果豔子。」

宙對葵說，葵立刻露出欣喜的表情，說聲：「等我一下。」然後就衝出客廳。當她很快地衝回客廳時，手上拿著蘋果豔子的魔法杖。

「哇！是豔子魔法杖！」

「這是外公買給我的，但是小葵想要鳳梨鮮子的鮮子魔法杖。」

原來那並不是她喜歡的角色的周邊商品，但是宙很瞭解這種心情。以前柘植曾經買過好幾次動畫角色的周邊商品，她都會嘆息『為什麼要買這種東西給我？』現在回想起來，一定是他認為自己的外孫女瑪麗和宙同年，瑪麗喜歡的東西，宙八成也會喜歡。

「是喔，豔子魔法杖超棒的耶！我好羨慕妳！」

葵高興不已，鼻翼不停地抖動著。

「宙，妳好厲害，葵的心情很久沒有這麼快就變好了。」

鐵太佩服地說，宙回答說：「應該是因為她第一次見到我的關係。」

「是嗎？但是妳真的幫了大忙，太謝謝妳了。」

鐵太在說話的同時，開始收拾垃圾和玩具。鐵太把沒有吃完的麵包丟進垃圾桶時，葵對他說：「我肚子餓了。」

「啊？妳剛才不是把麵包丟在地上，為什麼現在又餓了？」

「那個麵包不好吃嘛。」

葵鼓起臉頰。

「真傷腦筋，家裡沒麵包了，那妳要吃拉麵嗎？」

「不要！鐵久久每次都煮拉麵！」

「我只會煮拉麵啊。雖然想叫妳媽媽煮，但是現在不可能。」

鐵太抬頭看著樓上，嘆了一口氣。

「你姊姊身體不好嗎？」

「我剛才不是提過嗎，好像是因為受到精神暴力的影響，不要說洗碗，連下廚都有困難，今天的情況好像特別糟，也沒辦法洗澡。她打電話叫我回來，是因為說聽到葵的哭聲很受不了，所以向我求助。」

原來如此。所以就算他們在這裡說話，但鐵太的姊姊仍一直沒有下樓打招呼。宙抬頭看向完全沒有任何動靜的二樓。

「鐵太，你會做什麼料理？」

「除了泡麵，什麼都不會。」

鐵太很乾脆地說道，看向落地窗外。回家之後，雨下得更大了，就像拉起灰色窗簾，無法看清院子的全貌。遠處閃著閃電。

「那我去買便當。宙，可以請妳幫我照顧一下葵嗎？我騎腳踏車去買便當。」

鐵太無奈地說。宙問他：「請問……我可以看一下冰箱嗎？我會做一些簡單的料理，如果小葵吃東西不會過敏，我應該可以煮東西給她吃。」

鐵太瞪大眼睛。

「她完全沒有過敏……啊？真的假的？妳要做給她吃嗎？」

「我煮給她吃完全沒問題，但如果覺得我這個提議很失禮，會造成你的困擾，那就算了。」

「完全……完全不會！但是冰箱可能沒什麼食材，雖然我爸每天下班回家時才會去採買，妳先看一下再說。」

鐵太帶著她走進廚房，廚房似乎由鐵太的父親負責管理，整理得很乾淨。鐵太中午吃的拉麵碗沉在洗菜盆內，宙打開冰箱一看，發現的確沒什麼食材，但她確認有幾樣東西後，輕輕一笑。有這些食材就可以搞定了。

「我現在就來煮，鐵太，你去照顧小葵，順便把房間整理乾淨。」

「啊？妳會做嗎？可以嗎？」

宙對著緊緊抱著鐵太大腿的葵笑了笑。

「小葵，這個家裡有很多負靈，我現在要來煮好吃的東西打敗負靈，小葵，妳可以乖乖的嗎？」

葵立刻露出興奮的表情。

「好！但是，小葵要做什麼呢？」

「嗯……要不要幫忙鐵太一起打掃房間？」

「好！」

葵在說話的同時，用力拉著鐵太的腿說：「鐵久久，我們去整理房間，要打敗負靈。」

鐵太不知所措地被葵拉去客廳，宙目送他們遠去的背影，說聲：「好！」

「哇啊啊啊啊啊！」

葵看著放在她面前的盤子，雙眼露出快活的眼神大叫著。宙聽到她的叫聲，內心悄悄鬆了一口氣。

「好棒好棒，是蛋包飯！」

潔白的盤子上，滑嫩鬆軟的蛋堆得高高的，還用番茄醬畫了一顆心。

「沒錯，這就是小宙特製的蓬蓬軟軟歐姆蛋包飯！」

其實正確的名字是阿恭特製。宙在心裡補充說。

記得五年級的時候，佐伯教她如何做蛋包飯。宙試過很多次，都無法順利用蛋包將雞肉炒飯包起，佐伯告訴她，只要把滑嫩的蛋包放在飯上就可以了。『佐伯小餐館』會在蛋包飯上淋多蜜醬，但宙今天用的是番茄醬。

葵用兒童湯匙把蛋包飯輕輕送進嘴裡，立刻眉開眼笑，小手摸著肥嘟嘟的臉頰說：

「哇啊，好好……吃。」

「哇，太好了。」

宙看到葵一臉滿足，總算放心。剛學會的時候，包括練習在內，曾經做了很多次，但最近完全沒做。

「超級好吃，宙姊姊，妳好厲害！」

「嘿嘿嘿，太開心了。」

宙聽到葵有點口齒不清地叫她「宙姊姊」，有一種心癢癢的感覺。鐵太看著葵一口接著一口吃蛋包飯的樣子，哼了一聲問：

「有這麼好吃嗎？葵，分一口給我吃？」

「不行喲，這是小葵的。」

葵用胖嘟嘟的手臂遮住盤子，鐵太鼓起臉頰說：「小氣鬼。」

「鐵太，你要吃嗎？炒飯還有剩，還有蛋，我可以做給你。」

「啊？真的嗎？我要吃，我要吃。」

於是，宙開始做歐姆蛋包飯給鐵太，葵竟然全部吃光。宙不瞭解三歲孩子的胃口，以為分量太少，有點著急，聽到鐵太說：「太厲害了，妳吃這麼多不會太撐嗎？」才終於放下心。

「啊，真的超好吃，我好久沒吃歐姆蛋包飯了。」

鐵太狼吞虎嚥地大口吃著。他的分量是葵的一倍，但他也在轉眼之間就吃得一乾二淨。

「宙，妳太厲害了，竟然會下廚。」

「我從小時候就很喜歡。」

「喜歡就能夠做好料理超厲害啊。我曾經有一段時間，覺得既然我媽不在，我也要學做菜，結果完全沒慧根，後來就放棄了。」

鐵太比手畫腳地向宙說明，那次他很想吃炸豬排，所以就想挑戰，沒想到炸到鍋裡冒煙，而且豬排外面焦了，裡面卻沒熟。

「那是因為溫度有問題，只要有高手教你，你一定可以學會。教我下廚的人廚藝很厲害。」

宙隨口說了這句話後，感到胸口一陣刺痛。

『阿恭料理教室』曾經教她很多料理，但現在已經不再上課了。最後一次上課，是從佐伯口中得知他要和智美結婚的那一天。她無法一面看著他們夫妻恩愛的樣子，一面跟佐伯學做菜。於是就對佐伯說，以後會跟田本太太學做菜，不用再麻煩他了。宙知道自己說這句話時表情很僵硬。佐伯動動嘴唇，想要說什麼，但最後只是露出寂寞的微笑說『好』。

「是跟妳媽學的嗎？我媽以前還活著的時候，我姊姊也經常跟著她學做菜，經常叫我試毒——」

鐵太開心地說到這裡，突然打住。

「——我到底該怎麼做才好？如果是考試答錯了，就算考零分也一樣，至少考完後就會知道正確答案。」

鐵太半開玩笑地說，但宙覺得這一定是他的真心話，心頭一陣抽痛。

「啊，那個、我用剩下的飯做了番茄燉飯給你姊姊，是不是太多事了？」

「她好像沒什麼食慾，但如果她想吃就太好了，謝謝妳。」

鐵太拿著盤子走向二樓，但他姊姊似乎說「我不想吃」，鐵太垂頭喪氣地拿著完全沒動的番茄燉飯走回客廳。

「宙，對不起。」

「別在意，是我自己想做的。」

有時候的確會連飯也不想吃，但是踏進鐵太家後，鐵太的姊姊完全沒有露臉，這件事讓宙很在意。鐵太的姊姊不顧女兒大哭大鬧，躲進房間不出來，聽鐵太說，她甚至連澡也不洗。可能因為離婚後，身心很疲累，不知道有沒有人聽她傾訴，提供建議。如果她整天在家面對葵，完全沒有訴苦的對象，不是會一直痛苦下去嗎？

葵說她口渴，鐵太倒了麥茶給她。宙看著葵動作生硬地慢慢喝茶的樣子，問鐵太：「小葵上幼兒園了嗎？」鐵太回答：「還沒有，我爸爸說要送她去上幼兒園，姊姊答應了，但是準備去報名時，她又哭著說什麼不想出門，絕對無法和其他小朋友的媽媽當朋友，完全拿她沒辦法。」

鐵太嘆著氣，葵無法理解他的話，笑著說：「幼兒園會有很多小朋友喲。」

他們三個人在鐵太的家中玩到傍晚，雖然葵有時候會發脾氣，但是個天真無邪，很愛笑的孩子，然而從頭到尾都沒有見到葵的媽媽，也就是鐵太的姊姊，甚至沒有察覺到她的動靜。

那天晚上，收到鐵太的電子郵件。他在郵件中用輕鬆的語氣告訴宙，葵一直問他『宙姊姊下次什麼時候再來？』他不知道該怎麼回答，最後說『歡迎妳下次再來我家』。宙想起葵撒嬌的可愛樣子，忍不住露出微笑，然後想到鐵太的姊姊。她和前夫關係破裂，至今仍然因前夫而痛苦不已。

宙認識一個人，和鐵太的姊姊一樣，因為和前夫之間的糾紛失去笑容。那個心地善良的人應該能夠聽鐵太的姊姊訴苦，如果鐵太的姊姊結識她後心情能稍微輕鬆一些，對葵和鐵太也是好事。

「雖然這麼覺得……」

宙自言自語著，然後嘆了一口氣。這是她一廂情願的想法，更何況現在不可能和那個人聯絡。她至今仍然沒有傳訊息給佐伯。

「我這個人真討厭。」

人家結婚時，甚至沒有說一句祝福的話，現在有需要，就想找人家幫忙。自己真是太討厭了，但是她很希望可以幫助對自己毫無隱瞞的鐵太，以及很喜歡自己的葵。

這時，廚房傳來動靜。可能是一直關在自己房間內的花野去了廚房。不知道花野的情況怎麼樣。宙放下手機，走去廚房。

花野正站在流理台前喝水。她仰頭咕嚕咕嚕喝水的樣子看起來很餓，似乎很久沒有進食了。花野聽到宙的動靜，轉頭看了一眼。

「喔，是宙啊，好像好久不見了。」

「什麼好久不見？是妳自己都一直在房間裡不出來，我還以為妳死了。」

「我才沒死，我在工作。」

她在騙人。宙直覺地這麼認為。花野並沒有穿那件成為她工作服的運動服，臉和手都很乾淨，顯然是基於其他原因才把自己關在房間內，但宙並沒有拆穿她，只是點點頭應了一句「這樣啊」，然後問她：「要不要吃點飯？鍋子裡有焗豆，冰箱裡有金平牛蒡和雞肉南蠻漬。」

「嗯，不用了，現在沒食慾，我去睡了。」

花野放下杯子後，飄然走出廚房。她的步伐有點不穩，整個人感覺輕飄飄的。宙目送著看起來仍然像少女的背影離去，然後想到自己家裡同樣面臨考驗。以前只要家裡有事，就會有人趕來救援，也有可以求救的人，但是以後再也沒有這樣的人了，必須和花野兩個人自行設法解決。

「從今以後，必須獨當一面。」

如果佐伯在身旁，就可以和他商量該怎麼辦，但是以後必須自行判斷後採取行動。宙洗完花野留下的杯子，情不自禁嘆了一口氣。

✦

三天後，鐵太請假沒來上學。前一天晚上傳訊息聯絡時，他和平時一樣，最後對宙說『明天學校見！』宙猜想可能有什麼狀況。學校禁止帶手機，因此無法和他聯絡。宙覺得回家一趟太浪費時間，於是就在放學後直接前往鐵太家。雖然想到不請自來可能讓鐵太很困擾，但她按下門鈴後等了一會兒，鐵太才探出頭。

「咦？宙，妳怎麼來了？」

「你是不是有什麼事？」

鐵太滿臉疲憊，但似乎並不是身體有什麼問題。

「家裡有什麼事？」

「嗯，我姊姊狀況不太好。」鐵太看了一眼身後，小聲地說：「聽說姊姊離婚的前夫已經再婚了。」

「哇！怎麼會這樣？」

「是不是很過分？我姊姊情緒很不穩定，我得陪著她。」

鐵太用力抓抓頭。

「而且葵也開始變得不穩定，爸爸說，他明天會跟公司請假，我應該就可以去學校了。」

宙在聽鐵太說話時，聽到有人叫了一聲「鐵久久」，抬頭一看，葵站在那裡。她一看到宙，立刻「啊！」了一聲，露出興奮的表情，但又很快低下頭。

「鐵久久，小葵、呃、呃……」

葵夾緊雙腿摩擦著，鐵太「啊！」一聲，抱著頭，蹲下來。葵身上的長褲從大腿根部到腳踝都濕了，而且身後有一條和她步伐相同的小水窪。

「唉，真的假的？這已經是今天的第二次了，拜託喔！」

「呃、呃……」

葵聽到鐵太疲憊不堪的聲音，猛然抬起頭，看到蹲在地上的鐵太，仰起頭，「嗚啊啊」地開始哭。

「墜不起，墜不起嘛。」

葵用盡全力哭泣著，鐵太雙手捂住耳朵，然後開始用力深呼吸。他似乎快要崩潰了。

宙經過鐵太身旁，走進屋內，蹲在葵的面前，用力揚起嘴角對她說：

「別擔心，只要洗一洗就好，但是鐵久久似乎累了，我來幫妳，好嗎？」

葵淚流不止。宙拿出來這裡的路上，在便利商店買的零食問她：「要不要吃這個？這是美味魔法少女的『超美味草莓巧克力』，裡面還有貼紙，不知道是什麼貼紙。」

宙打開閃亮的外盒，「將將將」地拿出貼紙，幸運地發現剛好是鳳梨鮮子的貼紙。滿臉是淚的葵高聲叫了起來：「哇！」

「太好了，是妳喜歡的鳳梨鮮子！好了，不要哭了。」

「嗯，嗯。」

葵終於露出笑容，身後傳來一聲「對不起」。回頭一看，發現鐵太垂頭喪氣地站在那裡。

「我……好像，快出問題了。」

「你不必放在心上，你去拿衣服。我來幫她換衣服。」

鐵太明顯鬆了口氣，點點頭。

宙在客廳內為葵換好衣服後打量周圍，發現比她上次來的時候更亂，窗簾有一半被扯下來，而且窗簾角落還破了。

「我姊情緒失控。」

「她人在哪裡？」

「其實已經去醫院看過，醫院開了藥給她，她吃藥後安靜下來，終於去睡覺了。她昨晚半夜知道前夫再婚的消息後，就一直沒有睡，不知道她會有什麼失控的行為，所以昨晚我爸爸一直陪著她。」

鐵太在說話的同時開始整理房間。他昨晚似乎也沒睡好，動作有點緩慢，在他身上看不到平時的快活。

「宙姊姊，我還想吃歐姆蛋包飯，我肚子餓了。」

坐在宙腿上的葵撒嬌著說，宙看向鐵太，鐵太吞吞吐吐地說：「早上到現在，就只吃了幾口甜麵包。」鐵太應該也沒有好好吃飯。

「好啊，我來做飯。」

宙向鐵太打聲招呼後，去確認冰箱裡的食材，但沒有一樣能派上用場。

「鐵太，我去商店街買點菜回來，已經傍晚了，我來做晚餐。」

「啊？這怎麼好意思？妳不必這麼費心啦。」

鐵太慌忙說。葵興奮地跳起來說：「去買菜！我想去買菜，再買剛才的巧克力。」

「好啊，小葵，妳要和我一起去嗎？」

宙笑著問。葵開心地點點頭。

「鐵太，一起去吧，出去走一走，可以順便散心。」

鐵太想了一下，看向窗外。今天天氣很好，窗外是一片向晚的橘色天空。鐵太看著天空，點點頭。

葵起初歡天喜地地走在路上，但不一會兒就說「我累了」，央求鐵太抱她。

「蜻蜓。」

葵指著在天空中飛舞的一群蜻蜓，臉上的笑容很開朗。鐵太小聲說：

「對不起。葵，對不起，我今天一直對妳大小聲。」

「嗯？什麼？鐵久久，你看蜻蜓！」

葵天真無邪地看著蜻蜓。鐵太注視著她的臉龐，宙發現他的眼角閃著淚光，若無其事地移開視線，然後開始思考等一下要煮什麼。雖然她想助神丘家一臂之力，提出要出門買菜，但是等一下要買什麼才好呢？她想不出什麼料理可以同時滿足三歲女孩、鐵太和二十多歲的姊姊，以及鐵太爸爸的胃口。味噌湯和烤魚，還有燙青菜的搭配可行嗎？還是肉類料理比較好？啊，不知道他們家人有沒有喜歡或是不喜歡的食物……

「宙！？」宙邊走邊在內心嘆著氣，突然聽到驚呼聲，抬頭一看，身穿廚師服的佐伯站在前方。原來在不知不覺中，來到『佐伯小餐館』附近。

「這是怎麼回事？什麼狀況？」

離晚上的營業時間還有一個小時，照理說，佐伯這個時候應該在店裡做準備。原本以為他剛好走出店外，沒想到佐伯說：「智美告訴我，妳和男人一起走在街上。」宙抬頭看向餐廳的方向，發現智美站在餐廳內向外張望，和宙眼神交會時，帶著歉意地點頭致意。

「宙，他是誰啊？」

鐵太問。佐伯聽了立刻大叫：「你叫她宙？你和她很熟嗎？要叫小宙或是宙小姐！憑什麼直接叫她的名字！」

「哎喲，阿恭，你吵死了！他是我的男朋友。」

宙覺得找理由辯解反而很麻煩，於是就實話實說。佐伯大叫著：「男、男、男、

男、男、男朋友！」好像快昏倒了。宙看著他，覺得他終於恢復以前的樣子。

「宙，妳有男朋友了！？啊？什麼時候交男朋友的？在哪裡認識的？為什麼沒有告訴我？我這麼疼妳，把妳當成自己的女兒，視為掌上明珠。啊，我不行了，我快崩潰了。」

佐伯和鐵太剛才一樣，抱著頭蹲下來。鐵太驚慌失措地低頭看著佐伯，葵也露出害怕的表情。

「阿恭，你真的很吵。我當然會交男朋友啊，根本不需要徵求你的同意，你還不是一樣？」

宙說完之後，才發現這句話是在挖苦。佐伯驚訝地抬起頭，顯得有點受傷。

「呃……阿恭，對不……」

「不，妳說得對，嗯，對不起。」

佐伯「嘿喲」一聲起身，好像在自言自語般說：「也對，妳已經到這個年紀了。好，我現在……知道他是妳的男朋友了，但這個孩子呢？你們要去哪裡？」

佐伯指著緊緊抱著鐵太脖子的葵問。

「這個孩子是我男朋友……是鐵太的外甥女，我要煮飯給他們吃，打算去買菜。」

佐伯就像被刷子刷過般馬上變臉。

「為什麼？妳為什麼要煮飯給他們吃？」

「呃，那個、這個……」

想到必須交代鐵太家裡的狀況，宙吞吞吐吐，正在思考要怎麼說明，葵語氣開朗地說：「因為媽媽說，她沒辦法煮飯。媽媽一直哭哭，都不吃飯，鐵久久只會煮拉麵，外公又還沒有回家。」

葵用小手摸摸肚子，一臉愁容。「小葵肚子好餓。」

「喂！喂！葵，妳不要說話。」

鐵太慌了手腳，佐伯瞇起眼睛叫道：「宙！」他的聲音很低沉。宙認識他多年，知道佐伯在要求她解釋。

「……鐵太，他就是我之前向你提到的那個人。」

「啊？」鐵太驚叫一聲。

「他人很好，我可以把所有的事都告訴他嗎？」

「呃、呃。」鐵太看看宙，又看著佐伯，然後手足無措地點點頭。

「去裡面坐。」佐伯用下巴指向餐廳，然後進入餐廳。宙也跟著他走進餐廳。

四個月前，得知佐伯要和智美結婚。那天之後，就從來沒有踏進一步的『佐伯小餐館』充滿了懷念的味道，不知道為什麼，宙有點想哭。

「啊，小宙，對不起。剛才看到妳時很驚訝，就告訴他了……」

站在餐廳內的智美不停地向宙低頭道歉，宙的目光落在她左手無名指閃爍的戒指上，說道：「好久不見。」

「來，坐在這裡。智美，妳可以準備飲料嗎？」

佐伯在窗邊的座位坐下後，向他們招手。宙和鐵太並排坐下來。坐在鐵太腿上的葵好奇地打量餐廳內。

「好，那就請妳把鐵太家的情況告訴我。」

佐伯用比剛才柔和的語氣說，宙和鐵太互看一眼，然後聊了至今為止的情況。中間佐伯插嘴問了幾個問題，有時候是鐵太負責說明。

「原來你姊姊受到前夫的精神暴力。」

佐伯聽了他們說明的情況後抱起雙臂，然後瞥了他們一眼。宙看到他這個動作，就知道他在想什麼，也知道他看到了什麼。

「你姊姊被那個人渣害得心力交瘁，原本可以支持你姊姊的媽媽又已經離開了人世。」

「對，沒錯。」

佐伯閉上眼睛。

「那你爸爸呢？」

「他不知道該如何是好，沒有可以商量的人。而且我們和親戚之間的關係不太好，自從媽媽死了之後，我們三個人相依為命。」

鐵太看向坐在其他餐桌旁的葵。他們剛才聊到一半時，葵哭著說肚子餓了，於是智美準備了餐點給她。葵正專心吃著智美做的鮭魚飯糰。

「姊姊的朋友都去其他城市讀大學，所以姊姊也沒有可以討論的對象。」

鐵太詳細說明家裡的情況，佐伯聽完之後說：「謝謝你告訴我這些難以啟齒的事，我已經非常清楚了，你一直很努力。」

佐伯探出身體，拍拍鐵太的頭。鐵太有些吃驚，然後害羞地低下頭。智美正在幫葵拿下沾到臉上的飯粒，佐伯轉頭對她說道：「今天晚上不營業了，等一下就去鐵太家，要帶些東西過去，我要準備準備。智美，妳照顧她一下，宙、鐵太，你們來幫我。」

「阿恭，你今晚不營業？這怎麼行？」宙慌張地說。

「妳在說什麼啊，」佐伯皺起眉頭，「這種時候，能夠伸出援手的人當然必須馬上行動，好事不宜遲。」

佐伯在說話的同時起身，走向廚房。

「鐵太，你家有烤箱嗎？」

廚房內傳來乒乒乓乓的聲音，聲音後方響起佐伯的聲音。鐵太不知所措地回答：

「有，但是……」

智美笑著對他說：「他一旦說出口，就會付諸行動。別看他外表這樣，他喝醉酒後很愛哭，還很愛管閒事，真對不起，但是絕對不會害你。」

宙看著智美的臉。她笑起來這麼溫柔嗎？她說話這麼溫和平靜嗎？而且原來她這麼瞭解佐伯嗎？

「宙！妳趕快過來。」

廚房傳來佐伯的聲音，宙慌忙起身，催促著鐵太一起走進廚房。她感受著廚房內無論經過多少年，都完全沒有改變的空氣，流下一滴淚珠。

佐伯來到鐵太家後，立刻走進廚房做菜。宙、鐵太和智美輪流照顧葵，一起打掃房間。除了扯破的窗簾，房間恢復原本的整齊乾淨時，廚房正好飄來美味的香氣，剛才吃完飯糰，照理說已經填飽肚子的葵也忍不住吸著鼻子。

「不知道煮了什麼，好香啊。」

鐵太嘀咕著，肚子發出咕嚕聲。宙笑了起來，沒想到她的肚子也發出聲音。她和鐵太相視而笑。

「智美，妳帶小葵出去散步一下。宙，妳先整理餐桌，先準備一人份，你們等一下再吃。」

佐伯在廚房說道。宙和鐵太都有些納悶，但是宙回應「好」，立刻開始行動。阿恭做的事不會錯。

宙在佐伯的指示下，鋪好原本放在廚房角落的餐墊，備好刀叉。

「鐵太，你去把姊姊帶下來。」

準備就緒後，佐伯對鐵太說。鐵太抬頭看著樓上說：

「好，但不知道姊姊會不會下來……」

「就算說謊也行，無論如何都要把她帶下來。她進來之後，我會設法搞定。」

佐伯信心十足地說。鐵太點點頭，走出客廳。不一會兒，傳來爭執的聲音。「到底是怎麼回事？你倒是說清楚。」一個憔悴的女人走了進來。

她看起來很膽怯脆弱，一看就知道身心俱疲。齊肩頭髮蓬亂，臉上冒著油，凹陷的雙眼眼神呆滯，但是在她臉上，可以看到鐵太的影子，他們姊弟應該很像。鐵太的姊姊看到宙在客廳內，愣了一下。

「怎麼回事？妳是鐵太的朋友嗎？呃，妳好，妳慢坐。」

鐵太的姊姊說完，轉身要離開，鐵太阻止了她。

「姊姊，妳先吃飯，吃飯。」

「你們做的嗎？不好意思，我不想吃。」

「是我做的。」

鐵太的姊姊聽到佐伯插嘴說話的聲音，愣在原地。她戰戰兢兢轉頭一看，看到佐伯，身體抖了一下。

「是專程為妳做的。」佐伯面帶微笑地說完，又接著問：「呃，請問妳叫什麼名字？」

鐵太代替仍然一臉緊張的姊姊回答說：「佳澄。」

佐伯用力點點頭，指著桌子說：

「佳澄小姐，請坐。妳看起來很餓，既然已經下樓，就順便吃飯，哪怕只吃一口也好。」

「呃，那、那個，我真的、那個。啊啊，對了，讓葵吃就好了。」

「葵剛才已經吃過了，妳不必擔心，坐吧。」

佐伯微微加重語氣，佳澄有點被他的氣勢震懾，戰戰兢兢地坐在餐桌旁。她看到餐桌上只準備了一人份的餐具，顯得很納悶。

走去廚房的佐伯端著湯盤走回來，靜靜放在坐立難安的佳澄面前。

「這是蕈菇濃湯。」

站在不遠處看著他們的宙，聞到溫柔的香氣。佳澄前一刻還如坐針氈，此刻似乎被香氣吸引，拿起湯匙。她正想把湯匙放進湯裡，但又突然想到什麼，打量周圍時的神情充滿恐懼。

「別擔心，這是屬於妳的時間。」

佳澄聽了佐伯的話，喃喃自語：「屬於我，的時間……」接著，緩緩把湯匙放進濃湯，舀起之後，立刻送進嘴裡，結果燙到，發出驚叫，手上的湯匙掉了。宙撿起掉在地上的湯匙，鐵太又去拿來一支乾淨湯匙。佳澄從鐵太手上接過湯匙時嘀咕著：「很燙，我嚇了一跳。」

「不是冒著熱氣嗎？看了就知道啊。」

「我忘了嘛，很久沒有吃熱食了……」

佳澄說話的聲音幾乎像蚊子叫，鐵太倒吸一口氣。

佳澄輕輕吹氣後，小心翼翼地喝下一口濃湯。連續喝了兩口後，停下動作，淚水從她的眼中奪眶而出。

「……真好吃，太好吃了。」

佳澄用手背擦著眼淚，繼續用湯匙喝湯。佐伯以溫柔的眼神注視著她。宙看著眼前的景象，體內湧起一股暖意。

阿恭太厲害了。

小學一年級時的魔法鬆餅。花野因為柘植死去而深陷痛苦時，他為花野做了南瓜奶油濃湯。感冒時做的雞肉鹹稀飯，中暑的時候又端出冷湯。一定是因為阿恭隨時都為用餐的人著想，才能夠做出療癒人心的料理。

宙從眼前的景象中明白到，充滿真心的料理讓人獲得重生。

宙站在那裡注視著眼前的景象時，玄關傳來動靜。她悄悄走出客廳，來到玄關，發現智美抱著葵站在那裡。葵似乎睡著了，頭靠在智美的肩上，發出均勻的鼻息。

「啊，我馬上叫鐵太帶她去臥室。」

「謝謝。我問妳，他姊姊有沒有吃？」

「對，她好像很久沒吃熱食了，被很燙的濃湯嚇了一跳。」

智美聽到，彎著雙眉，浮現落寞的笑容。

「她之前為了別人，把自己放在最後一位，每次都最後才輪到自己吃飯。」

宙覺得這種情況太令人難過了。佳澄一直過著那樣的生活。

「啊，不好意思，葵就交給我吧。」

鐵太不知道什麼時候也走出來，從智美手上接過葵，說聲「我帶她去臥室」，就走上樓梯。宙正準備走回客廳，把手伸向門把時，智美阻止了她。

「等一下，讓她獨自慢慢吃一頓飯。」

客廳的門有一部分是玻璃，可以看到客廳內的情況。佳澄坐在餐桌旁，靜靜地喝著濃湯，臉上出現了剛才走進房間時所沒有的朝氣。她的臉頰浮現一抹紅色。

「……大家不是都說照顧孩子很辛苦嗎？尤其是第一胎，一定會有很多不安，遇到這種情況時，又沒有可以商量的母親在身邊。她的前夫既然會精神虐待她，一定把帶孩子的事都丟給她。在這種狀況下，她根本沒有餘裕照顧自己。」

宙聽了智美的話後，點了點頭。

「這是我個人的經驗，當心靈疲憊時，就會覺得『好好照顧自己』好像是一種罪過，會在不知不覺中，覺得自己不值得。」

「……智美，妳是什麼時候擺脫這種感覺？」

宙問道。智美露出害羞的笑容，指著佳澄說：「我也接受了相同的待遇。」

「啊？相同的待遇是指就像阿恭對待佳澄一樣，也煮了東西給妳吃嗎？」

「原來她叫佳澄。沒錯，他也花時間做菜給我吃。那次他做的是冬瓜湯，好吃得我都哭了，覺得原來我是值得別人無償為我做這些料理，值得擁有細細品嚐時間的人。」

宙注視著瞇起眼睛，臉上寫滿懷念的智美。她的眼睛深處，滲出對佐伯的愛。

「『我還好』——一旦萌生這種想法就安心了，然後就對無情對待自己的人產生強烈的憤怒，然後也對忍氣吞聲的自己覺得憤怒。」

佐伯又為佳澄端上新的餐盤，不知道是不是蒸魚和蔬菜，可以看到青花菜和胡蘿蔔的鮮豔對比色。佳澄似乎很開心。

「佳澄還年輕，而且還有她深愛的小葵在，她一定能比我更快站起來。」

佳澄吃飯的速度越來越快，身體似乎回想起飢餓的感覺。正在為佳澄加水的佐伯不經意地看過來，發現了站在門前的宙和智美。他苦笑著向她們招手，於是她們走進客廳，嘴裡塞滿食物的佳澄頻頻向她們點頭打招呼，智美笑著對她說：

「不用擔心，小葵已經睡著了，鐵太剛才把她抱上樓了。小葵已經吃飽了，也許會一覺睡到明天早上。」

佳澄吞下嘴裡的食物後說：「謝謝你們想得這麼周到，而且只有我一個人吃。」

「妳現在不用在意這些，吃吧，快吃吧。」

智美說。佳澄搖搖頭。

「但是，大家看著我一個人吃，我會很不自在，只有我在吃，似乎很過意不去……」

「那我們也一起吃吧，佳澄，其實我做了很多，我們可以一起吃嗎?宙，妳去叫鐵太一起來。」廚房傳來佐伯的聲音。

不一會兒，鐵太和佳澄的父親正彥回來，看到家裡有好幾個陌生人，不知所措，但是看到女兒主動吃飯的樣子，幾乎快哭出來了。

「佳澄，妳終於有食慾了嗎？」

「呃、我也、對不起，我也搞不太懂。」

佳澄小聲說道，正彥搖著頭，眼眶發紅。

「沒關係，沒關係，真是太好了，嗯，太好了。」

正彥重複著相同的話，總算放下心來。

大家一起熱鬧地圍在餐桌旁吃飯，令人驚訝的是，正彥和佐伯讀同一所高中，是比他大一屆的學長。佐伯完全不記得這位學長，但正彥在和佐伯聊了一會兒後，想起來了。

「你在學校時很時髦，我們學校的校規雖然很鬆，但你應該是第一個在開學典禮就頂著一頭金髮到學校的學生。」

「什麼！？阿恭，你竟然做這種事？」

宙瞪大眼睛。佐伯若無其事地說：

「開始最重要。只要一開始先出風頭，大家就會很好奇，然後帶著善意主動接近。畏畏縮縮最糟糕，那些愛出風頭的人不會成為霸凌的標的，那些默默無聞的人才會被霸凌，因為無論別人怎麼欺負他們，都不會有人發現。」

鐵太聽了，點著頭說：

「有道理。我打算讀爸爸以前讀的那所高中，會記住這句話。」

「喔，要當我們的學弟嗎？真期待啊。」

鐵太似乎很喜歡佐伯，他以崇拜的眼神看著佐伯捲起的袖子下露出的刺青。

「說起來，緣分真是太不可思議了，沒想到這麼多年後，竟然會和當時的金髮學弟坐在一起吃飯。」

「我們住得很近，如果不嫌棄，以後你們全家可以來我的餐廳吃飯，餐廳也有兒童午餐。」

「好，我們一定會去。佳澄可能會成為那裡的常客。」

正彥的視線前方，已經吃完飯的佳澄坐在不遠處的沙發上和智美聊天。智美聽著佳澄說話，不時附和著，佳澄時而微笑，時而皺起眉頭，表情很豐富。也許正如智美剛才說的，佳澄內心的感情漸漸湧現了。

「我女兒和她媽媽很親，我想她一直很孤單，只是我知道也無能為力，沒辦法替她做任何事……說起來真是太沒出息了。」

「智美和她的父母關係疏遠，又沒有兄弟姊妹，如果能夠和佳澄成為朋友，我也很高興。」

佐伯平靜地看著佳澄和智美。

不知不覺中，夜已經深了。宙雖然已經聯絡過花野，說會在同學家吃晚餐，但如果太晚回家，花野會擔心。宙準備離開神丘家時，佐伯說要送她回家。

「剛才要帶食材過來，所以我開了車，我送妳回家。」

「不、不用了。」

佐伯和花野分手之後，就沒有去過坡道上的家，而且宙和他也已經有四個月沒見面了。和大家在一起的時候，可以假裝淡定，但是在車內這個密閉空間內單獨相處，不知道該聊什麼。佐伯一臉不悅，「這麼晚了，我怎麼可能讓妳自己回家？」

「那我可以叫計程車。」

「還在領零用錢的人不可以浪費錢，趕快去收東西。」

鐵太他們也勸她讓佐伯送她回家，宙不甘願地開始收東西。佐伯叫她先去門口等，於是她和鐵太一起走出玄關。鐵太很正式地向她鞠躬道謝。

「今天幸虧妳來我家，一切才會這麼順利，真是幫了大忙。」

「不是我的功勞，是阿恭他們的功勞。不過真的太好了，智美是個好人，我相信以後她會幫你姊姊出主意，而且阿恭應該會和你爸爸成為好朋友。」

「我好久沒有看到我爸爸像今天這麼開心了，他的壓力應該也很大。」鐵太點點頭說，「而且是因為妳，我們才能認識智美他們，還是要謝謝妳。」

「嗯，雖然也可以這麼說，但我什麼都沒做。」

宙一直不想見到佐伯，即便現在問題順利解決，但內心仍然沒有擺脫這種想法。

「宙。」

鐵太的聲音和剛才不一樣，他直視著宙的眼睛。

鐵太的身後是一片清澈的夜空，星星慵懶地眨著眼，明天一定是個大晴天。明天之後，體育課好像要跑馬拉松，心情有點憂鬱。宙無法正視鐵太熾熱的視線，想著這些無關緊要的事。

鐵太緩緩開口。

「妳為什麼會和我交往？」

宙的心臟劇烈跳動。

「你為什麼問這個問題？」

「其實，妳並沒有很喜歡我吧？」

聽到鐵太明確指出這點，宙的心臟又用力跳了一下。鐵太說話的語氣很有信心，表情沒有絲毫的猶豫，宙認為無法隱瞞他。

「那時候……在我向妳告白的時候，妳為什麼說『好』？」

宙思考著鐵太的問題。

其實她一開始並不知道鐵太是在告白，只是看到鐵太臉漲得通紅，才終於意識到這件事，然後覺得那句話很動聽，於是就點頭了。她沒有想到在班上同齡男生中，仍然充滿稚氣的鐵太會說這種話，所以也產生了興趣。

還有另一個理由。宙輕輕吸氣，在吐氣的同時說：

「因為我很好奇，和別人交往是怎麼一回事。」

這是她內心一直以來的疑問。喜歡一個人，而且對方也喜歡自己，雙方都意識到彼此在交往的情況下在一起，這到底是怎麼回事？自己和別人交往，就可以瞭解嗎？正當她在思考這個問題時，鐵太向她告白，於是她就接受了。

「所以妳的目的就只是和我交往嗎？」

鐵太靜靜地問道，宙忍不住咬著嘴唇。這個男生隱約察覺到我的目的了嗎？不，不可能。但是，如果他已經察覺，也不會意外。

「……我也想瞭解什麼是分手。」

宙在說出口的同時，內心深處就湧現對自己的嫌惡感，這種嫌惡感湧到喉嚨深處，她很想嘔吐。我竟然打算做如此傲慢的事。

鐵太微微睜大雙眼。

「為什麼？」

鐵太既沒有動怒，也沒有瞧不起她，可能是太驚訝了。宙聽到他略微緊張的問話聲，很想馬上向他道歉，但是這種道歉只是反射行為，只是試圖淡化自己的罪惡感。只是希望藉由道歉，獲得對方的諒解。一旦現在道歉，之後會造成更強烈的罪惡感。

所以，她打算實話實說。

「大家……大家一開始不是都會說很開心、很幸福嗎？然後說要一輩子在一起，但是很快就分手了。原本以為香里和小松或許不會這樣，沒想到他們也是說分就分了。為什麼曾經喜歡的人，想要永遠在一起的人，最後還是要分開呢？難道是討厭對方，不想要努力持續那段感情了嗎？覺得還是別人比較好嗎？」

宙一旦開口，就無法停下來。

「情人為什麼會分手？我無論如何都搞不懂其中的理由，我想自己親身體會，這樣也許就稍微能夠理解。」

「喔，」靜靜地聽著她說話的鐵太說，「原來是這樣，我懂了，妳是以分手為前提和我交往，然後『為了分手，努力想要喜歡我』，才會特地來我家。」

「……嗯。」

鐵太比宙想像中更善良，宙感受到他迷人的地方，為了能夠更喜歡他，想要更瞭解他。

「我很慶幸有來你家，遇見小葵，看到很多你的優點，中途開始努力思考，要如何改變這些狀況，並沒有想到分手之類的事。」

宙說完後，又補充一句：「但我知道自己的行為很傷人。」她鞠了一躬。過了一會兒，聽到鐵太用力吸氣的聲音。他會說自己是個討厭的人嗎？還是會說自己是渣女？無論如何，自己打算踐踏鐵太的心意，被罵也是理所當然，自己甘願接受。

「宙，我們回家吧！」

玄關的門突然打開，佐伯走了出來。他看到宙和鐵太面對面站在那裡，問道：

「你們在幹嘛？趕快走吧，要走去對面的停車場。」

阿恭，你為什麼在這個時間點出現！

宙瞪了佐伯一眼，責怪他搞不清楚狀況，但佐伯完全沒有意識到，逕自邁開大步。宙對鐵太說聲「拜拜」，跟著佐伯走去停車場。

宙走在佐伯身後，心想著這樣應該就算是和鐵太分手了。由於想瞭解分手，所以和他交往。鐵太聽到這種自私而又莫名其妙的話，一定很生氣。宙當然知道他生氣很理所當然，但是，為什麼自己會覺得難過呢？

佐伯的車子停在停車場的路燈下方，他和花野交往後，買了這輛紅色雙門車。佐伯曾經開著這輛車，三個人一起去了很多地方。森林中的美術館、湖畔的餐廳，還有螢火蟲飛舞的溫泉旅館。花野曾經坐在現在成為智美座位的副駕駛座上，繫上安全帶。佐伯很快把車子開出去，宙看向車窗外。

短暫的沉默後，佐伯突然開口。

「對不起。」

「怎麼了？」

「讓妳受折騰了。」

宙瞥了一眼握著方向盤的佐伯側臉。佐伯看著前方，又說了一次「對不起」。

「在妳這個年紀，『交往』應該是更快樂、更興奮的事，不要說什麼想體會分手這種話。」

原來佐伯都聽到了。他竟然偷聽別人說話，太無恥了！宙雖然火冒三丈，但看到佐伯難過地皺眉，她便沒有開口。

「都怪我完全沒有解釋，我以為妳遲早會明白，但似乎是我太一廂情願，我必須親口跟妳說明才行。」

佐伯嘆口氣，繼續說道：

「我並沒有討厭花野學姊，我相信花野學姊也沒有討厭我，但是我們最後還是分手。我猜想妳至今仍然無法理解這件事，否則不可能說那種話。」

宙低下頭，輕輕「嗯」了一聲。她的確至今仍然無法理解。

「首先，我之前曾經不是和妳提過『幸福的容器和料理不相配』這件事嗎？現在覺得是『幸福的山不一樣』。我曾經和妳，還有花野學姊三個人一起爬上了同一座山，在那裡看到很優美的風景。我……或許妳也是，總之，我很希望能夠看著那座山上的風景，就這樣繼續自己的人生。但是，花野學姊在那時候，已經看到了她下一座要攀登的山的山頂。」

佐伯又繼續說道：

「人生就是在攀登幸福的山，尋找適合自己的山，然後用盡全力攀登，在山頂上度過餘生，所以當時我很生氣，完全無法理解她到底在想什麼，也很傻眼。現在已經事過境遷，告訴妳也無妨，當時我們曾經吵過好幾次，她哭了好幾次。」

宙一動不動地注視著自己的膝蓋。

「我從很久以前，從少年時代就很喜歡花野的笑容，很希望自己能夠讓她永遠帶著笑容，發誓絕對不會讓她流淚。與其讓她流淚，不如成全她。當時我抱著這樣的想法，和花野學姊分手。她在最後對我說『謝謝』，說因為我的關係，她看到了以前無法看到的世界。起初我覺得這句話聽起來好像在挖苦，但是有一天突然發現，我和花野學姊一起登山，是為了讓她看到下一座山的山頂，我也許只是把花野學姊引導向可以看見下一個山頂的位置。」

「引導？」

宙不禁想要轉頭看向佐伯，但還是忍住了。不知道為什麼，內心仍然不敢正視他。佐伯沒有察覺宙的想法，接著說道：

「沒錯，柘植先生去世之後，花野學姊不知道自己身處何方，感覺就像從山上滾落，掉在山腳下的樹林中。我牽著花野學姊的手，帶她來到風景開闊的山上。她終於明白自己身處的位置後，看到了自己下一個目標的山頂，花野學姊一定是為了這件事向我道謝。」

佐伯靦腆一笑。

「我一直都很喜歡她，很希望能夠成為她的依靠。我希望可以成為她的支柱，共度人生，但是很可惜，我能夠帶她去的那座山，只能讓她看到下一座山的位置。就算我試圖跟隨她，也無法爬上那座山。硬撐的話，可能會在中途扯她的後腿。花野學姊說的『我們的幸福不一樣』，應該就是指這件事。」

宙在腦海中想像著佐伯說的山。即便牽著手一起攀登，深受感動的風景也可能不一樣。真的會有這種事嗎？這就是『分手』嗎？

「我覺得終於在內心找到自己滿意的答案。也許在其他人眼中，這個答案未必正確，但是我和花野學姊之間就是這樣。」

宙好幾次想要開口，但最後還是不發一語。該說什麼才好呢？她想了很久，最後才終於擠出這句話。

「……阿恭，你後悔和花野一起登山嗎？」

一隻貓從人行道上竄出來。佐伯慌忙踩下煞車，貓被煞車聲嚇到，再度跑回人行道。佐伯看著貓消失在樹叢中，終於鬆了一口氣，笑了笑。

「妳在說什麼啊。我相信妳在未來的人生中會瞭解到，千萬不要以為可以和任何人一起走到山頂，可能會有人把妳丟在半路就逃走，可能會遇到讓妳覺得『我為什麼會和這種傢伙在這裡』的討厭對象。我對我們三個人一起看到的風景覺得很滿足，不可能後悔，而且……」

佐伯說到這裡，突然停下，然後柔和地瞇起眼睛。車子緩緩發動。

「而且，花野學姊讓我瞭解到，和別人牽手一起欣賞的風景有多美，同時也明白，能夠一起從相同的角度看同樣風景的人是多麼寶貴。和花野學姊共度了那段時光，讓我覺得和智美在一起，或許還可以再次看到那樣的風景。正因為曾經和花野學姊在一起，我才會想和智美結婚。」

宙快哭出來了，但努力忍住。我一定還在他們早就已經離開的山頂上不乾不脆地懊惱，但是，既然他們都已經邁向新的山，我也必須走向自己的那座山。

「年輕的時候，往往搞不清楚自己走在哪裡，不知道自己在上山還是下山，無法判斷走在自己身旁的人是否真的對自己很重要。在一起或是分手都是很正常的事，就算經歷過分手，仍無法找到真理，這個世界沒這麼簡單。正因為這樣，不要基於傷心的理由和男人交往，要和妳真心喜歡的對象，從練習一起爬山開始。但是，是我們大人害妳變成這樣，真的很對不起。」

佐伯摸摸宙的頭。他溫暖的大手一碰到宙，她克制已久的淚水立刻落下。

「宙，對不起，一直以來，妳都承受了妳不該承受的一切。妳總是假裝很堅強，我們就以為妳真的沒事。」

宙用手背擦拭臉頰，一次又一次。

「至少在痛苦時候要說出來，尋求我的幫助。我永遠都是決定要照顧妳的『阿恭』，以後也不會改變，只要是為了妳好，我可以做任何事。」

宙看向佐伯，她想看清楚因為淚水而變得模糊的那張臉，動作粗暴地擦著眼睛。

「阿恭……」

佐伯的魚尾紋增加，法令紋變得明顯，棕色的頭髮中夾了幾根白髮。

原本以為他捨棄一切，變成一個簡單無趣的人，但是事實並非如此。阿恭並沒有『捨棄』，而是刻在身上。他並沒有捨棄曾經擁有的東西，那些東西沒有消失。

宙流著淚，發現原來是因為『阿恭』放棄自己，才讓自己深受打擊。原本以為阿恭永遠會為自己和花野著想，沒想到他竟然選擇了智美，因此心生嫉妒，但是事實並非如此，阿恭完全沒有變。

「阿恭，對不起，對不起。」

「為什麼道歉？妳根本不需要道歉。」

在宙停止哭泣之前，佐伯一直撫摸著她的頭。

車子停在坡道上方的家門口，宙慢吞吞地下車，佐伯遞給她一個紙袋說：「給妳。」

「這是什麼？」

「妳等一下再看。那就晚安了，歡迎妳隨時來店裡。」

佐伯看了玄關一眼，然後離開。

宙在廚房發呆，花野飄然走進來。她今天似乎在工作，她穿著運動服，頭髮有點亂。滿臉疲憊的花野看到宙正在攪動小鍋子，納悶地歪著頭問：「咦？妳不是吃過飯了嗎？」

「嗯，但又有點餓了。花野，妳也吃一點。」

「不用了，沒有食慾。」

「別這麼說，吃一點吧，我已經熱好了。」

宙硬是要求花野坐下，然後把熱好的濃湯舀在湯盤中。把湯盤放在花野面前時，原本一臉不耐煩的她似乎察覺到什麼。宙不發一語地把湯匙遞給她，她靜靜地開始吃。

「蕈菇濃湯，是妳做的嗎？」

「……好吃嗎？」

「……嗯。」

花野應該知道這道濃湯是誰做的，但是她默默喝著熱呼呼的濃湯，喝得一滴都不剩。

「我吃飽了。我問妳，這……」

花野不知道想說什麼，但說到一半打住。她站起身，轉過身時，好像在自言自語般嘀咕：「看起來都不錯吧？」

「嗯。」

「這樣啊。」

宙覺得花野突然挺直身體，隨後就這樣離去。她的腳步看起來很有力。

宙目送著花野的背影離去，嘆了一口氣。她正準備要喝還沒動過的濃湯時，放在口袋裡的手機震動起來。拿出來一看，鐵太傳訊息來，她忍不住心頭一驚。她看到第一行寫著『剛才我還來不及說的話』。

剛才談話時，我還來不及說的話。我一開始覺得妳很冷酷，妳總是清楚觀察周圍，冷靜地分析狀況，在必要的時候勇敢做出決定。我想，我一定是喜歡上妳給人的這種感覺。

我們家的狀況不是一團糟嗎？大家都不知該如何處理眼前的狀況，惴惴不安，我覺得我必須堅強，當一個大人，帶領全家人。就在那個時候，和妳一起當班幹部後，發現當時的妳就是我的理想，很希望自己能夠和妳一樣，想要接近妳，於是就向妳告白了。

訊息的內容到此結束。接著又收到了下一則訊息。

但事實並不是這樣，其實我是在向妳求助。我在無意識中覺得，我理想中的妳，或許可以解決家裡的問題。事實上，妳對我們家的幫助超乎我的想像，我很感謝妳，但我也同時意識到，我是不是在利用妳？我期待妳的堅強能夠幫助我們家。真的很丟臉。我後來發現，妳其實並不冷酷，也不堅強，我看到妳在責備古賀她們時，妳的手在發抖，而且當初妳會當班幹部是迫於無奈。我明明知道這些事，但仍然試圖告訴自己，妳很堅強，我覺得自己真的很爛。未完。

宙看著鐵太傳來的文字。那個男生正試著跟我交心。

我隱約察覺到，妳似乎並不喜歡我。我感覺到妳在和我相處時，好像在我們之間拉起了一道防線，有時候會用觀察的眼神看我。雖然我完全沒想到，妳是以分手為前提和我交往，其實我剛才超驚訝。我原本想像妳或許是喜歡我的某個朋友，把我當成是接近那個朋友的跳板。嘿嘿嘿，對不起，這種想像太羞辱妳了。

鐵太傳來一個貓鞠躬的貼圖，宙忍不住露出了微笑。然後又很快收到新的訊息。宙輕快地滑動螢幕的手指停下來。

我今天之所以會問那個問題確認妳的心意，只有一個理由。那就是我希望我們能夠充分瞭解對方，然後認真交往，妳讓我想要這麼做，但是，我不希望是以分手為前提交往，因此希望我們可以一起考慮這個問題。我認為妳會那麼說，一定有妳的理由，理解妳的理由，是我們交往的第一步。妳願意好好考慮和我交往嗎？

無論再怎麼滑動手機，都看不到後續的文字，鐵太沒有傳新的訊息來。宙正在猶豫，電話響了。是佐伯打來的。宙驚訝地接起電話，佐伯劈頭就問：『已讀不回嗎？』佐伯送宙回到家後，似乎回到了神丘家。這麼說，剛才這些訊息都是佐伯指導的嗎？

『妳給我聽清楚，你們這種動機不純的交往，我絕對不會同意，要單單純純、正正當當交往。首先要用認真的方式開始。』

「等一下，阿恭，你說這種話，簡直就像我爸爸。」

『當然啊，我就像是妳的爸爸，妳可以叫我爸爸。』

佐伯氣鼓鼓地說。宙輕聲笑了。

「是喔……好，那我要先說一句我一直無法說出口的話。」

『喔，喔，什麼話？妳還有說不出口的話嗎？』

「嗯……阿恭，恭喜你結婚了。」

宙緩緩說完，聽到佐伯在電話彼端倒吸一口氣，似乎發出了輕輕的笑聲。

第四章

回憶和粒粒分明
萵苣蛋炒飯

老房子就像是哆啦A夢的四次元口袋。

宙在走廊角落怔怔地看著不斷搬到眼前的那些東西，各式各樣的東西接連從房間內搬出來，她深感佩服，這棟房子裡竟然藏了這麼多東西。宙住在這棟房子超過十年，但是很多東西都是第一次看到。拆開的佛龕正被搬上停在門口的貨車載貨台上，業者的年輕小哥似乎無法抵抗那些沉積了數十年的灰塵，從剛才就咳嗽和噴嚏不斷，看起來像是年輕人前輩的男性不耐煩地說：「我不是叫你戴口罩嗎？」

「小宙，不要坐在這裡發呆，趕快做事，妳去門口和花野一起把東西分類。」

宙抱著膝蓋坐在那裡，看起來就像是擺設。頭上綁著三角巾，穿著圍裙衣的田本張開雙腳，站在她面前說。宙雖然繫上圍裙，但聽到田本這麼說，把頭轉到一旁回答：「我根本搞不清楚，所有東西看起來都像是積滿灰塵的垃圾，花野也差不多。」

「哎喲，這裡是這一帶難得一見的大屋，妳們家就是所謂的世家，一定有貴重的東西。對了對了，妳有沒有看到紫水晶的腰帶扣？如果連這個都沒找出來，那就太可惜了。」

「比起這種東西，我更期待中島廚房和漂亮浴室，希望可以趕快動工。」

屋齡超過八十年的川瀨家到處都很破舊，雖然之前發生問題時，都藉由修繕進行應急處理，但是之前的梅雨季節連續下了十天的雨，成為壓垮這棟房子的最後一根稻草。之前佛堂牆壁就有一部分區域漏水，但這次已經完全超過漏水的程度。宙聽到花野的尖叫聲趕過去察看時，發出比花野更大的尖叫聲。雨水嘩嘩地流進來，不知道原本在哪裡累積那麼多雨水。花野雖然一開始嚇得尖叫，但隨即茫然站在那裡，說不出話。之後，花野聯絡了業者，決定進行大規模裝修。

「田本太太，等新廚房完成後，我想吃妳做的肉捲。我最愛吃了，好久沒吃到了。」

「因為烤箱也壞了嘛，好，這件事包在我身上！我會做好吃的給妳，妳現在趕快去幫忙。」

宙聽到田本的催促，不甘不願地站起來。她伸著懶腰，準備轉換心情時，聽到田本擔心地說：「不知道花野有沒有聯絡了。」

「聯絡？要聯絡誰？」

「她妹妹啊。」田本委婉地說。

「喔喔。」宙嘀咕後，大大嘆氣。她的嘆息既是因為想起不愉快的事，同時也對有這種感覺的自己產生厭惡。

「我想應該已經聯絡了，否則之後會被罵得很慘。」

「是啊，但是……」田本皺起眉頭，似乎很傷腦筋。「但是花野丟了很多東西，沒問題嗎？」

「啊……」

宙的臉頰抽搐，萌生了可能會出事的預感。

「我去問花野。」

宙穿上拖鞋走出去。佛龕好不容易塞到小貨車上，但眼睛通紅的年輕人抱怨著：「唉，真是衰透了。」宙瞥了他一眼，走向院子。枝葉茂盛的櫻花樹下，從家裡搬出來的東西都堆在鋪著墊子的地上，花野在這堆東西中，拿起一件又一件東西，丟進寫著『廢棄』兩個大字的紙箱中。

「丟掉，丟掉，丟掉。」

花野不停地從舊衣櫃抽屜中拿出不知道是哪個年代的東西，毫不猶豫地丟進紙箱內，她甚至沒有興趣知道那些東西究竟是和服還是腰帶。她完全沒有拆開那些用和服保存專用紙「疊紙」包起來的東西，一包又一包地疊在紙箱內。

「花野，妳好像根本沒有仔細確認就丟掉，沒問題嗎？」

宙在問話的同時打量周圍，她在看起來還未分類的那堆東西角落，看到一個用漂亮的字寫著「風鎮」兩個字，貌似很昂貴的桐木盒，她便隨手撿起。

和平時工作時不同，花野今天穿了一件藍色運動衣，神清氣爽地看過來。

「哎喲，宙，確認不需要的東西根本是浪費時間。」

「雖然是這樣，但可能會有值錢的東西啊。」

「沒有沒有，尤其是對我來說，完全不值錢。」

花野聳聳肩。

「這是什麼？」

宙拿出盒子。花野說：「喔，那是風鎮，就是掛在掛軸兩端的裝飾品。」宙無法想像那是什麼，打開盒蓋，泛黃的和紙中，有好幾塊看起來有點髒的小石頭。

「這就是風鎮嗎？」

宙向花野確認。花野瞥了桐木盒一眼，「啊」了一聲，注視桐木盒片刻後，把盒子放在自己身旁。

「啊？什麼？這很貴重嗎？風鎮是這麼寒酸的東西嗎？」

「不是，真正的風鎮是用瑪瑙或是水晶做的，我要的是這個盒子。我經常會有一些零星的東西，這個盒子剛好可以派上用場。」

「喔，這樣啊。嗯，的確有些沒用的東西，但是如果媽咪看到眼前的狀況，一定會很生氣。」

宙不得已說了雖然不想說，但還是不得不說的話。花野停下動作。

「她可能會說，她原本很想要某樣東西，結果被妳丟掉了。」

「……才不會呢。這是我家的東西啊。」

「嗯、嗯，是啦，雖然是這樣，但媽咪看了，可能會說丟掉太可惜了。是不是等媽咪來看過之後再丟？媽咪可能沒這麼快來這裡，但是妳應該已經通知她，今天要整理家裡吧？」

前一刻還氣勢十足的花野把頭轉向一旁，露出好像小孩子做壞事被抓到的表情說：「沒有。」

「什麼！為什麼！？」

「因為她絕對會生氣。要重新裝修的事也沒告訴她。」

「裝修的事不說沒關係，但佛堂的事不說不行吧。那座佛龕後面已經發霉，受潮後都爛掉，沒辦法再用了，灰塵和黴菌超嚴重，剛才那個小哥在門口都快哭了。」

宙緊張起來。對日後的生活來說，裝修必不可少，而且問題並不在這裡。

「妳沒有和媽咪討論，就決定所有的事，這樣沒問題嗎？而且妳不是要把佛堂改成妳的工作室嗎？而且整理這些東西的事也一樣，不通知媽咪，真的沒問題嗎？」

花野決定趁這個機會撤掉佛龕，以後家裡不再設佛堂。她說已經照顧佛龕這麼多年，以後不需要了。

宙不太瞭解佛龕的意義。她能夠理解實際埋葬骨灰的墳墓意義，但是把許多去世的祖先都放在空蕩蕩的佛龕上祭拜，真的有必要嗎？因此她並不反對『拆掉佛堂』的意見，更何況宙從來沒有見過那些祖先，他們也不認識宙。只不過宙很在意媽咪——風海的反應。風海一旦得知這件事，必定會暴跳如雷。這是怎麼回事？宙可以想像風海太陽穴青筋暴出，大發雷霆的樣子。

「妳打算把遺像什麼的全都丟掉吧？至少應該跟媽咪說一聲……」

「說了又如何呢？難道妳要我主動找她來罵我嗎？」

花野抬頭看著宙問，宙一時語塞。花野見狀後說：「不要再說了，我也是下了決心才做出這樣的決定。」說完，又繼續低頭整理。

花野清空一個抽屜，又清空了第二個。寫著『廢棄』的紙箱轉眼之間就堆滿了，戴上口罩的小哥搬去小貨車清空之後，又拿回來，但很快再度堆滿。『待處理』的紙箱內，幾乎沒什麼東西，寫著『必要』的箱子更是空無一物。完全沒有東西也太扯了。宙正想這麼說，但隨即作罷。

宙思考著該如何是好的同時，走向『待處理』的紙箱，向紙箱內張望。看到已經變成麥芽糖色的木片拼花盒孤單單地躺在紙箱內，順手拿起來。打開木盒後，發現裡面是幾枚戒指、項鍊，還有差不多有大拇指那麼大的紫水晶，周圍鑲了一圈鑽石的華麗腰帶扣。這就是田本剛才說的東西嗎？

「哇，真的很豪華，這是誰的？」

「阿菊的，妳的曾外祖母。」

花野向來對親屬都直呼其名。她叫曾外祖母阿菊，曾外祖父阿正，叫她的親生母親敦子，她在說這些人名字時的語氣，彷彿那只是符號，宙完全無法從中感受到任何感情。

「呃，我記得曾外祖母的興趣是跳舞？」

「沒錯，她很虛榮，很喜歡珠寶。她在重要的場合就會戴這個腰帶扣出去亮相，大概就是所謂的戰鬥裝備？」

花野不以為然地向宙說明。

「是喔。啊，對了，這個可以送給媽咪。」

宙突然想到，對花野說。風海喜歡蒐集珠寶，每逢紀念日，就會買首飾。風海很珍惜的首飾盒內裝滿項鍊和戒指，只要有空，風海就會拿出每一件首飾欣賞。這是結婚五週年時，爸比送我的禮物。這是小萌讀小學時的紀念。她拿著五光十色的首飾說話的神情，總是充滿驕傲。

「我不會給風海。」

花野語氣堅定地說，宙大吃一驚。

「這是我的東西。」

宙被花野強烈的語氣嚇到，只能應了一聲「喔，這樣啊」。花野並沒有放在『必要』的紙箱內，而是放在『待處理』的紙箱，宙搞不懂她為什麼不願意給風海。花野向來對首飾之類的東西沒有興趣，宙以為她對這種東西沒有任何執著；還是，看到這麼有價值的東西，就會捨不得放手？或是因為風海最近經常來這裡發脾氣，才不願意給她？

如果是後者，宙完全能夠理解。我也不願意特地找媽咪來這裡，然後遭到池魚之殃。宙想像風海出現在這裡，就感到沮喪。她蓋上木盒的蓋子後，放回紙箱，改變話題，用開朗的聲音對花野說：

「我先來幫忙，廢棄紙箱已經堆滿了，我搬去小貨車上。」

「謝謝，那就拜託了。」

雖然能夠理解對不愉快的事能拖就拖的心情，但這根本是逃避。宙抱著沉重的紙箱，悄悄嘆氣，以免被花野發現。

完成整理工作兩天後的星期天。接下來要進行三週的裝修工程，宙和花野這段期間會暫住在週租公寓。宙正在整理這段期間生活所需的行李，聽到玄關傳來尖叫聲。

只有一個人會發出這種聲音，宙嘀咕著「還真會挑時間」。因為只要再晚三個小時，這棟房子內就空無一人了。

「這是怎麼回事！佛堂的欄間❷為什麼放在門外？妳想要幹嘛？」

「哎呀呀，妳好，這次要重新裝修，正在慢慢拆解，之前連續多日下雨，房子嚴重受損……」

正在廚房內收拾的田本出去迎接，隨即聽到田本說：「請進，妳大老遠過來，一定累壞了。」

「裝修？太好了，我之前就說過好幾次，這棟房子太破舊了，要好好整理一下，但姊姊一直拖拖拉拉，我都受不了她了。哎喲，等一下，既然把欄間拿出去，是不是代表佛堂也要重新裝修？現在裡面是什麼狀況？」

「啊啊，妳先喝杯茶再說。」

「等一下再喝可以吧？我要先去確認一下目前的狀態。姊姊，姊姊！」

除了大叫的聲音，還傳來啪噠啪噠的腳步聲。她似乎直接走去佛堂。完了完了。宙緊張地等待著，下一剎那，果然聽到尖叫。「怎麼回事啊？什麼都沒了！原本的東西都去了哪裡？」

「該來的還是躲不過。」宙嘀咕著。雖然她不想去那裡，但還是走出房間。她隔著中庭看向對面，發現花野不耐煩地從自己房間走出來。花野看到宙，聳聳肩，才走向後方的佛堂。宙也追了上去。

榻榻米已經拆下的佛堂內，滿是經年累積的灰塵、黴菌和濕氣。風海氣勢洶洶地張腿站在空蕩蕩的房間中央，她的手掌指向花野說：「妳解釋一下。」不知道是否太生氣了，她的聲音微微發抖。

「沒什麼好解釋的。漏水太嚴重，這裡都泡了水，只好裝修一下，然後剛好趁這個機會，把廚房、浴室一起重新裝修。」

花野鎮定自若地說，風海用力皺起眉頭說：

「什麼！？為什麼在請業者裝修之前不告訴我一聲，我可以陪妳一起商量啊。」

「不需要妳陪啊，我可以自己搞定和業者討論、溝通和交涉這些事。」

「妳根本沒搞定！那個欄間是外婆特地請來京都的工匠做的，是很珍貴的東西，竟然就隨便丟在那裡，以後根本沒辦法再使用了。」

「業者說，欄間受潮多年，長滿黴斑，而且還變形了，本來就不能再用了。」

風海不等花野說完，就大吼著說：「他們就是用這種話術，讓妳整個換新啊！妳

❷日本傳統建築工藝，在日式建築當中，為拉門與天花板之間的結構，有加強採光與通風的功能。

一定很豪氣地撒錢。然後呢？原本放在這裡的佛龕、遺像和衣櫃搬去哪裡了？妳租倉儲空間嗎？那裡應該會好好保管吧？」

「丟了。」

風海似乎無法理解花野說的話。她慢慢眨了幾次眼睛後問：「什麼？」

「不是說了嗎，丟掉了。以後可能會用到的東西放在那裡的紙箱裡，之後可能也會丟掉吧？」

花野指向的房間角落，放著『待處理』的紙箱。最後，『必要』的紙箱內完全沒放任何東西，業者就把空紙箱帶走了。

風海跑過去，探頭向紙箱內張望。她拿起裝著腰帶扣的木盒，以及原本放在壁龕的九谷燒花瓶，然後用帶著血絲的雙眼看向花野。

「只有這些嗎！？和服、腰帶，還有相簿和許多零星的東西，不是還有很多嗎？妳收起來了嗎？」

「我什麼都不需要，所以丟掉了。」

「簡……簡……」

風海右側太陽穴抽搐著。停頓一下後，她尖叫著：「簡直難以相信！妳在幹嘛？妳在幹嘛？無論問妳什麼，都只會說丟掉、丟掉了！那些都不是可以輕易丟掉的東西！」

「風海，妳不要激動。原本放和服的衣櫃都泡了水，慘不忍睹，而且因為那些東西一直都放在衣櫃裡，全都被蛀掉，還有很多黴斑，根本不可能再拿來穿。其他東西也都是啊。」

晚一步進來的田本說，但仍然無法平息風海的怒火，她反駁說：

「為什麼不好好保管？我不是說了好幾次，每個月都要拿出來透透氣，防止被蟲蛀掉嗎？為什麼都沒有照做？」

宙怔怔地想著，風海之前好像的確說過。『姊姊，天氣放晴的時候，記得把和服拿出來晾曬一下。那是外婆以前穿的和服，很珍貴，要好好保管。』宙記得自己聽過這些叮嚀，但由於沒有興趣，因此早就忘得一乾二淨。但是花野可能從那時候就對和服沒有興趣，總是心不在焉地敷衍，現在無論出席多麼隆重的場合，她也從來沒有穿過和服。

「沒有任何東西值得留戀啊，」花野小聲說道，「索性乾脆全都不要了，如果妳想要，之前就可以拿回家去。」

風海頓時漲紅了臉。

「那些並不是給我繼承的！所有的一切不是都由妳繼承嗎？是妳繼承了這棟房

子，必須守護這個家的人，沒有盡應有的義務！難道妳完全沒有在反省嗎！？」

風海尖聲大叫的聲音讓人很想摀住耳朵，宙覺得很厭煩。早知如此，還不如相隔兩地更好。

在宙升上高中的去年夏末，原本住在新加坡的日坂家回到日本。康太被派赴海外的工作終於結束，調回大阪總公司。從大阪要搭兩個小時的新幹線，才能到樋野崎市。『雖然大阪到樋野崎不算是可以經常見面的距離，不過至少我們回日本了。』接到風海的聯絡時，宙高興得當場跳了起來。自從上小學前，在機場一別之後，就沒有再和風海一家人見過面。雖然有時候會接到電話或是電子郵件，但宙還是很想見到他們。要遠渡重洋見面的確有困難，但在國內，想見面時隨時可以見到。而且，也許還可以再像以前那樣，大家聚在一起吃飯，到時候要和只看過照片，或是隔著螢幕見面的雙胞胎表弟，還有最喜歡的萌聊什麼好呢？

但是，現實令人難過。

最後只有風海和康太兩個人回國，三個孩子都繼續留在新加坡。比宙大兩歲的萌已經考上了新加坡的大學，雙胞胎雖然才十歲，但目前就讀寄宿小學，康太經常出差不在家，至今仍然還沒有過全家團聚的時刻。

只有整天閒著無聊的風海經常上門，相隔十一年的重逢，只是讓宙一次又一次產生格格不入的感覺。

宙記憶中的風海雖然嚴格，卻是一個溫柔的母親。她親手製作的點心全都美味可口，帶去幼兒園的布包和裝杯子的袋子全都是風海親手做的，貼上可愛貼花或是刺繡的袋子做工精細，就像外面買的一樣，幼兒園的同學都很羨慕。她覺得小孩子要聽優質的故事，總是讀繪本給宙聽。宙調皮的時候，她總是嚴厲斥責。宙一直以為，如果有所謂的理想母親，必定就是指像風海那樣的人，因此剛和花野一起生活時，面對完全沒有母親樣子的花野不知所措，也很焦躁。好幾次都忍不住想，如果換成媽咪，絕對會不一樣。

但是，多年後再次重逢，風海變成和記憶中完全不同的人。她變得很情緒化，心情起伏很激烈，總是強迫別人接受她的價值觀，試圖徹底排除自己不喜歡的事物。一旦無法如願，就會破口大罵。『我已經說過不行，為什麼還聽不懂？為什麼不聽我的勸阻？』

媽咪以前不是這樣的人。雖然以前就很愛發牢騷，但不像現在這麼嚴重。以前明明溫和很多，在分隔兩地期間，到底發生了什麼事？宙被嚇到了，於是寫電子郵件給萌，萌的回覆出乎她的意料。

『妳在說什麼啊？媽咪以前不就是這樣嗎？不是妳忘記了，就是妳只有小時候和她生活在一起，所以不太清楚。媽咪的愛很沉重，或者說很會情緒勒索，而且總覺得小孩子虧欠她。她的口頭禪就是「沒有感謝媽咪嗎？」在日本，這種人不是稱為「毒親」嗎？雖然我很想和妳見面，但這次好不容易可以擺脫她，我終於解脫了。兩個弟弟也是，我們完全沒有想念父母的感傷情緒。宙，幸好妳很早就脫離了媽咪。』

宙看了以這句話結尾的電子郵件後相當錯愕。是自己美化了六歲之前的記憶嗎？自己把媽咪加工得很完美嗎？她努力回想，但只想起愉快的回憶。看到現在每次出現，就會東罵西罵的風海，以前那個想念的身影越來越虛幻。

「妳把所有重要的東西都丟掉了！妳打算怎麼補救？」

「……呃、那個，媽咪，妳是不是好像也忘了和服的事？」

宙不想繼續聽風海數落花野，戰戰兢兢地插嘴說。風海瞪大眼睛。

「妳回國之後，三不五時來這裡，但從來沒有提過要把和服拿出來晾曬這件事，其他東西也是。每次來這裡，都一直數落我們，根本沒有關心和服的狀態……」

「宙，妳知道自己在對誰說話嗎？」

風海突然壓低聲音說道，然後大步走到宙的面前，打了她一記耳光。啪。聲音很大聲。風海臉上寫滿無法忍受，對花野說：「姊姊，妳到底怎麼教孩子的？怎麼可以讓她用這種態度對長輩說話？我猜妳根本沒有管教她，她連基本的常識都沒有。宙，我告訴妳，遇到這種情況，小孩子要閉嘴，不可以打斷大人說話。哎喲，妳怎麼會有這種眼神？妳不知道自己為什麼挨罵嗎？」

宙相當驚訝。這是風海第一次這樣打她。小時候想要碰插座或是熱的東西時，風海可能曾經打過她的手背，警告她「很危險！」但是那和剛才絕對不一樣。

「風海，不要說什麼管教這種話，我不想把小孩子塞進自己的框架。」

「管教就是要教小孩子社會的規矩，如何做一個堂堂正正的人，必須要教！」

風海嚴詞反駁後，狠狠瞪著宙說：

「宙，我跟妳說，我剛才說這些，都是為了姊姊著想。繼承祖先的東西，也同時繼承了祖先的愛。無論這棟房子，還有很多遺物，都是外婆和曾外祖母愛的化身。爸比去新加坡工作以前，我是因為無奈，不得不才常常提醒，照理說，應該是姊姊自動自發地做好這些事。」

風海瞪了花野一眼後，不悅地續道：「不知道外婆他們看到現在的姊姊會說什麼，以前是個好學生，但在他們去世之後，突然開始我行我素，放縱不羈，雖然成為繼承人，但根本是徒有虛名。照這樣下去，川瀨家會在妳手上沒落。」

「哎喲。」剛才一直保持安靜的花野抬起頭，「原本就不是什麼世家望族，而且妳看這棟破房子，就算我什麼都沒做，也早就沒落了。」

花野滿不在乎地說。

「這……」風海用力吸氣，發抖的嘴唇吐出：「這、這是……守護這個家的人該說的話嗎？！」

風海的音量驚人，整棟房子都可以聽到她的聲音。

風海吵了半天之後，終於離開。『我原本打算住在這裡，但目前這種狀況，根本沒辦法住人，而且我只要看到妳，就有太多話非說不可。我今天就先回去了，但是等工程開始之後，我會來看實際狀況，一定要通知我，千萬要記住。』

宙在玄關送走風海後，整個人都累癱了。當風海的背影消失的同時，她就癱坐在門框上，不自覺地嘆口氣。

「小宙，妳辛苦了。」

聽到田本的說話聲，回頭一看，發現她同樣滿臉疲憊地站在那裡。風海剛才也去質問田本：『妳為什麼不打電話通知我一聲！？雖然妳的僱主是姊姊，但是妳應該瞭解事情的嚴重性。妳活到這麼大的年紀，怎麼連這種事都無法判斷？我覺得妳身為幫傭很失職。』雖然田本顧左右而言他，沒有正面回應，但宙覺得很對不起田本。宙很想叫媽咪『別再說了』，但開口只會讓事態更加惡化，只能保持沉默，宙覺得很痛苦。

「田本太太，對不起，媽咪說了很多不中聽的話……」

宙鞠躬道歉，田本苦笑著說：

「宙，妳不用道歉，我之前就猜到風海絕對會大吵大鬧，果然不出所料。」

「如果她知道裝修後根本不會有佛堂，又會來大吵了……」

風海以為會買新的佛龕，牌位目前在其他地方。也許該告訴她，佛龕和牌位都已經請業者連同垃圾一起丟掉以後不會再有佛龕——甚至不會有這樣的空間。但是，沒有人開口。說了等於火上澆油，誰都沒有自信能夠承受。

「話說回來，花野這次真的是痛下決心。」

「是啊，不知道是怎麼回事。」

風海三不五時數落花野，花野總是默默忍受。無論風海說什麼，花野都不會反駁，不會生氣。花野只是皺起眉頭，一臉為難地重複「對不起」這三個字。這次為什麼明知道風海會生氣，卻偏偏要這麼做呢？如果在聯絡裝修業者時，同時打一通電話給風海，至少可以避免這次的風波。

「我支持花野這次的行動，風海真的太霸道了。」

田本不滿地說。第一次見面時，風海就抱怨說田本自己醃的酸梅太鹹，田本一直對風海沒有好印象。『怎麼可以和那種調味酸梅混為一談？遵照傳統的方式，就是這種味道，竟然被她說成是失敗品！』

「至今為止，花野都獨自照顧祖先的佛龕，現在的年輕人很少有人能夠做到。風海把這種事完全丟給姊姊，然後一回來就滿口抱怨，實在太沒道理了。」

宙聽了田本的話不禁點頭。花野在外祖母他們的嚴格管教下長大，宙覺得那已經不是嚴格，而是虐待了。也許是因為如此，雖然花野每天早上會為佛龕換水，經常更換鮮花，但從來沒有合起雙手拜過這些祖先。

宙突然想起下了好幾天雨的那一天。雨水從天花板傾瀉而下，好幾張老舊的遺像都掉在地上。花野原本茫然地注視著浮在髒兮兮水窪中的照片，當低頭看著那幾張流到她腳邊的遺像時，她的表情緩緩發生變化。不知道花野當時內心是怎樣的感情，宙只覺得她神情就像觸電般麻木呆滯。

「她和風海之間是不是有什麼心結。」

田本隨口說道。

「那已經超越了個性差異的程度，讓人懷疑花野是不是有什麼原因，才不得不一直忍讓風海。」

宙想起以前曾經聽佐伯說的事。花野的親生母親拋棄花野，離家和風海的親生父親私奔。對了，花野和風海的父親是不同人。雖然風海很愛外祖父母，但花野並不愛。也許其中有什麼自己不知道的狀況，或是可以稱為心結的事。

「宙！雖然浪費了一點時間，但我們趕快去公寓，我突然覺得很累。」

花野的聲音打斷宙的思考。田本也看著手錶說：「哎喲哎喲，是啊是啊。要趕快整理完，小宙，妳就再努力一下。」

「喔，好啊。」

宙在回答時想著，我這個人從小看事情就只看表面，很不擅長深入思考背後的真相，所以收到萌的電子郵件，才會那麼震驚。

原來還有我沒看到的事，也有我不知道的事。只有瞭解和看清這些事，才能夠知道她們姊妹之間到底發生過什麼。

雖然這麼想，但她不知道該怎麼做。

無論如何，現在要先整理。她走進房間，順手拿起放在桌上的手機。有幾則訊息。都是來自同一個人。宙看到那個名字，心情就有點沮喪。

她點開手機螢幕，打開訊息。

『搬家整理得差不多了嗎？加油。』

『我現在要和班上同學一起去吃飯，沒有女生，妳放心吧。』

『同學硬拉著我去了KTV，好煩喔。』

宙和神丘鐵太就讀不同的高中，但升上高二的現在，他們仍然持續交往。

鐵太是好人，雖然他們有時候會發生爭執，但是和他在一起時不必逞強，不需要說太多，他也能夠理解宙的想法，而且鐵太很尊重宙。宙說不想有比接吻更進一步的肢體接觸，鐵太雖然有一絲失望，但是笑著說沒問題，還說因為喜歡宙，所以不想做會讓她生氣的事。

宙的班上有些同學已經有性經驗，有的男生會露骨地炫耀自己在床上的表現，有的女生會說和比自己年長的男朋友一起去漂亮摩鐵的經驗。在女生廁所內，可以聽到『他堅持不用保險套』或是『他連摩鐵的錢都不想出』之類的討論，甚至有同學用好像在問新上市甜點口味的輕鬆語氣問宙：『妳有沒有做過？』

在中學時代，連交男女朋友都是一件特別的事。現在距離那時候並沒有多久，性經驗這件事就好像迫不及待出現在眼前。對這種驚人的轉變感到焦慮，進而盲從絕對有問題，而且宙不認為自己的身體做好了準備，她目前還不想體會這件事。

但是她也會在意鐵太的想法。

『有女生公開宣稱，她很喜歡鐵太。』

不久之前，和鐵太讀同一所高中的遠藤奈津子告訴宙這件事。聽說那個女生在性方面很積極主動，直截了當地對鐵太說：『我們可以先試試看，如果你覺得我們在床上很合，再和我交往。』

『雖然鐵太說，他討厭那種很賤的女生，但那個女生胸部超大，連我都忍不住多看幾眼，我相信年輕男生一定覺得很刺激，不知道鐵太能夠忍到什麼時候。』

奈津子用一副很懂的語氣說道，宙只是不置可否地笑笑說：『是喔，哎呀呀。』

宙用力甩甩頭，擺脫不愉快的回憶。傳了『玩得開心點！』的訊息後，又傳了貓舉著『全力執行任務中』牌子的貼圖。她在做這些事的同時，感覺到內心另一個自己很無奈地說，算了吧？妳要持續這種狀況到什麼時候？不如乾脆和鐵太分手。鐵太現在可能在忍耐，最重要的是，妳並不想受到傷害，不是嗎？既然鐵太的家人對妳避之唯恐不及，繼續交往下去有什麼意義？

宙無意識地咬著嘴唇。

那是中學畢業典禮時發生的事。典禮結束後，宙和班上的同學一起在校門口拍紀念照，平時總是催她『趕快回家吧』的花野，站在角落默默看著他們。

『宙，妳媽超漂亮。』

同學小聲對她說，她聽了很高興。這時，鐵太帶了一個四十幾歲的女人走過來。

『宙，恭喜妳。』

『啊，鐵太，我也要恭喜你。』

『嗯，但是我們不讀同一所高中超討厭，喜悅的感覺少了一半。』

『你又在說這種話。』

宙竊聲笑了，然後向站在鐵太身後打量她的女人鞠躬。她猜想那個女人應該是鐵太的親戚，鐵太向她介紹說：『這是爸爸的姊姊，萬記子姑姑。我爸爸上班沒辦法請假，所以今天姑姑來參加我的畢業典禮，雖然我說不來參加也沒關係。』

『喔，原來是這樣。妳好，我是川瀨宙。』

宙微微點頭打招呼，萬記子沒有理會她，大聲地說：『原來是這個女生，嗯，看起來還不錯啦。身體很健康，眼神很堅定。聽說妳要讀樋野崎第一高中？雖然女生比男生更聰明有點讓人擔心，但鐵太不夠穩當，這樣或許比較好，暫時算合格。』

萬記子喋喋不休地說完這番話，她和個性穩重、沉默寡言的鐵太爸爸似乎屬於完全不同的性格。

『姑姑，妳不要好像在評估商品一樣看宙，而且妳說的話很沒禮貌！』

萬記子聽到鐵太的話，滿不在乎。『你爸爸和佳澄挑選另一半都很沒眼光，所以我要好好為你把關，如果挑到一個體弱多病，或是很渣的對象，造成的負面影響會波及周圍的親戚。』

鐵太生氣地大聲反駁：『什麼意思啊！』

『就是字面上的意思，你不知道我為了你們家操了多少心嗎？唉，算了，不要在第一次見面的人面前說這些話，不好意思啊。』

雖然萬記子對宙露出笑容，但眼睛深處仍然在審視宙。宙只能笑而不語。她不喜歡這種類型的人，不想和這種人打交道。原本站在她周圍的同學紛紛離開，她雖然覺得對鐵太有點不好意思，但也決定轉身離開，這時花野走過來叫她：『宙，可以回家了嗎？我等一下還約了人開會。如果妳還想留下來，那我就先回家。』

『啊，我也要回去了！鐵太，那就改天見。』

宙很慶幸花野及時出現，於是笑著向鐵太和萬記子道別，但又立刻大吃一驚。因為她發現萬記子正在凝視花野，花野來不及開口，發出『呃、呃、呃』的聲音，顯然不知所措。

『咦？怎麼會這樣？她不是那個嗎？就是那個畫畫的，聽說就住在這附近，對不對？』

萬記子拉著鐵太的衣服問，鐵太很不耐煩地說：『對啊，宙的媽媽是畫家。』宙曾經多次見識過那種反應。自從多年前，因為媒體的報導有了不愉快的經驗之後，花野完全不再上任何媒體，但目前仍然有人記得她的長相。尤其在樋野崎市，畢竟是花野的家鄉，很多人都記得她。那些說『我是妳的粉絲』，主動打招呼的人當然沒問題，只要笑著對他們說『謝謝』就好。最大的問題是對那些八卦報導信以為真，一臉嫌惡的人。宙產生不祥的預感，可惜的是，她的預感成真了。

『喔，這樣啊這樣啊，原來如此。原來她媽媽是「那個女人」，我知道了。鐵太，我們回家。』

萬記子肆無忌憚地打量花野後，抓著鐵太的手轉過身，大步離開。鐵太完全搞不清楚狀況，不滿地叫著：『幹嘛啦！很痛欸。』

『他不是妳的男朋友嗎？我原本想和他打招呼，但好像把事情搞砸了，對不起。』

花野對宙說，宙回答說：『妳不用道歉。』是萬記子的行為沒有禮貌。鐵太說是他姑姑，鐵太的家人都很親切，想到鐵太的親戚中有這種人，宙就覺得很失望。

『鐵太說是他的姑姑，應該沒關係。』

宙以前從來沒有見過這個姑姑，以後應該也不會見到，今天的事就忘了吧。宙這麼想著，但事情沒這麼簡單。萬記子回到鐵太家之後，滔滔不絕地說著花野這個壞女人曾經引起多大的風波，逼迫鐵太不可以繼續和宙交往。她說女兒會繼承母親的性格，既然母親在男人的問題上不檢點，而且女兒又和母親兩個人生活，那女兒絕對不是什麼好東西。鐵太要在造成不幸之前，趕快和這種女生分手。

正彥和佳澄起初一笑置之，說『就這樣輕信幾年前的週刊雜誌的八卦報導太荒唐了』，但是當萬記子揚言，如果他們不當一回事就要開除佳澄，他們便只好屈服了。佳澄剛去萬記子的丈夫經營的私人醫院當事務員不久，而且薪水很不錯。萬記子和鐵太的母親關係不好，多年來都很疏遠。佳澄走出憂鬱後，為了工作的問題，偷偷和萬記子聯絡。佳澄是帶著年幼女兒的單親媽媽，精神狀態不是很穩定，遲遲找不到願意錄用她的公司，在走投無路之際，只好向萬記子求助。萬記子雖然很囉嗦，又很喜歡管人，不過一旦向她求助，她不會拒人千里。

『鐵太，對不起，我必須賺錢養葵，想繼續在那裡上班。我沒有勇氣再重新找工作，所以……對不起。』佳澄哭著拜託鐵太，鐵太不知如何是好。

『但是，我不想和妳分手，可不可以假裝我們已經分手了？』

鐵太說，不知道萬記子會不會從哪裡得知他們還在交往的消息，因此希望假裝分手，但繼續地下交往。宙聽了之後，只能無奈地點頭同意。

但是，就像隨著時間的流逝，灰塵會慢慢累積一樣，宙內心的不安越來越強烈。遇到別人哪壺不開提哪壺地問：『你們為什麼分手？』只能含糊其詞。有時候看到情侶理所當然地牽手走在路上，心裡就不是滋味。知道有人喜歡鐵太時，無法採取任何行動，更無法和別人討論感情問題。宙每次都只能在內心消化這些煩惱，這種情況比想像中更痛苦、更寂寞，而且兩個人在一起時仍無法安心，內心總覺得很愧疚，從頭到尾都提心吊膽。

我明明沒有做任何壞事，為什麼要承受這些？

「那篇報導太可惡了。」

宙小聲自言自語。幾年前的那篇報導就是元凶，把花野說成是喜歡名牌精品的虛榮女人，還說她養小白臉，內容極其醜惡，而且報導所附的照片充滿惡意。但是，花野曾經在酒店上班這件事是事實，另一方面，可以說錯在花野不該去酒店當坐檯小姐。

「花野為什麼要做那種事呢？」

那篇報導出現時，宙曾經問過花野這件事，花野顧左右而言他，只說『也算是累積人生經驗』，因此並不清楚真實情況。用風海的話來說，川瀨家是很有淵源的世家，而且家裡隨隨便便就可以找到紫水晶腰帶扣這種珠寶，繼承川瀨家的花野不可能為錢發愁，既然這樣，她為什麼要去那種地方上班？

雖然問過花野，但仍不知道答案，真希望可以問問知道花野過去的人……她打開通訊軟體，準備選擇打算傳訊息的對象，但手停了下來。

「也不能問阿恭。」

佐伯恭弘和智美結婚兩年多，這段期間，智美懷孕兩次，但都沒有順利生下孩子。第一次是在懷孕四個月左右突然出血流產。第二次胎兒順利成長，甚至已經感覺到胎動，宙還曾摸過智美隆起的肚子，手掌清楚感受到從智美腹部內側向外推擠的感覺。宙忍不住『哇』地叫了一聲，佐伯笑了，智美也露出幸福的微笑。不知道會像爸爸還是媽媽。不管像誰都沒有關係，只要健康就好。那天大家坐在『佐伯小餐館』窗邊可以照到陽光的特別座位，夢想著不久之後的幸福日子。但是，胎兒在某一天突然停止心跳。臍帶嚴重扭轉，導致無法提供胎兒充分的氧氣和營養。智美躺在分娩台上，生下無法發出啼哭聲的孩子。那個無緣的孩子是女兒。

佐伯夫婦陷入極度悲傷。雖然佐伯表現得很堅強，但智美幾乎臥床不起，出現在餐廳內的時間減少很多。直子打起精神在餐廳內幫忙，然而整個人縮小一圈，好像突然變老了。『早知道不該讓智美在店裡幫忙，應該讓她在家好好休息。我以為進入安定期就沒事了，都怪我不好……』

智美失去第二個孩子至今半年。『佐伯小餐館』雖然正常營業，但已經失去往日的活力。在這種狀態下，當然不可能向佐伯打聽過去的事——更何況是花野的事。

畢竟去瞭解以前的事無助於改變現狀。宙把手機放回桌上。

✦

搬來週租公寓已經四天。宙請花野找了學校附近的公寓，所以她上下課很輕鬆，但花野似乎很痛苦。不知道為什麼，她最近的工作卡關了。這一天，宙從學校放學回家，看到花野在客廳中央躺成大字，簡直就像是一塊虎皮地毯。她微微抬起頭，對宙說「妳回來了」的聲音，聽起來也有氣無力。

「花野，妳還好嗎？」

「我不行了……完全畫不出來，好像都卡在腦袋裡。」

「是喔，不知道是哪裡出了問題。」

宙回到自己房間放好東西，換好衣服後回到客廳，花野還是以相同的姿勢躺在相同的位置。

「啊，是不是因為環境變化的關係？可能不是在妳平時工作的地方就不行之類的。」

「哎喲，妳是說我這麼敏感嗎？不要小看我的才華。」

「我不知道妳到底有沒有才華，但的確很敏感吧？妳來這裡之後都沒睡好。」

自從搬來這裡之後，花野似乎渾身不自在。昨天來煮飯的田本也說，花野簡直就像被關進籠子的貓。

花野生氣地皺著眉頭。

「怎麼回事？妳該不會在監視我的房間？」

「不要說這麼難聽的話，我在隔壁房間，可以聽到妳的動靜。」

「是嗎？那就好，不過我覺得妳的神經太大條了，今天早上，我在自己房間都可以聽到妳的鼾聲。」

「不會吧！我從來不打鼾。」

「妳發出的呼呼呼可大聲了。」

宙很清楚，自己已經完全適應新環境。這棟新建的公寓採用各種最新的設備，最重要的是很乾淨，她甚至覺得一直住在這裡也很好。

花野皺起眉頭，挖苦她：「真羨慕妳神經這麼大條。」

「哼，神經大條就神經大條。既然妳不想工作，我們乾脆去外面吃飯散散心。」

公寓就在樋野崎車站旁，走路就可以到有很多餐廳的樋野崎花園城。站前路上有開業多年的燒肉店和拉麵店，是很方便外食的地點。

「好久沒吃燒肉了，我們去吃燒肉。」

「燒肉喔。」花野想了一下後坐起來。「好吧。」她伸著懶腰說，「也許吃了牛五花，喝點啤酒，心情就不一樣了。」

她們很快就準備好出門，走出公寓大門時，還在討論要去吃哪家餐廳。即將入夏的傍晚，天空一片鮮紅，兩個小學男生甩著游泳教室的包包跑過去。經過身旁時，宙聞到夏天的味道，露出微笑，目送那兩個男生遠去的身影，但她很快就倒抽一口氣——她在馬路對面看到鐵太的身影，身旁有一個穿著和鐵太同一所高中制服的女生，兩個人很恩愛地牽著手。個子嬌小的女生開心得紅著臉，一個勁地對鐵太說話。鐵太對女生露出溫柔的笑容。

「不會吧。」

之前聽說那個倒追鐵太的女生外形很亮麗，很性感，總是化著濃妝，但眼前這個女生看起來就像溫馴的小動物，整齊的直髮鮑伯頭在夕陽下閃閃發亮。

「宙，怎麼了？」

花野看了看愣在原地的宙，然後又看向她視線的方向，「啊！」地叫了一聲。

「那不是妳的男朋友嗎？哇，妳沒告訴他公寓的地點嗎？」

「……我有說。」

「那他真的是笨蛋，難道他沒有想過可能會遇到妳嗎？」

花野無奈地冷笑著，宙也說「他真的很笨」，想要一笑置之，但沒有笑出來，反而是流下眼淚。淚珠撲簌簌地順著臉頰流下。

「哇、哇，太糗了。」

宙之前就覺得不如分手，不想這樣偷偷摸摸，想要和能夠公開戀情的人交往，但是現在為什麼會流淚？

「……對不起。」

宙慌忙擦著眼淚，花野幽幽地說。

「妳為什麼要道歉？」

「不是因為我的原因造成的嗎？」

花野抓著頭，思考著該怎麼表達。「如果我是安分守己，或者說是正常的母親，就不會影響女兒談戀愛了，至少妳不需要談那麼麻煩的戀愛。」

宙擦著眼淚，看著花野。花野又說了一聲「對不起」，露出了寂寞的笑容。宙看到花野臉上出現從來不曾有過的怯懦，不由得生氣。如果是平時的花野，一定會一笑置之，滿不在乎地說「妳竟然會和這種劈腿也不知道遮掩一下的男生交往，搞不好是個沒眼光的人」，今天為什麼像正常的母親一樣道歉，是同情我嗎？我才不需要別人的同情。

「這不是道歉可以解決的問題。」

當宙回過神時，發現自己對著花野大聲說道。

「妳無法成為正常的母親也沒問題，我在小學時就已經接受現實了，但是妳以前是酒店小姐這種事真的太離譜了。妳是不是真的做了什麼見不得人的事，別人才會寫那樣的報導？！不要讓女兒覺得丟臉！」

宙知道自己在遷怒。和鐵太讀不同的高中時，就已經埋下這種可能性，並不是花野一個人的責任。但是，明知道這樣，她還是脫口而出。

花野被宙的氣勢嚇到，相當驚訝，又滿臉歉意地笑了笑說：「對不起，今天還是先別去吃燒肉吧。」

宙沒有說話，跑向鐵太離去相反的方向。她覺得所有的一切都很煩。

隔天放學後，手機接到田本打來的電話。宙以為田本要問她晚餐想吃什麼，接起電話後，立刻聽到風海咆哮的聲音。

『小宙？風海正在裝修的家裡……那個……她大發雷霆，花野和裝修師傅正試圖阻止她。』

風海終於得知了裝修的全貌。花野和田本剛好去正在裝修的房子送慰勞點心給師傅，風海正好也過去。師傅正在以前的佛堂內製作巨大的書架，原本放佛龕的牆壁上開了一扇很大的窗戶，一整面牆都是書架，一看就知道無法再成為佛堂。風海見狀，怒氣就爆發了。

「好，我馬上過去。」

走路回家要三十分鐘。宙一邊跑，一邊問自己在幹什麼。去了也只是增加不愉快而已。如果可以，她不想見到花野。昨天精疲力盡地回到家裡，花野一直在房間內沒有出來，今天早上沒有起床，所以宙都不需要面對她。

她很想趕快回家躺在床上。

宙傳訊息給奈津子，假裝不經意地打聽了鐵太的情況，她回訊息說：『他交了女朋友啊，但並不是上次說的那個大奶妹，他們在學校形影不離。他還說，自從被妳甩了之後，就一直孤單一人，現在終於有機會得到幸福了。』

鐵太真狡猾。竟然對外宣稱是我甩了他，而且說什麼終於可以得到幸福，所以之前都不幸福嗎？宙想要逃離這些揮之不去的煩躁，一路拚命地跑，在往川瀨家坡道路上剛好遇到風海。宙忍不住龜縮，猜想風海一定在那裡大罵一通後正準備回家，可能會罵自己事先沒有通知她，但風海的神色有點不太對勁，似乎有點失魂落魄、魂不守舍。

「媽咪，那個……」

宙叫了一聲，風海緩緩轉頭看過來。風海空洞的眼神飄忽一下，然後叫道：

「宙！太好了，剛好遇到妳。對啊，還有妳啊。宙，我想到了一個好主意，妳和我一起生活。」

風海在說話的同時，用力抓住宙的手臂。

「好不好？就這麼辦。我會把妳照顧得很好，才不需要請幫傭，我會張羅一切，妳跟我去大阪。」

「等、等一下，媽咪，我、那個……還要上學。」

「妳不想轉學嗎？那媽咪可以搬來這裡，就租個房子，我們一起生活。」

風海的眼中已經沒有前一刻的無助，充滿可怕的熱忱，抓著宙的手更加用力，宙痛得皺起眉頭。

「媽咪，妳先不要激動，妳突然提出這樣的要求，我不知道該怎麼辦，爸比會嚇一跳的。」

「爸比不重要，反正他幾乎都不回家。我不能把妳交給姊姊這種生活很隨便的人。妳繼續和姊姊在一起生活，後果不堪設想。姊姊根本就不適合教育孩子！」

風海對自己說的話感到興奮，越說越大聲，騎著腳踏車經過她們身旁的中學男生看向她們，似乎覺得很奇怪。風海的指甲都掐進宙的肉裡，宙用力甩開風海。

「妳不要激動！妳為什麼對花野有這麼強的敵意？」

她推開風海，退後一步，忍不住大聲叫著：「不要利用我！妳回國之後，整天都凶巴巴地數落花野，既然妳看她這麼不順眼，不要來就好了啊。媽咪，妳的束縛太異常了，或許妳想把我從花野身邊搶走，但如果我和妳住在一起，妳就會開始束縛我，我才不要！我受夠了不正常的母親！」

情緒從風海的臉上消逝無蹤，變成了前一刻看到的、完全沒有任何感情的模樣。

宙這才意識到自己說過頭了。

「啊，媽咪，對不起……我、心情有點煩躁。」

「喔。我知道了。」

風海冷冷地瞥了宙一眼，然後就從宙的身旁走開。她直直走向車站的方向。

「媽咪，那個——」

宙想叫住風海時手機響了。拿出手機一看，是田本打來的，她不加思索地接起電話。

『喂，小宙嗎？花野受傷了，風海丟過來的木材打中她的額頭，流了很多血，我們要搭計程車去醫院。』

「啊！糟糕！」

宙看著風海的背影。比以前更豐腴的背影走下坡道。該叫住她嗎？不，現在沒時間理會這種事，宙對著電話說聲「我馬上就到家」，然後拔腿跑了起來。

幸好花野的傷不需要縫針，但腫了一個包，而且被割出傷口，但在醫院貼好紗布後就離開。田本生氣地說，風海竟然害別人受傷，真的太過分。她們和田本道別後，回到公寓。花野看起來很受打擊，整個人都垂頭喪氣。

「花野，如果妳頭痛要告訴我，要預防萬一。」

花野聽了宙的話，不置可否地點點頭。

「呃，那個，我覺得媽咪這次太過頭。」

想到前一天的事，宙有點不知如何開口，戰戰兢兢地對花野說。

「照理說可以告她，但她竟然沒有道歉就回去，真的太誇張。媽咪讓我太失望了。」

「妳不要這樣說風海。」

花野為難地低下眉頭，「她心地很善良，這次是我沒有處理好，就只是這樣。」

「怎麼回事？為什麼妳受了傷，還要袒護她？」

宙不滿地氣鼓鼓說道，花野眼神飄忽，似乎在思考如何表達。

「是我讓風海變成這樣。大家一直以來都在保護她，而我也繼承這樣的意志。」

「啊？」宙歪著頭。她完全聽不懂花野在說什麼。
「這次受傷是我的錯，是我自己想解脫，所以受到了懲罰。」
「花野，妳說的話太抽象了，我完全無法理解。」
宙又補充「可不可以說得簡單一點？」時，花野的手機響了。
「嗯？是日坂？」
花野納悶地問了一聲，看著宙。宙很納悶，為什麼爸比會打電話來。
康太在回國後，從來沒有來過這裡。剛回國時曾經打過幾通電話，但最近完全沒有音訊。宙看向牆上的掛鐘，風海離開已經有三個多小時了。可能風海回家之後，跟康太說了什麼。
「……喂？我是花野。」
花野轉成擴音。
『啊，姊姊，好久不見。風海應該在妳那裡，請問發生什麼事了嗎？』
電話中傳來康太緊張的聲音。
「風海早就回去了，怎麼了？」
『啊？喔喔，是這樣啊。她傳訊息給我，說沒有人愛她，如果我再不回去，那就算了。』

「那就算了？啊？這是什麼意思？」

『我才想問。我打了她的手機，但是沒有接通，我以為她又在妳們那裡耍任性了。』

宙回想起風海走下坡道的背影。走下坡道後往右轉，就是往車站方向的公車站。原本以為風海會直接回大阪，但風海顯然去了別的地方。

「風海在這裡時是有些爭執，但是她後來離開了。嗯，差不多有三個小時了吧。不，不是風海的問題，算是我們姊妹吵架。」

『以妳們之間的關係，根本不可能吵架，』康太打斷花野，『妳總是太順著風海，所以風海才會這麼任性。我想妳從她傳來的訊息就知道，她已經年紀不小了，仍然整天要求別人付出。既然妳是姊姊，就應該有姊姊的樣子好好說說她，我受不了她整天這樣胡鬧。』

康太說話的口吻和宙認識的康太相去甚遠，言談中充滿對風海的不滿，而且話中帶刺。宙瞪大眼睛，花野瞥了她一眼，想把擴音關掉，宙無聲地阻止花野。花野嘆氣作罷。

「真的只是吵架，既然風海傳這樣的訊息給你，可能還沒有回大阪，或許還在這裡，我等一下會去找她看看。」

『不用去找她。』

康太堅定的語氣讓宙懷疑自己聽錯了。康太剛才說什麼？

『目前是我工作的關鍵期，為了讓三個孩子接受充分的教育，我必須努力賺錢。我要支付三個孩子在國外求學的費用，妳知道要花多少錢嗎？但風海三天兩頭去妳那裡抱怨，光是交通費就很可觀，最後還搞出這種事。有這種家人，根本就是累贅。』

宙以為自己在做惡夢。康太不可能說這麼過分的話。

「對不起，都是我的錯，我等一下就去找風海，然後和她好好談一談。」

『所以才說妳都在縱容她，妳可以明確拒絕她一次嗎？否則……』

「我要去找人，先掛電話了。」

花野不顧康太還在說話，硬是結束通話。花野注視著手機螢幕沉思著，宙抓住她的手臂問：「這是怎麼回事？爸比剛才是怎麼回事？怎麼可以那樣說話？」

「哎喲，我們不是也經常覺得風海很煩嗎？」

宙說不出話。她無法否認說從來沒有這種情況。

「日坂和她在一起這麼多年，他們之間一定有很多事。」

「雖然是這樣……」

宙話聲越來越小，花野輕輕拍拍她的肩膀說：

「而且風海大部分的話都沒錯，都很正確，只是有時候因為太正確，反而讓人無所適從。」

「嗯……」

「現在不是聊天的時候，要先去找風海。」

花野用仍在手上的手機打給風海，打到第三次時，手機似乎關機了，聽到『您所撥的號碼……』的語音回覆。

「她不想接。那就只能找遍她可能去的地方了。既然裝修的事是起因，她可能回去家裡了。宙，我現在就去家裡看看，妳去以前和風海他們一起住的公寓看看。啊，天色越來越黑，妳搭計程車，這些錢帶在身上。」

宙和花野在車站前的計程車招呼站分開，告訴司機地點後，用手機傳訊息給正在新加坡的萌。媽咪失蹤了，我正在找她。大阪沒有任何值得她眷戀的地方，應該沒有回去大阪，妳知道她可能會去哪裡嗎？

宙帶著祈禱的心情按下傳送鍵，看向車窗外，看到快哭出來的自己。

都怪我，媽咪才會下落不明。我說的話太過分了，我剛才應該和媽咪好好聊一聊。

『終於可以擺脫她，我鬆了一口氣。』

『有這種家人，根本就是累贅。』

腦海中想起的都是這些負面的話。也許是因為三個孩子不在身邊，媽咪很寂寞，才會對我這麼執著。

『我受夠了不正常的母親！』

我為什麼會說那種話？宙用力擦擦在眼眶中打轉的眼淚。

宙之前和日坂一家住的公寓，已經改建成公共澡堂，澡堂還附設KTV和遊樂場，感覺很熱鬧。雖然知道風海不可能在這種地方，但還是進去找了一下。這時，手機收到訊息。是萌傳來的。

『媽媽怎麼回日本之後還在搞這種花樣？太好笑了。妳們不用管她，如果妳們到處找她，她只會得寸進尺。』

『姊姊，妳在說什麼啊？難道妳不擔心她嗎？』

宙看到萌缺乏同理心的回答很生氣。之後萌很快又回覆訊息。

『我怎麼可能擔心？妳知道媽媽離家出走過多少次嗎？剛開始我們也很緊張，四處找她，但之後覺得很煩，就不理她了。』

叮、叮、叮。訊息不停地傳來。風海去了新加坡之後，無法融入日本太太的聚會，對家人的依賴越來越強烈。風海的過度干涉變本加厲，讓家人很受不了，最後，風海為了吸引家人的注意力，開始離家出走。

『她在我要去夏令營的前一天離家出走時，我真的很絕望。妳能夠體會在家裡打開原本塞滿期待的行李袋有多空虛嗎？比起小孩子，她更重視讓自己得到肯定。爸爸說她精神上不成熟，我完全同意。原本以為她回日本就會改善，看來江山易改，本性難移。』

不要說這種話。宙很想這麼說。我不想聽最喜歡的姊姊說媽咪的壞話，但是，我做了同樣的事。我也推開了媽咪。

她把手機塞進口袋思考著。風海到底去了哪裡？哪裡是風海留戀的地方？宙絞盡腦汁思考，最後落寞一笑。

我不瞭解媽咪。

我對媽咪的瞭解少得令人驚訝。風海不時從新加坡寄來的電子郵件中，完全沒有提到她經常離家出走的事。總是問我最近好不好？有沒有用功讀書？要學習做家事。要當個好學生。風海的電子郵件幾乎都是這些內容，雖然我一開始很努力寫電子郵件給她，但之後的次數越來越少，只寫一些無關痛癢的內容。那時候忙於自己的生活，無暇顧及身在國外的風海，因此現在要找風海可能會去的地方，根本毫無頭緒。

宙只想到以前全家人去過的地方，但是其中有讓風海留戀的地方嗎？既覺得可能有，但又覺得完全沒有。

「我真是太不中用了……」

宙開始自我厭惡，自言自語著。這時，手機響起。如果是萌打來的，就不想理她。宙看向手機螢幕，發現是花野，慌忙按下通話鍵。

「花野，找到她了嗎？」

『不，她不在這裡。既然妳這麼問，顯然妳也沒有找到。妳馬上搭計程車去我接下來告訴妳的地方，我認為只剩下那裡了。我要回家一趟拿東西，然後就馬上趕過去。』

花野說了位在鄰市的地址和『椿原第二町營社會住宅』這個地點。宙不記得自己曾經去過那裡，於是問花野，為什麼認為風海在那裡，花野只回答說：『如果風海在那裡，妳可以直接問她。』

車子開了十五分鐘左右，就來到花野指定的地方。雖然離樋野崎市不到三十分鐘的距離，但一片荒涼冷清，山麓和農田之間，零零星星有一些房子，其中也有空屋。天色已經暗了，有好幾棟房子沒有亮光，不像有人住在裡面。

「真荒涼啊，妹妹，妳媽媽和妳約在這裡見面嗎？」

禿頭司機看著後視鏡問宙。

「我不知道她會不會在這裡，可能會在……」

已經很久沒有看到便利商店，如今只有自動販賣機和自助式稻穀脫粒店的燈光像記號般出現後又消失。

花野指定的地點，有三排很破舊的大雜院。

這片大雜院內非但沒有人，所有的窗戶都沒有燈光。司機驚訝地說：「這裡根本沒人啊。妹妹，妳打電話給妳媽媽，可能搞錯地方了……咦？」

司機看向那片社會住宅後方的廣場。那裡以前可能是公園，長滿雜草的廣場前，一個女人坐在鐵製的圍欄上，在奄奄一息的路燈下，看著搖搖欲墜的房子。

「是媽咪！那個、那就是我媽媽。」

宙在說話的同時，傳出「找到了」的訊息給花野。花野接到訊息之後，應該就會趕來這裡。

「啊！妳媽媽在這裡做什麼？」

司機雖然很驚訝，但可能覺得既然宙找到母親，應該沒問題了，於是打開計程車的車門。

「這附近很難攔到計程車，如果妳沒辦法回去，可以打電話給我，我會在離這裡最近的便利商店吃晚餐。」

宙付了錢，司機轉過頭，把找零和名片一起交給她，表情很親切。宙對著仍帶著一絲擔心表情的司機鞠躬說聲「謝謝」，走向了風海。

「媽咪！」

宙叫道，看著那片房子的風海抖了一下，發現是宙後，驚訝地瞪大眼睛。

「宙，妳怎麼會來這裡？」

「妳還問我怎麼會來這裡，當然是來找妳啊！」

宙聽到風海的蠢問題生氣地回答，風海又傻傻地問：

「哎喲喲，宙，妳來找我嗎？」

「當然啊！我們之前住的地方變成澡堂，我都急死了。」

繃緊的神經終於鬆懈，宙癱坐在風海面前，她現在才發現自己心跳加速。風海從圍欄上走下來，低頭看著她，她對風海露出了僵硬的笑容。

「剛才對不起，我說得太過分了。我四處找妳，就是想向妳道歉。」

「……這樣啊，但是，沒關係。妳坐在地上會著涼，至少坐來這裡。」

風海拉著宙的手，她們一起坐在風海剛才坐的圍欄上。宙還來不及問她在這裡幹什麼，風海就指著眼前的大雜院。

距離她們一公尺左右的地方，拉起一條黃色繩子，好幾個地方都掛著連『禁止進入』字樣都已經模糊的牌子，黃色繩子後方是不知道什麼時候建的舊房子。很多地方的瓦片都已掉落，雜草從縫隙中長出來。看起來像是玄關的拉門毛玻璃上積滿塵土，到處都可以看到裂開的水桶和廢棄輪胎，這片房屋只能用「廢墟」兩個字來形容。風海指著廢墟的其中一道門，充滿懷念地瞇起眼睛。

「那裡怎麼了？」

「……我十歲之前，都住在那裡。」

風海突然開口。

「我爸爸自稱是畫家，媽媽在山頂上的餐廳打工當服務生。爸爸的畫完全賣不出去，媽媽打工的薪水少得可憐，所以家裡一直很窮。春天的時候，我就和爸爸一起去後面的農田採野草，像是馬尾草或是艾草之類的，帶回去給媽媽做菜。偶爾吃一下會覺得好吃，但那時候真的吃到膩了，我現在根本不敢吃。沒錯沒錯，爸爸也不喜歡吃，我記得他那時候每次都皺著眉頭吃。每次吃馬尾草炒蛋，我們都會搶蛋吃，他還說什麼馬尾草對身體很好，叫我多吃點。」

風海可能想起往事，呵呵笑了起來。

「……那時候很幸福，父母都很恩愛，他們說，他們是全世界最相愛的人，還說我是全世界最相愛的結晶。」

風海撿起腳邊的小石頭，用指尖把玩著像黃豆般大小的小石頭。「爸爸都會送我這種大小的石頭，然後用顏料塗上粉紅或是黃色，是很漂亮的小石頭。」

風海的爸爸隨時會在口袋裡放幾顆仔細塗上色彩的石頭，只要一有機會，就會拿給風海。妳的笑容很可愛，這個要送給可愛的孩子。風海，多虧了妳，我今天早上才能喝到這麼好喝的茶，來，這個送給妳。風海的爸爸給她這些小石頭時，都會告訴她「爸爸愛妳」，這塊小石頭上凝聚了我對妳滿滿的愛。

「我把那些石頭都放進之前放仙貝的鐵盒裡，媽媽也把爸爸送她的石頭放進去，我記得最後好像集滿三盒。雖然很重，要費很大的力氣才能拿起來，但那幾個盒子是我的寶貝。那些色彩繽紛的石頭是愛的形狀，那些重量是愛的分量。」

宙看著風海指尖上的小石頭。那是愛的形狀。

「在我九歲生日的那一天，爸爸說要出門去買蛋糕，然後就一去不回。他把媽媽僅有的積蓄全都帶走了。雖然大家都說他『逃走了』，但是我無法相信。事先完全沒有任何預兆。大家四處尋找，都沒有找到爸爸的下落，他也沒有回家，於是，媽媽只好回到娘家川瀨家。」

風海娓娓說著。風海的母親敦子和風海的父親並沒有正式登記結婚，風海是沒有被父親認領的非婚生子女。當風海的外祖父母看到女兒有一天突然帶著外孫女回家，劈頭就痛斥了一頓。

「兩個老人家脾氣都很暴躁，下落不明的女兒相隔多年回家，他們卻破口大罵說：『妳是我們家的恥辱！』然後打我媽媽的耳光，看起來就像是繪本中出現的凶狠老太婆，我嚇得全身發抖，但是我認為這是因為他們守護『川瀨家』所產生的自尊和苦惱，讓他們做出這樣的行為。事實上，他們之後也的確讓我們進了屋。我和媽媽一直都很窮，衣服破破爛爛，他們說『川瀨家的人穿這樣太丟人現眼』，於是幫我們準備所有的新衣服，於是我知道，住在那棟大房子裡，就必須表現出該有的樣子。但是……」

風海注視著手掌中的小石頭，揚起寂寞的笑。

「他們把我裝滿父愛的盒子丟掉了，說不需要這種窮酸的東西。」

「父愛？但是妳爸爸不是逃走了嗎？」

「我至今仍然相信，爸爸一定有某種逼不得已的理由。他給了我滿滿的愛，我對此深信不疑。那幾個盒子是我持續得到的父愛的化身，我哭著央求，這個千萬不能丟，但是外祖父母不同意，就連知道我多麼珍惜那個盒子的媽媽也叫我丟掉。」

風海又撿起一顆新的小石頭。這次撿到的石頭形狀細長，風海靜靜地把兩顆石頭排放在自己的手掌上。

「這只是普通的石頭，裡面是垃圾。當我聽到媽媽這麼說時，覺得整個世界都出了問題。我認為世界上最寶貴的『愛』竟然只是石頭，怎麼可能有這種事？」

宙想像著一整盒色彩繽紛的石頭，和年幼的風海欣賞每一顆石頭的樣子，同時想像著某一天她的母親對她說，那只是普通石頭時的悲傷。

「長大之後，我終於明白了媽媽的想法。如果一直捨不得放手，內心的傷痛就永遠無法癒合，想到以前得到那麼多的愛，只會感到痛苦。但是，我無法忘記那些石頭的分量，外祖父當著我的面，把盒子丟進河裡。我至今仍然會夢見盒子沉入河中的瞬間。我大聲叫著『不要』，媽媽從背後抱住我。盒子丟進河裡時，濺起水花，然後沉了下去。我很難過，很悲傷，至今仍然無法原諒……」

風海緊緊握住石頭。

「我之前一直以為妳很喜歡他們，很喜歡外婆，還有曾外祖父母。」

宙緩緩說道。風海每次回想起死去的外祖母、曾外祖父母時，臉上總是帶著滿滿的愛，完全感受不到曾經有過這些過去，照理說，應該不存在憎恨。

「……我喜歡他們，很喜歡他們，我只是無法原諒他們當時的行為，我並沒有憎恨他們。我一直都愛他們，也付出我的愛給他們。」

風海伸出手，宙把手伸向她。風海將小石頭輕輕放在她手上，微微一笑。

「我每次看到小石頭，就會交給爸爸，要他下次畫紅色，或是這塊要有金蔥，然後爸爸就會畫給我。我想爸爸教會我一件事，想要得到別人愛的回饋，就必須先付出自己的愛。」

宙拿起手掌中接近體溫的小石頭，很普通的小石頭上沾了少許泥土。

「所以，我付出了愛給大家，因為我想要得到大家愛的回饋，我用自己的方式，先付出自己的愛，我拚命想要重新找回被丟棄的愛的化身。我覺得在成長過程中，得到了很多愛的回饋，無論媽媽還是外祖父母，在他們死前都很疼愛我。但是……」

風海嘆口氣。宙轉頭看著她，發現她把手上的那顆小石頭丟在地上。

「但是，不知道為什麼，大家最後還是只把愛留給姊姊。」

風海握緊空無一物的手掌說道。

「第一次跟著媽媽去那個家時，媽媽在家門口挨打，被罵得狗血淋頭，說媽媽丟人現眼、敗壞門風，當時是姊姊出面勸阻。她用堅定的聲音說：『被別人聽到很丟臉。』起初我並不覺得她是和我有血緣關係的姊姊，她看起來就像是大人。」

風海看著遠方，帶著一絲懷念。

「媽媽說要回娘家時，我應該對媽媽說，就算吃野草我也可以忍耐，我們留在這裡就好。這樣的話，爸爸的石頭就不會被丟掉，我不會去計較愛的多少，更不會因為和受寵的姊姊比較而絕望。」

「媽咪，等一下，妳說花野受寵？我曾經聽過一些有關她小時候的事，我認為那簡直就是虐待，她不是不可以和大人一起吃飯嗎？」

宙想起以前佐伯告訴她的事說道，風海很乾脆地說：

「怎麼可能有這種事？外祖父母……尤其是外祖父管教很嚴格，注重長幼有序，我記得曾經聽他說，必須讓孩子從小就瞭解恪守本分，但是不能一起吃飯這種落伍的事……啊！」

原本皺著眉頭的風海似乎突然想起什麼，睜大眼睛。

「我剛搬去那裡時，的確曾經被罵過，說要等大人吃完之後才能吃，但是我不記得真的有這回事，而且我都會坐在媽媽旁邊。啊，那是我一直哭著說不要不要，那天外祖母的朋友剛好來家裡吃飯，於是解圍說我太可憐了。哎呀，我都忘了這件事。」

風海說的情況似乎不太一樣。宙歪著頭納悶，風海抬頭仰望夜空。宙跟著抬起頭。也許是因為這裡的燈光比樋野崎市少的關係，感覺天上有很多星星。

「絕對沒有虐待這種事。他們對姊姊的確比較嚴格，但這是因為大家對她充滿期待，她是川瀨家的繼承人，而且姊姊很厲害，她一手包辦家裡的事，功課很好，長得漂亮，身材又好，學生時代有很多男生追她，大家都愛姊姊……」

風海的眼角閃著淚光。

「我並不會說，姊姊一點都不辛苦。她曾經被媽媽拋棄，和親生父親之間的關係很疏遠，外祖父母對她又很嚴格，她也有可憐的一面，問題是我也很可憐，但是大家都覺得姊姊比我更可憐，於是就更寵愛她。」

風海靜靜地哭泣。淚水順著臉頰滑落，在下巴聚成淚珠。

「即使這樣，我仍然渴望被愛，我隨時都很努力。為了得到大家的關注，我做了力所能及的所有事。我比姊姊更會做家事，跟著外祖母學跳舞。但是……大家都把愛留給了姊姊。」

敦子最先離開人世。她搬回娘家之後，就沒有再結交男朋友，腳踏實地地工作賺錢，在風海高三那一年，因蜘蛛膜下腔出血而死亡，一切都發生得很突然。

「在整理媽媽的遺物時，找到分別寫著我和姊姊名字的盒子，原本可能打算在我們獨立時交給我們。我的那個盒子裡有我和媽媽的合影，還有我的臍帶。我問姊姊，她的盒子裡有什麼，姊姊不肯告訴我。但是我曾經偷看到，姊姊的盒子裡有一個漂亮的天鵝絨珠寶盒。我看了很受打擊，沒有看裡面是什麼，八成是首飾。」

風海吸吸鼻涕說：「我並不是愛錢，那不是重點，但是為什麼沒有留給我？我沒有任何『愛的實體化身』可以感受愛，沒有可以觸摸到的愛。」

不久之後，外祖父正和外祖母菊都接連亡故。由於他們都是生病去世，他們得知自己的死期後，把房子和所有的財產都過戶給從小就教育成為『繼承人』的花野。

「還有遺書，上面寫著所有的一切……全都由花野繼承，因為她是川瀨家的繼承人，我什麼都沒有……」

風海不停地用手掌擦拭自己的臉說：「我真的很想要，我想要得到『愛的實體化身』。無論什麼都好，我都想要，但是，他們什麼都沒有留給我……」

「……因為他們愛妳，所以才沒有留給妳。」

突然響起一個聲音，宙和風海都嚇了一跳。昏暗中，人工的光亮晃動著，慢慢自他們靠近。那是花野放在耳邊的手機發出的光。

「他們很疼愛妳，所以才沒有留給妳。」

「姊姊……妳聽到了我剛才說的話？妳從哪裡……」

「從一開始就聽到了，宙，謝啦。」

花野結束手機的通話。剛才宙傳訊息告訴花野，已經找到風海時，花野立刻打電話給她。

「我清楚記得妳當年來家裡時的情況，臉上帶著笑容，毫不膽怯，一看就知道是在被愛的環境下長大的孩子。」

花野走到宙的另一側，在圍欄上坐下，她把手帕遞給風海的同時說：

「聰明伶俐，不怕生，在附近一帶人見人愛，大家都很喜歡像太陽一樣滿面笑容的妳。不光是敦子，外祖父母也用他們的方式，盡可能地疼愛妳。妳自己應該有意識到這件事。」

正在擦拭眼淚的風海把臉埋進手帕，點了點頭。

「風海，妳根本是集三千寵愛於一身，大家都努力避免讓妳操不必要的心。」

「騙人。他們丟掉了爸爸的盒子，而且沒有留任何東西給我！他們或許曾經疼愛我，但是在他們內心深處，還是認為妳比我更重要。」

風海搖著頭說，花野輕輕嘆氣，然後從肩上的大托特包中拿出木片拼花盒。她打開蓋子，拿出紫水晶的腰帶扣。

「那是外祖母的腰帶扣，她說這個很珍貴，川瀨家的繼承人才可以繼承，從來不讓我碰。」

風海說話的聲音中，充滿對花野沒有小心呵護腰帶扣的責備。花野噗嗤一笑，把腰帶扣丟在地上。紫水晶應聲碎裂，風海驚叫起來，宙倒吸了一口氣。

「妳在幹嘛！那是珍貴……」

「假貨。」花野不屑地說，「很久以前的腰帶扣似乎是真品，但後來因為家裡沒錢，就拿去賣掉了。因為虛榮，於是買了很相似的仿冒品，一副好像是真品的態度戴在身上。這個一樣是假貨。」

花野把盒子裡一枚鑲了巨大黑珍珠的金戒指交給宙。

「妳拿在手上就知道，這也是假貨，是鍍金戒指鑲上塑膠珍珠。」

宙把戒指放在微弱的路燈下打量著。上面既沒有含金量的刻字，而且很輕。扣住珍珠的鑲爪鬆動，從縫隙中可以清楚看到黏膠痕跡。

「啊，真的是假貨。」

「騙人！」

風海從宙的手上搶過戒指，放在燈光下。她對珠寶很熟悉，比宙更快發現真相，立刻臉色大變。

「怎麼會這樣？真的是玩具……」

風海喘息著說道，然後從花野手上搶過盒子，確認了幾件首飾，不停地發出「不可能」、「不可能」的尖叫聲。

「我身為『繼承人』繼承的所有東西都是假的。」

花野說，「阿菊得意地聲稱是加賀友禪或是博多織的和服、腰帶，全都是聚酯纖維，那個家裡沒有任何可以稱為財產的東西。妳能想像我繼承的時候有多驚訝嗎？雖然之前就知道家裡沒有太多財產，但沒想到只有負債。如果妳想看，我可以把所有還款紀錄都拿給妳看。光是守住那棟房子，就不知道有多辛苦。他們把祖先累積下來的東西全都花得精光，他們無法拋開虛榮和家門的聲望，就拚命把空殼子套在身上過日子。」

宙想起花野在樹下將東西分類時的情景。花野之所以沒有通知風海，也說不會把和服腰帶扣送給風海，都是因為不想讓風海知道這些事。

「既然這樣……如果妳說的情況是真的，妳拋棄繼承不就好了嗎？妳可以拋棄債務，可以賣掉那棟房子。如果妳當初告訴我真相，我就不會這麼煩惱了！」

「是啊，我也覺得如果當初這麼做就好，問題是我當時完全沒有想到可以拒絕『繼承』，更沒想到可以把那個家根本是空殼子這件事公諸於世，因為從小到大，他們就一直這樣灌輸我。」

花野踢開腳下的紫水晶，亮晶晶的碎片被踢飛了。

「我在那個家的目的，就是為了守護那個空殼子，為了繼承那些債務。從我懂事的時候開始，外祖父母就一直灌輸我這些想法，簡直變成了詛咒，所以我那時候才會毫不懷疑地繼承一切，以為那就是自己存在的意義。」

花野再次踹向紫水晶，一次又一次，把碎片踢向遠處。「風海，他們希望妳幸福，不希望妳知道家裡有負債，我也繼承了他們的這種心願。」

風海看著黑珍珠戒指，聽著花野說話，突然想到似地問：

「那媽媽呢？她給的珠寶盒裡放了什麼？媽媽應該和他們不一樣吧？」

花野微微睜大眼睛，輕輕一笑。「妳果然知道。」說完，從皮包裡拿出一個小盒子，又把紅色天鵝絨小盒子遞到風海面前說：

「妳自己看吧，如果這樣能夠讓妳滿意，就自己看吧。」

風海打開盒子，皺起眉頭。

「……怎麼回事？裡面什麼都沒有啊？」

「我的親生父親在離開之前，留給我一個象牙浮雕的胸針，聽說是我奶奶愛用的胸針，我爸爸在上面刻了我的名字。那時候我才三歲，不，可能已經四歲了。我記得當時他對我說，雖然我們要分開了，但爸爸很愛妳，完全就是妳所說的『愛的實體化身』。」

「那枚胸針呢？」

「敦子拿去變賣了。」

「啊！」宙驚叫出聲。

「她雖然回到了川瀨家，但還是很窮，就變賣胸針去換錢。盒子的背面不是寫著『爸爸對花野的愛』嗎？她要是徹底毀屍滅跡也就罷了，不知道是不是因為罪惡感，她還特地把盒子留下來，但搞不好只是這個盒子賣不了錢，這才留下來。除此以外，就是沒有半毛錢的存摺。」

花野呵呵笑了，語氣平靜地問風海：「怎麼樣？白天的時候，妳說我繼承了家裡所有的財產，佔盡了便宜；還說我輕易丟棄了那麼多愛，實在太傲慢了。我一直很想和妳交換身分，因為大家都守護著妳的幸福，所有事都瞞著妳，把這些秘密帶進棺材。我一直很羨慕什麼事都不知道的妳。」

花野的聲音微微顫抖。宙忍不住看向花野。這是宙第一次聽到花野說羨慕別人，花野向來雲淡風輕，不在意他人，這很不像是她說的話。

花野注視著風海手中的盒子。宙無法看到花野眼中的感情，花野的眼睛看起來很幽暗，難道是因為周圍光線昏暗的關係嗎？

風海並沒有察覺到花野聲音的變化，她茫然地看著盒子，小聲地問：「他們都愛我？他們什麼都沒有留給我，這是他們愛的化身嗎？」花野沒有再對這個同母異父的妹妹說什麼。

三個人搭乘宙叫的計程車回到樋野崎車站，向風海道別。

風海茫然若失，花野問她：「是不是住在我那裡比較好？」風海固執地搖著頭。

「如果不回去，老公會罵我。我暫時……不會再來這裡了，他一定會叫我不要再來。」

「風海，妳要和日坂好好談談。」

「嗯，我會的。至今為止，我們吵了很多次，但我一直不願聽他說話，我以為他根本不愛我。但是，也許我原本認為沒有愛的地方，其實真的有愛。既然這樣，我必須道歉。我會和他好好談一談。」

風海說完後，走進車站。宙和花野也終於回到家。

「啊，累死了。我要喝點酒，妳趕快去洗澡睡覺。」

花野從冰箱裡拿出罐裝啤酒，走進自己房間。剛才三個人在計程車上都沒有說話，花野看著車窗外，風海則是看著裝滿仿品的珠寶盒沉思。

宙被夾在她們姊妹中間，感到極度疲憊。她聽從花野的建議洗了澡，回到房間躺進被窩中，情不自禁嘆了一口氣。今天真是可怕的一天。以前不知道的事實像海嘯般撲來，完全不知道該從哪裡開始整理。

「先付出愛，才能得到愛的回饋嗎？」

她重複著風海的話。原來如此，這句話是風海的最佳寫照。

小時候，愛的循環很順暢。宙不時把『我最愛媽咪』掛在嘴上，風海總是一臉幸福的樣子。但是，對小孩子來說，母親是自己最愛的時期很有限，而且隨著漸漸長大，不會輕易把愛掛在嘴上。住在新加坡的幾個孩子——雖然雙胞胎有這種反應似乎有點早——應該也一樣。這種單向愛造成的摩擦導致風海發生變化嗎？不，也許是在愛的循環很順暢期間，原本沒有浮上檯面的、『沒有得到愛的回饋』的記憶變得越來越強烈。

「如果花野沒有堅持裝修，或許還不至於引爆。」

宙自言自語著。既然花野之前能夠順利隱瞞自己繼承的東西都是假貨，照理說，應該能夠巧妙處理，但是，花野為什麼這次使出強硬手段？

『我在那個家的目的，就是為了守護那個空殼子，為了繼承那些債務。』

宙想起花野的這句話，終於恍然大悟。花野已經擺脫這種想法。花野至今為止，都默默守著那個家，她最近一連串的行動，不正是因為她已經走出來了嗎？所以才向風海坦承隱瞞多年的事。

『我很羨慕妳。』

這是和花野共同生活後，第一次聽到她說的話。那也許是她終於說出口的真心話。

宙猛然站起身，直接走向隔壁的花野房間。

「花野，花野，妳開門一下。」

「不要。」片刻之後，房間內傳來聲音。「我想睡了，準備睡覺了。」

「別騙我了。我們談一談。」

「不要，我累了。」

「我無論如何都要和妳聊一聊！」

宙想起花野的房間從來不鎖門，索性自己打開門。花野抱著膝蓋，靠著牆壁坐著。托特包裡的東西都散落在地上，沒有打開的啤酒罐滾落在地上。

「幹嘛！我不是說我累了嗎？」

花野抬頭看向宙，宙吞吞吐吐地說：「我以為妳在哭……」

「我才不會哭呢。」

花野噗嗤一笑，臉上的確沒有淚痕。

「……花野，妳討厭媽咪嗎？」

宙不知道該從哪裡開始問起，她撿起地上的紅色天鵝絨盒子問。

「我喜歡她啊。」花野說，「她很單純直率，要別人把最大的愛給她，卻完全不認為這是傲慢。第一次見到她時，敦子向她介紹我，說這是姊姊，她當場哭了起來。一邊說著『媽媽是我的，為什麼要搶我的媽媽！』從那時候開始，她就是一個耀眼的妹妹，我想要保護她。」

「啊，不是相反嗎？通常不是會討厭這樣的妹妹嗎？」

「不，我真的喜歡她。我覺得她能夠忠於自己感情很了不起，就好像曾經塗上顏色的畫布，無論再塗多少次白色，都無法恢復原來的潔白。一旦學會察言觀色，偽裝自己，就無法再回到天真無知了。那時候，我的畫布已經塗上各種不同的顏色，很多大人和我自己都在上面塗滿顏色，所以看到她潔白的畫布，我覺得是奇蹟，希望她可以永遠保持下去。」

花野對宙說：「坐下吧。」宙在她身旁坐下來。花野撿起地上的罐裝啤酒，打開拉環，舔著噴出來的泡沫嘀咕：「也許是因為看到純潔無瑕的東西，就會不自覺地想要保護。外祖父母和母親都會在風海面前扮好人，努力不讓她有任何不滿，讓她能夠露出幸福的笑容。他們裝得都很像，那個時候，川瀨家表面上平靜無波，沒有任何糾紛，所以風海能夠持續保留美好的部分。」

花野喝了一口啤酒後，繼續說道：

「我相信她還是有些不滿，她父親給她的石頭被丟掉，以及我的存在，她都無法輕易接受，但那是她必須克服的障礙，是她成長過程中必要的障礙，而且，那些石頭並沒有那麼出色，她只是在記憶中美化了那些石頭。」

花野下巴指向托特包說：「裡面有一個小束口袋，妳去拿出來。」宙去找了一下，找到一個差不多手掌大小的小布袋。她看向花野，花野說：「妳打開看看。」
宙打開布袋，看向裡面。裡面有一些看起來髒髒的小顆粒，她倒在手上，想起就是上次放在桐木盒裡的東西。
「啊，這個！」
「妳還記得嗎？就是上次從桐木盒裡拿出來的，那個盒子是從阿菊的衣櫃裡拿出來的，可能是覺得風海很可憐，所以留了幾顆給她。」
「這該不會就是媽咪說的石頭？但是、這個……」
「是不是很髒？」
宙手上的石頭差不多像黃豆那麼大，顏色很黯沉，感覺只是用畫筆隨手抹上幾筆而已。小石頭沾到的泥土比顏料更明顯。
「那個男人沒有認領女兒，又丟下一切逃走，可見得他根本只是用不花錢的東西討小孩子歡心。」
宙稍微打量著如果掉在院子裡，就再也不可能找到的石頭，然後放回布袋。
「妳為什麼沒有拿給媽媽看？妳帶在身上，不是打算給她看嗎？」
「不能傷害她。」
花野喝了一大口啤酒。

「她曾經得到裝滿整個盒子、五彩繽紛的愛，那個記憶是她內心無可取代的寶石。我不想告訴她那些都是假貨，破壞她內心的寶石。」

「那妳為什麼把曾外祖父和曾外祖母的事告訴她？既然妳說不想傷害她，為什麼又對她說了這些隱瞞多年的事？」

花野聽了宙的問題，輕輕一笑。

「……天花板大漏水那天，不是很可怕嗎？」

「啊？喔，妳說下雨漏水嗎？」

「雨水嘩嘩嘩嘩地流進來，簡直就像瀑布，佛鈴掉進水裡，發出鈴鈴的聲音，牌位都倒了。阿菊的遺像漂在水面，漂到我的腳邊。」

花野可能想起當時的情景，笑得肩膀亂顫，然後小聲地說：

「那時候，我心裡有什麼東西斷裂開來。我之前到底受到了什麼束縛？他們到死都根本沒有愛過我，我到底對他們有什麼義務？我以前到底在拚命守護什麼？」

宙想起那天的事，淹了水的佛堂慘不忍睹。電燈閃爍，平時讓人心情鬱悶的佛堂，彷彿變成遊樂園的鬼屋，有一種前衛的感覺。

「川瀨家所有的一切都是妳的，妳以後要繼承這個歷史悠久的家，所以任重道遠。我從小就聽這些話長大。但是就算在寒冷的冬天，全家人都必須輪流泡澡，不能換水，不可以重新加熱。即使感冒發燒，也照樣要我洗碗洗衣服，我根本是任人使喚的僕人。吃飯也是，雖然風海說那是長幼有序，但才不是這麼簡單，有時候我只能吃他們的殘羹剩飯。」

花野靜靜地繼續說著。

「他們心情好的時候，就會說什麼我可以成為這麼出色的家門繼承人，簡直太幸福了，因此必須吃苦耐勞。但是心情惡劣的時候就對我大吼大叫，說什麼讓我這個被父母拋棄的孩子當繼承人，要我心存感激！洗腦真的很可怕，有時溫柔，有時強烈，有時激烈；有時細緻，有時嚴厲。當一次又一次聽到同樣的話，就會深信不疑，覺得自己多麼幸運，覺得必須感激他們，是自己太沒出息，才會覺得寂寞和痛苦，川瀨家的繼承人不可以這麼軟弱。我就是過著這樣的日子。」

宙快哭出來了。花野已經四十四歲，她一直受到支配，心也麻痺了。

「母親死了，外祖父母也死了之後，我這個繼承人繼承了川瀨家的空殼子。我大吃一驚，然後很悲傷。以前一直以為他們為了把重要的東西交到我手上，故意對我那麼冷酷嚴厲，但那時候才知道並不是這麼一回事。他們只是想要把自己造的孽轉嫁給別人，把財產坐吃山空的愧疚和敗家的責任都強加在我的身上。」

花野的眼眶有點紅，是因為喝了酒的關係嗎？

「即便如此，我仍然接受了……八成是因為那些詛咒已經滲進了我的血肉。外祖父母去世的時候，我還是新人插畫家。光靠插畫無法養活自己，只能去打工，但是得知還有債務之後，就又去酒店上班。」

宙吃了一驚。原來還有這些隱情。

「我無論白天晚上都在工作賺錢，然後利用空檔畫畫。那段日子真的很辛苦，經常為了省錢不吃飯，不知道去恭弘家的店吃了多少次免費的飯。那時候活得像行屍走肉，幸好總算還清債務，可以繼續住在那棟房子裡。」

宙想起坡道上方的房子。那棟房子很大，但很破舊。

「我一直被詛咒困住，但是人生漸漸發生變化。認識栢植……和妳一起生活之後，然後又和恭弘一起，三個人一起生活，我發現自己的心慢慢解脫，開始覺得我不需要一輩子被這棟房子、被那些死去的人困住。」

宙淚如雨下。那個下雨的日子是最後一擊，終於打破禁錮花野內心多年的詛咒。

「我當時覺得已經夠了，於是捨棄一切。每次捨棄，就覺得心情輕鬆了一些，於是我發現，自己終於解脫了，但是風海仍然留在那裡，她看著外祖父母和母親打造的空殼子城堡羨慕不已。」

花野苦笑著。

「要向風海坦承一切，我才能夠真正解脫，但是我不知道該怎麼向她開口。我想像過各種方式，發現都會傷害她。要告訴她到什麼程度，才不會造成嚴重的傷害？不，還是讓她瞭解所有的真相比較好。我每天思考著這些事，連晚上都睡不好。」

「所以才沒辦法畫畫嗎？」

「也許吧，我這個人很敏感。」

花野開玩笑說道，然後把旁邊的面紙盒丟給宙。

「妳哭什麼啊，趕快擦一擦眼淚。總之，我是為了我自己，為了拯救我自己，才把外祖父母的事告訴她，必須告訴風海，她的幸福世界，其實是打造出來的舞台，讓她知道真相。」

宙擦乾眼淚，又用面紙擤了鼻涕。她看向花野，發現花野喝著啤酒，露出了寂寞的微笑。

「原本以為可以更輕鬆，但是不知道為什麼，腦海中一直浮現風海難過的臉，讓我忍不住思考，也許繼續隱瞞，也是一種溫柔。」

「沒這回事，媽咪當然必須知道真相，她遲早會慶幸自己終於瞭解了一切。」

「會嗎？」花野嘀咕著，「只能希望如此。」

花野的聲音聽起來比平時更虛幻、更無助，所以宙拿著面紙，一次又一次重複說：「會啊。」

接下來連續好幾天，花野都關在自己房間內。宙並沒有勉強她走出房間，也勸阻擔心她傷勢的田本打擾她。宙認為，花野經歷的是比宙的整個人生更加漫長的洗腦『詛咒』，無法像小說裡的『詛咒』那樣瞬間消失，花野需要一點時間讓詛咒昇華。

宙也想要獨自思考的時間，因此都留在自己房間。這段期間，鐵太一如往常地傳訊息給她，但她沒辦法回訊息，也沒接他的電話。鐵太的訊息從『發生什麼事了嗎？』『妳身體不舒服？』變成『妳在生氣嗎？』最後收到『我做了什麼惹妳生氣的事嗎？我只喜歡妳，妳是我最重要的人』的訊息，宙看到這則訊息時，覺得內心深處的重要部分應聲碎裂。

啊啊，這是絕對不可以說的謊。一旦說出這種只是用來掩蓋事實的謊，就真的完蛋了……

宙流下一滴眼淚。

然後，宙意識到一件事。原本以為那天看到鐵太和其他女生親密地走在街上時所流下的眼淚，是因為鐵太變心而難過，但其實並非如此。如果鐵太坦誠地告訴自己，他愛上其他女生，自己一定不會流淚。雖然會為之前交往的時間、隨心所欲的聊天，以及兩個人沒有未來難過，但仍然能夠接受。自己之所以會難過得流下眼淚，是因為被欺騙。自己所認識的鐵太，並不是會做出這種狡猾行為的人。她只是為這樣的變化而傷心。

「與其說這種謊，還不如告訴我真相，再殘酷也沒有關係。」

宙擦擦淚濕的眼角，回傳訊息。『明天有空嗎？希望你可以安排一下時間。』訊息發出去後，鐵太立刻已讀，也回了訊息。在『好啊，放學後吧。最近都沒空見面，對不起』的訊息後，又傳了『好期待明天！』的貼圖，和平時的反應一樣。鐵太似乎認為宙是為了很久沒有見到他而生氣。宙想起剛交往時，鐵太隨時會注意自己的反應，不禁再次覺得難過。如果是那時候的鐵太，一定會打電話來問：『是不是發生什麼事了？』

「這也是無可奈何的事……嗯？」

宙在自言自語時，嗅聞到一股溫暖的氣味。那是麻油的香味。花野在加熱田本做好的料理嗎？不，田本並沒有做任何使用麻油的料理。

宙走出房間，發現花野站在廚房，發出正在煎炒的滋滋聲音。宙看著她的背影，忍不住驚叫。

「怎、怎麼回事？妳竟然下廚！這不是真的吧！？」

「妳反應過度了，要不要一起吃？」

花野轉過頭，神清氣爽。她笑了笑，「雖然只是炒飯。」

「我、我要吃。」

「這樣啊，那妳來煮湯，煮個簡單的海帶芽湯就好。」

宙難以置信地站在花野身旁。之前花野走進廚房只會加熱冷凍食品或是泡咖啡，現在竟然動作俐落地炒蛋。她把炒好的蛋裝在盤子裡，又炒了切好的培根，把冷飯倒進鍋中。宙看著她炒飯，用雞湯塊和醬油煮湯，在切蔥花時，花野瞥了她一眼，笑著說：「動作有職業水準喔。」

「只是在切蔥花而已。」

「只要看切蔥花就知道了。妳進步了。啊，湯裡要加蛋花，我喜歡吃蓬鬆的蛋花。」

「OK。」

花野搖著平底鍋，用鍋鏟炒飯。宙從冰箱裡拿出雞蛋，情緒格外高漲。和花野共同生活這些年，她第一次有這種感覺。

宙把蛋汁倒進煮沸的湯裡，蛋汁頓時散開。她熄了火，淋上麻油。把泡好的海帶芽放進湯碗，將湯倒進碗裡，加入大量蔥花後，又撒上白芝麻。

花野也把萵苣和炒好的蛋放進鍋內，完成炒飯。宙把湯碗放在桌上的同時，兩人份的炒飯同時上桌。冒著熱氣的萵苣蛋炒飯和海帶芽湯放在一起。

「好厲害，真的是妳炒的嗎？」

「妳不是親眼看到了嗎？趕快吃吧。」

她們面對面坐下，同時說聲「開動了」。花野伸手拿起海帶芽湯，宙用湯匙舀起萵苣蛋炒飯。雞蛋、萵苣和培根的顏色搭配很漂亮，米飯粒粒分明。送進口中後，既有清脆的口感，也有炒蛋的軟嫩。味道很簡單。

「……等一下，好吃欸。這真的超好吃，太陽要從西邊出來了嗎？」

「妳不要太過分了。」

「問題是妳竟然下廚啊！？」

「如果妳要找我吵架，我會奉陪到底。啊，妳煮的湯也很好喝，只不過蔥沒切斷，妳看。」

花野笑著用筷子夾起的那段皮沒有切斷的蔥竟然有兩公分長，宙嘟著嘴說：「因為我看到妳在下廚，實在太驚訝了！平時都切得很好。」

「哎喲，是喔？」

餐桌上放著兩個人份的餐點，她們仔細品嚐對方的料理，互相稱讚菜很好吃。不知道為什麼，這件事讓宙很想哭，但最後卻笑了起來。花野聽到宙發出「呵呵」的笑聲問：「妳在笑什麼？」花野問話時嘴角也帶著笑。

「很好吃啊。」宙回答說。

「妳稱讚過頭了，再怎麼拍馬屁，我也變不出其他東西給妳吃了。」花野聳聳肩說，「沒想到隔了這麼多年，我的手藝還不錯。」

「超好吃，但妳為什麼突然想要做料理？」

花野喝了一口湯之後，垂下眼睛。

「……嗯，因為我知道妳一定會說好吃，而且會和我一起吃。」

花野又喝了一口湯，繼續說道：「我從來沒有聽過別人稱讚我做的料理，不是味道普通就是難吃。如果普通，就什麼話都不會說；如果難吃，就會挨罵，我從來沒有和別人一起吃我做的菜，而且有說有笑的經驗，所以我一直覺得下廚是一件苦差事，但是我知道妳一定不一樣。我相信妳一定笑著對我說很好吃，就算不好吃，也會笑著告訴我很難吃，還會笑著和我一起吃，對不對？」

宙覺得詛咒已經昇華了。這道炒飯就是花野邁出的全新一步。

「我會和妳一起吃，也會說好吃，還會煮湯喔。」

宙笑著說。花野抬起頭，微微一笑。

「宙，妳剛才是不是有一種奇妙的感覺？」

「啊，確實是！光是妳站在廚房下廚，就已經是異常狀況了。」

「什麼叫異常狀況，真是太過分了。」

花野不滿地噘著嘴，隨即放鬆表情。「妳是個好孩子，這都是風海的功勞。我真的很慶幸當時把妳交給她。當時我本來打算帶著妳去死，是風海救我一命。」

宙停下動作。

「她跟我說，我會幫妳帶孩子，妳要靠自己站起來。雖然她還向我說教，說什麼我繼承了川瀨家，不要做這種丟人的事，但是我很感謝她，多虧了她，我們才能夠活下來。」

「啊？等一下，這是怎麼回事？」

宙驚訝地問。花野說：「我知道是時候告訴妳了。我知道必須好好跟妳解釋，為什麼妳剛出生，我就把妳交給風海。妳一定很在意吧？但是要說這件事，就必須先從妳的親生父親說起，我現在還無法談論那個人的事，還不知道要怎麼說。」

「我的父親……」

宙喃喃地說。她並沒有很想知道親生父親的事，她已經有了稱為爸比的康太，還有佐伯。如果說她完全不在意，當然是謊言，但是她並不會因為沒有父親而寂寞或是不滿。花野打算有朝一日，一定會把有關她出生的事告訴她。光是知道這件事，宙就已經很高興。

「等到妳有辦法說的時候，我再聽妳說。我沒有問題，但是我想知道一件事，媽咪是為了救妳，才決定照顧我長大，對不對？」

對宙來說，這才是目前最重要的事。花野聽了宙的問題後，看著她的眼睛回答：

「是啊。風海和我的關係並不好，搞不好還很討厭我，但是，她是一個很有愛心的人，為了拯救我和妳的生命，她毫不猶豫地說要照顧妳。我就依賴了她的愛心，風海知道小孩子該如何被愛，同時也不吝於付出她的愛，我相信她會好好照顧妳。事實上，妳的確在充滿愛的環境中長大。」

宙深深點頭。小時候，有風海的陪伴，她衣食無憂，幸福地長大。這是千真萬確的事實。

花野心滿意足地笑了。

「希望風海以後還會來這裡。」

「是啊，希望她和爸比溝通順利。」

「一定不會有問題。日坂也是心地善良，很有愛心的人。只要他們好好溝通，就可以拉近彼此的距離。當初把妳交給他們時，日坂叫我『好好加油』，他完全沒有抱怨，只是說『我會支持妳，直到妳們母女可以一起生活那一天』。」

「原來爸比曾經這麼說。」

宙回想起多年前，在成田機場道別的情景。康太看著宙和花野站在一起，說了好幾次『這樣才對』，他說這句話時，一定帶著各種複雜的情緒。

「所以，妳千萬不要把日坂想得很壞，就算他因為情緒激動，說了令人難過的話，那也未必是他的真心想法。我認為人在真心相處時，精神有時候會疲勞。」

宙吃著炒飯，點點頭，然後看著眼前的花野。花野未施脂粉，是平時的樣子，臉上有雀斑，眼角的魚尾紋和法令紋似乎比剛和她一起生活時深了些，隨意綁起的頭髮，有幾根沒染到的白髮微微發亮。

「花野，那天很對不起。」

「嗯？」花野聽了，以狐疑的眼神看著她。

「我上次說的話太過分了，我根本不清楚妳的狀況，對不起。」

「喔喔。」花野抬起頭。她起身走向冰箱，拿了兩瓶沛綠雅氣泡水走回來，把其中一瓶放在宙面前，打開自己的那一瓶，緩緩喝著。

「妳當時什麼都不知道，不能怪妳。即使妳知道了，也一樣可以生氣啊。而且，我覺得妳把當時的痛苦發洩在我身上，反而是一件好事，換成大人遇到這種事，同樣會很痛苦。」

花野溫柔的話語，讓宙低下頭。她有點想哭，但忍住淚水，抬起頭。
「我打算明天提分手。」
「是因為我的關係，變成這樣的結果嗎？如果是這樣，對不——」
「不是！」
宙大聲打斷花野的話。
「不是這樣，絕對不是！我只是不希望鐵太說那種謊，也不願意他繼續說這種謊，所以才決定分手！」
花野被宙的氣勢嚇到，瞪大眼睛，但她的眼角很快浮現了柔和的魚尾紋。
「……吃飯吧，否則冷掉了。」
宙看著她溫柔的表情，「嗯！」大力點頭。
她們慢慢吃著飯，宙的碗裡也發現了沒有切斷的蔥花，她「哎呀呀」地笑了，花野也是。不一會兒，花野皺著眉頭叫著：
「哇！炒蛋裡竟然有蛋殼。」
「啊！真是夠了，這對母女真的很烏龍！」
她們兩個人都哈哈大笑起來。
「為什麼可以炒得這樣粒粒分明？」

宙用佐伯教她的方法，也沒辦法炒得像花野這麼成功。「我去拿筆記，妳教我。」宙央求道。花野笑著說：「這是秘密，以前在拉麵店打工時學會的，這是秘傳絕技。」「啊？妳以前在拉麵店打工嗎？什麼時候？」「呵呵，這也是秘密，不過，我可以把食譜告訴妳，但以後要換妳炒飯給我吃。」歡笑的時光帶來了久違的溫暖和平靜。

隔天放學後，宙不顧鐵太不太情願地說什麼「萬一被人看到會很傷腦筋」，和他約在樋野崎中央公園見面。鐵太連招呼都沒打，就東張西望，心神不寧地說：「這個公園是萬記子姑姑跑步的地方，如果被她看到就慘了。」宙看到他關心的不是自己，而是在意別人的眼光，膽戰心驚的樣子，覺得自己在這件事上也有責任。當初自己同意他說謊，自己成了共犯。

「別擔心，馬上就結束了，但既然你這麼擔心，我就長話短說。我們分手吧。」

「啊！」鐵太驚叫起來，剛才一直沒有看宙的他，今天第一次正視她問：「這是怎麼回事？」宙努力用冷靜的語氣說：「沒什麼好驚訝的吧。你不是有女朋友了嗎？聽說和你同校，而且是同班同學。我真心覺得，能夠光明正大交往是一件好事，所以，我們分手吧。」

鐵太臉色越來越蒼白。

「等一下，等一下。不是妳想的那樣。一直沒辦法和妳見面的時候，那個女生向我告白，我只是有點暈船，但我們並沒有交往。」

「對不起，我不想從你口中聽到這種謊言。」

鐵太曾經是直率體貼，又有點靦腆的男孩，他學會說謊，我必須負一點責任。當初我不應該選擇偷偷摸摸和他交往，而是要想其他方法。雖然現在發現這件事，已經太晚了。

「很高興曾經和你共度那段時光，謝謝你。」

宙彎腰鞠躬。

宙並不是沒有怨言，原本打算對鐵太說：「不要做劈腿這麼惡劣的行為！」但是回想起剛交往時，自己曾經有過『想要體會分手的感覺』這種惡劣的想法，就覺得這是報應，於是就把原本想說的話吞回肚中。不在乎別人的感情，有朝一日，別人也會不在乎自己的感情，可能就是這麼一回事。

鐵太的臉皺成一團，似乎想要說什麼。宙沒給他機會，只是對他揮揮手，說了聲：「珍重再見！」然後轉身離開。

宙身心舒暢地抬起頭，看到第一顆星星在美麗的暗紅色天空中眨眼。

第五章　蓬鬆的鬆餅永遠在心頭

宙聽說遠宮迴自主退學的消息時，根本不知道那個人是誰。

「啊？妳真的不知道他是誰嗎？就是隔壁班的遠宮啊。從上個月開始，他不是成為熱門話題嗎？簡直難以相信。」

同班的三城奈奈搖著頭說，她是宙的朋友中消息最靈通的人。奈奈喋喋不休地說著，宙根本沒有機會插話。聽奈奈說，遠宮的父親被砍傷了。不知道發生了什麼糾紛，他的父親和女朋友吵架後亮刀動手，他父親的女友雖然沒有生命危險，但臉部被嚴重砍傷，而他的父親腹部被深深刺了一刀，一度生命垂危。

「我一直不知道遠宮是不正常的單親家庭，還以為他的人生一帆風順，完全沒有任何煩惱，所以我超震驚的。」

奈奈皺起漂亮的眉毛，難過地說。

每個人都透過自己的濾鏡看世界，但奈奈的情況特別顯著。她發表的所有意見都出於她的主觀，從來不會從不同的角度看事情，不，應該說她無法從不同的角度看事情。只要和她的想像稍有不同，就會一臉受傷地說什麼「太震驚了」。奈奈說，她在中學之前，真心相信世界圍著她轉，她第一次向男生告白被拒絕時，她非常驚訝。『因為我覺得全世界的人都喜歡我，這個世界上絕對沒有任何不如我意的事，所以我很絕望，覺得世界錯亂了！啊，我現在當然知道，我在別人的世界中只是配角而已，也知道如果沒有正確理解世界很不幸。』聽著奈奈得意地說這些話很有趣，因此只要她找宙聊天，宙就會不由自主地回應。

「如果妳認為不正常的父子單親家庭會有很多煩惱，那我也是不正常的母女單親家庭，不就完全生活在愁雲慘霧之中嗎？」

宙這樣問奈奈，奈奈吃了一驚，隨即開心地笑著說：「怎麼可能嘛！妳媽不是普通的女人，是超級名人啊，而且很有才華，又是美女，不依靠男人，自由自在生活的感覺反而超酷，感覺和憂愁或是煩惱之類負面的東西完全無緣。」

宙聽了奈奈天真無邪的回答，微微一笑。雖然奈奈已經知道自己並不是世界的中心，但是她的濾鏡還是很膚淺。可能是因為年輕，經驗不足，才會導致這樣的結果。但宙隨即消除了這種想法，認為不是年齡的問題。即使年歲增長，或是經歷了很多經驗，這個世界上仍然有人透過狹窄的濾鏡看世界，甚至有些人年紀越大，看世界的方式越扭曲。

「說回遠宮的事！他功課很好，去年是學生會的成員，所以老師很喜歡他。」

「是嗎？我不記得有這樣的人。」

樋野崎第一高中的學生會並不是表現活躍的團體，沒有舉辦過什麼引人注目的活動，宙本身對學生會的活動沒有興趣，連學生會會長的名字——甚至是男是女都不知道。奈奈聽了宙的回答，嘆著氣說：

「真受不了妳，我們學校的學生會的確像空氣，超沒有存在感，但妳至少應該認識遠宮啊。」

「他是很有領導力，很出風頭的那種人嗎？」

宙印象中，好像沒有在學校看過這樣的人，奈奈聽了她的問題後，微微歪著頭說：

「他好像並沒有很想出風頭，他的個性感覺不喜歡出風頭，但是這種個性不是反而很棒嗎？他很冷酷，感覺很成熟，相較之下同年級的其他男生看起來就像猴子。他絕對不會大聲說話，不會玩得很瘋，整個人超有氣質，而且長得又很帥，手長腳長，身材就像模特兒，雙眼皮很深，有點像男明星瀨名，女生都很喜歡他。」

「很帥嗎？既然我不記得他，代表不是我喜歡的類型。」

去年和神丘鐵太分手之後，宙並沒有再交男朋友，也沒有心儀的對象。

「啊？那妳喜歡什麼類型的男生！？」

奈奈立刻追問，宙苦笑著說：

「沒有沒有，開玩笑的。我不太懂戀愛這回事，我只是說，從來沒有從這種角度看異性。」

不知道和別人交往、分手是怎麼回事？因為好奇而開始的交往，最後在雙方都很受傷的情況下結束了，這讓她覺得戀愛或是真愛可遇不可求，只能等待自己內心萌生這種感情。

奈奈完全不知道宙內心的這些想法，用自己的方式理解後，對宙說：「沒想到妳這麼消極，或者說妳根本還是小孩子。」然後用力搖著手說：

「這不是重點！說回原來的話題，反正遠宮很引人注目，但是在他爸爸發生那件事之後，大家都避著他，和他保持距離。事態敏感，老師也不知道該如何處理這個問題，我猜想他覺得在學校很不自在。只不過怎麼會有人在高三的十月自主退學？再過幾個月就畢業了，妳不覺得很可惜嗎？」

「的確很可惜。」宙點點頭。再忍耐幾個月，就可以換一個環境。只不過對當事人來說，這樣的環境可能讓他痛苦得無法繼續忍受下去。

「感覺他的父親毀了他的人生。」奈奈說。

「人生嗎？」宙嘀咕。

從高中退學對往後的人生的確是很大的負面影響，難道是因為自己目前正處於人生十字路口的時期，才會有這些想法嗎？無論如何，退學確實對人生並沒有任何幫助。小孩子經常受到父母的負面影響，但因父母而造成人生的重大改變，實在太殘酷了。

「這……真的很可憐。」

宙不知道該說什麼，喃喃說出的話並不精確。如果設身處地，自己並不希望聽到別人這麼說自己，但是奈奈似乎對宙的感想很滿意，抱著手臂說：「就是啊，他真的超可憐，我超震驚。」

回到家後，花野走出來迎接她。花野的睫毛捲得很翹，眼尾塗著粉紅色眼影，穿著一件素淨的針織套裝，一看就知道她曾經出門。一問之下，她果然回答說：

「我剛開完會回家，接到很多工作，這陣子可以專心工作了。」

花野笑著說，她的臉憔悴得令人心疼。

三個月前，佐伯過世了。他騎機車時被酒駕的司機迎面撞上。佐伯在生死邊緣徘徊了三天，生命之火最終熄滅。宙和花野接到聯絡後，立刻趕去醫院時，佐伯已經被送進加護病房，根本無法見他一面。阿恭，拜託你，一定要活下來。神啊，求求祢，請祢救救阿恭。宙拚命祈求，但佐伯沒有聽到，神明也沒有聽到。佐伯沒有清醒過來，離開了人世。

突然失去親人的悲傷深不見底。每次想到佐伯已經離開這個世界，宙就十分絕望，淚流不止，同時對自己活著這件事感到不可思議。我的心這麼痛，這麼痛苦，為什麼我還沒死？如果可以看到心，我的心一定在不停地淌血，有生以來，第一次和重要的人永別，在宙的內心造成了巨大的傷痛完全沒有癒合。

「妳說接了很多工作……沒問題嗎？妳昨天不是才剛忙完嗎？」

「工作是我的唯一啊。」

即使到了現在，宙只要稍不留神，淚水就會不自覺落下。淚水並沒有哭乾，但是花野除了佐伯葬禮那天以外，並沒有在別人面前流過一滴眼淚。佐伯和花野從國中時就認識，還一度成為戀人。有佐伯的支持，才有今天的花野。雖然他們不再是戀人，但他們之間的感情並沒有消失。花野所承受的打擊應該超出宙的想像，但是花野完全沒有吐露內心的哀傷和痛苦，身體雖然瘦了一圈，黑眼圈浮現，但她仍然努力維持原來的樣子。

栢植去世時，花野表現得更加悲傷。宙記得她像小孩子一樣放聲大哭，失魂落魄，但現在的花野似乎努力克制住內心的情感。她為什麼不再像以前那樣痛哭？她壓抑在內心裡的負面情感，會不會把她壓垮？宙擔心不已，田本對宙說：『花野只是悲傷的方式和以前不一樣。妳不會再像小時候那樣大哭了，花野也一樣。每個人都在變化、成長，不光是悲傷的方式，高興的方式和愛的方式、表達感情的方式都透過不斷試錯，從中學習。』

宙不停地問，是這樣嗎？宙確實無法再像小時候那樣放聲大哭。她記得佐伯的父親去世時，目睹了佐伯靜靜變化的過程，但她並不認為那是正確的悲傷方式。難道所謂成長，就是這樣默默承受、日漸憔悴嗎？以前的那種方式不是更加人性化嗎？

但是，如果問她，假設花野發洩內心的悲傷，她是否有辦法承受？宙無法點頭，覺得自己只會像花野當年一樣哭鬧不休。

「我有反省，這次真的接太多工作了，真的會很忙，所以我會經常關在自己房間，敬請見諒。」

花野拍拍宙的肩膀，走去自己的房間。宙只能目送她瘦了一圈的背影離去，輕輕嘆了一口氣。

「竟然有人說她和負面的事物無緣。」

宙想起奈奈笑著說不可能有這種事，嘀咕著。不知道奈奈看到花野剛才的身影會說什麼。超震驚！想像著奈奈應該會這麼說，明明一點都不好笑，但她還是笑了。在奈奈隔著濾鏡看到的世界中，花野一定活得很堅強開朗，也許在那個世界中，阿恭根本沒死。果真如此的話，宙很想活在那個濾鏡中。

她感到眼眶深處發熱，知道眼淚快流下來了。她故意用力伸個懶腰，大聲地說：

「今天田本太太不來，那我去買晚餐的食材！」

她騎著腳踏車去超市。如果是以前，她會去商店街，但現在都會刻意避開商店街。因為商店街內到處都是和佐伯之間的回憶，她很痛苦。從小學一年級，第一次跟著佐伯踏進商店街之後，不知道曾經去了商店街多少次，不知道多少次和佐伯一起走在那條拱廊式商店街上。佐伯推薦的豆腐店、一起站著吃章魚燒的店，還有佐伯喊著「小宙」，叫住她的聲音，還有對她說「去店裡坐一下」時的笑容，曾經的記憶都鮮明地浮現在腦海中，她會忍不住停下腳步，會像迷路的孩子，想要放聲哭喊，阿恭，你在哪裡？

宙踩著腳踏車思考著。

許許多多的回憶就像柔軟的棉花般包圍了我，至今為止，這些棉花守護著我，溫暖了我，讓我能做自己。但是，這些棉花現在就像是濕透般層層相黏，慢慢折磨著我。真希望可以忘記一切，如果能夠忘記，好像從來不曾發生過，就可以擺脫眼前的痛苦。啊啊，但這意味著要失去至今為止的幸福，意味著阿恭從來不曾出現在這個世界……

「阿恭，阿恭……」

宙喊出了聲音。有時候不喊出來，就會不安，不知道佐伯是否真的曾經來過這個世界。曾經理所當然地出現在身邊的人突然離開世界的事實，讓宙不寒而慄。如果有人對她說，五分鐘後，世界即將滅亡，她也會相信。因為對宙來說，佐伯死去和世界毀滅的衝擊一樣大。

離市中心有一小段距離的超市會直接向農民進貨新鮮蔬菜，蔬菜區比其他超市更大，有時候可以買到帶著泥土的白蘿蔔和胡蘿蔔。唯一的缺點，就是因為新鮮，再加上美味可口，因此到傍晚時大部分蔬菜都已賣光。今天也是，有好幾座貨架都空了，宙拿起貨架上剩下的一袋芋頭，思考著可以拿來做什麼菜時，聽到一個低沉的聲音問：「你在做什麼？」回頭一看，一名男店員站在飲料區，抓住一個矮小的男孩。男孩應該讀小學高年級，身穿不合身的寬大運動衣和短褲，短褲下方露出的腿很細，貼了好幾張OK繃。男孩一臉膽怯地問：「幹嘛啦？放開我，死老頭！」雖然他言語粗野，但聲音在發抖。

「廢話少說，你跟我來。」

店員用力拉著男孩的手，男孩矮小的身體傾斜，運動服內掉下兩瓶寶特瓶裝的運動飲料。

「看吧，你果然在偷東西。」

店員撿起寶特瓶，遞到男孩面前，然後把他帶去後方。兩個站在宙附近的中年女性看到這一幕，聲音滿是無奈：「真是沒家教。」「妳剛才看到了嗎？他的衣服和鞋子都很髒，頭髮亂糟糟的，顯然父母沒有好好照顧他，這就是典型的生而不養，養而不教。」「妳觀察得真仔細。」

宙聽著那兩個女人聊天的聲音，離開蔬菜區。鮮魚區的輪切槍烏賊很便宜，她放進了購物籃，又去肉類區，接著走向零食區，準備為花野在工作空檔愛吃的堅果補貨。

有幾名男孩聚集在零食區貨架前。他們和剛才那名男孩的年紀差不多，雖然看起來在打鬧，但每個人臉上都露出得意的笑容。

「幹嘛啦？放開我，死老頭！」

「你跟我來！」

他們似乎正用誇張的表演，重現剛才看到的景象。他們演了一次又一次，捧腹大笑著。宙立刻覺得他們和剛才那名男孩有關。

「你們是剛才那個男生的朋友嗎？」

宙忍不住問道，那幾名男孩嚇了一跳，猛然轉頭，看著宙的眼中明顯帶著警戒。

「如果你們是他的朋友，剛才應該阻止他。」

「才不是咧！白癡喔！」

那幾名男孩大喊著，拔腿逃出超市。宙茫然看著他們逃走的背影。

「那應該是霸凌。」

突然響起一個聲音，宙回頭一看，身穿連帽上衣和牛仔褲的男生站在那裡。他渾身散發出一種淡定的感覺，看不出他內心的感情。一頭好像燙過的棕色頭髮和整體給人的感覺像是大學生。宙覺得好像見過這個人，但想不起來他是誰。難道曾經在這家超市見過他？他用下巴指著剛才那幾個男孩離去的方向，然後又指向店內深處，又說了一次「霸凌」這兩個字。

「我覺得是那幾個人逼剛才那個男生偷東西。」

「啊？啊？」

宙十分驚訝，說話的男生物色著巧克力的貨架，繼續說：「真是低級趣味，他們看見那個男孩被逮到時，笑得很開心，這些人腦袋有問題。」

說話的男生拿了兩盒紅色包裝的盒子，準備從宙的身邊走過去，宙對著他的後背問：

「為什麼？為什麼你知道是這種情況，剛才卻沒有說出來？」

「我也是剛發現的，更何況即使說了，我也拿不出證據，那個偷東西的男生，絕對不會說是那幫人逼他的。」

男生轉過頭，聳聳肩。

「那個男孩被抓到時，完全沒有看向那幾個人的方向，所以我沒有及時發現。八成是如果被人發現是被他們幾個人逼的，結果會更糟。」

男生事不關己地說完這句話，打聲招呼「川瀨，我先走了」，就準備離開。

「你怎麼知道我的名字……你是誰？我們認識嗎？」

男生聽到宙的問題，驚訝地轉過頭，笑著問：

「你不認得我嗎？我是遠宮！我們不是經常在圖書室遇到嗎？」

遠宮揮揮手，這次真的轉身離開了。宙這時才終於想起他是誰。沒錯，他就是有時候會在高中圖書室遇見的人。他們閱讀的品味很相似，宙好幾次都看到他在看自己也喜歡的書。他坐在圖書室內最舒服的沙發上，悠然看書的樣子，讓宙覺得有種親切感。原來他就是遠宮迴，那個自主退學的學生。

宙買完菜，把東西放在腳踏車的籃子內。她似乎聽到了哭聲，轉頭一看，一個女人駝著背，頻頻擦著淚水走在街上。一名男孩跟在她身後，單手摸著臉頰，他可能被打了。男孩原本腳步沉重地走在路上，但突然抬頭仰望天空。因為他停下了腳步，宙也跟著抬起頭，看到漂亮的晚霞天空，鮮豔的橘色和紅色交錯的天空中有一片積雨雲。宙看著天空中美麗的色彩出神，片刻之後，當她再次看向男孩，發現他已經不見蹤影。

如果遇到這種狀況，不知道阿恭會怎麼做？宙怔怔地思考著。阿恭一定會請他去自己的店裡，然後讓男孩吃一頓飽餐，問他：「發生什麼事了嗎？你說出來，我會設法協助你解決。」人在享受美食，面對溫柔的笑臉時，就會情不自禁吐露心聲，願意傾訴原本難以啟齒的事。阿恭絕對會遵守承諾，設法協助解決問題。如果阿恭還在，那個男孩……

宙想到這裡，咬著嘴唇。阿恭已經不在了，我這麼痛苦，為什麼世界還沒有毀滅？

幾天之後，又遇見了遠宮。宙走進書店，打算購買喜愛的作家新推出的作品，發現遠宮的手上拿著那本新書。

「哇，你怎麼又……」

你怎麼又拿著我喜歡的書？宙原本想這麼說，但遠宮嘟起嘴說：

「妳不需要有這種反應吧？我並不是跟蹤妳來這裡，真的只是巧合。」

遠宮說話的語氣有點孩子氣，宙覺得他果然是和自己同年的人。

「我知道。我不是那個意思，我只是想說，你總是拿著我喜歡的書。」

宙指著遠宮手上的書說道。遠宮終於明白她的意思。

「喔喔，原來是這麼回事，我也覺得我們喜歡看的書很像。雖然這麼說，就真的很像跟蹤狂，其實我之前會確認妳看的書是什麼書名，有時候很想對妳說，這本書真的很好看，有時候看到妳在看，我也會拿起來，想要看一下。」

遠宮說了幾本書的書名，宙興奮地說：「啊，都是我喜歡的書。既然這樣，你應該早點打招呼，我沒有喜歡看書的朋友，簡直求之不得。」

「對不起。」

遠宮鞠躬說道。宙這時注意到他的手，才想起自己此行的目的。

「啊，慘了，我也要趕快買。」

她慌忙拿起剩下的最後一本書，當她不經意看向旁邊時，看到上次在超市偷東西的男孩，正東張西望地打量著，似乎在找什麼。

宙忍不住看向店內。又有人逼他偷東西嗎？

「怎麼了？」遠宮問。

「那個男生。」宙指著那個方向，遠宮似乎立刻就想起來了，小聲說：「喔，原來是小偷弟弟。」

「你不要取這麼難聽的綽號，我沒看到其他人……」

男孩似乎找到要找的東西，停下腳步，拿起一本雜誌。翻了幾頁之後，手便停了下來。男孩看著其中一頁很長時間後，突然丟下書，走出書店。

「怎麼回事？」

遠宮納悶地問。宙走向男孩剛才看的那本雜誌後拿起來，隨手翻開後，倒吸一口氣。雜誌上出現了滿面笑容的佐伯。

「這是今年的『樋野崎市年度美食』……」

這是只有在每年一月發行的雜誌，將樋野崎市各種類型的餐廳排名，而且還有雜誌介紹餐廳的折價券，是一本很方便的雜誌，宙每年都會買，今年還買了三本。因為雜誌上介紹了『佐伯小餐館』。

『我們擠進西餐類的前三名！』

今年新年時，宙得知『佐伯小餐館』成為第二名，而且在雜誌上大篇幅介紹時趕去餐廳道賀，佐伯興奮得漲紅臉。『從我爸手上繼承這家餐廳後，為了避免客人說味道變差了，所以我超努力，沒想到有了回報。今年要比之前更努力！』

那一次，就連因為多次流產而沮喪的智美，還有直子臉上都露出笑容。宙想起當時那則幸福的消息，就像是烏雲密佈的天空中，露出一道亮光。

那名男孩在看這個嗎？怎麼可能？但是……

「川瀨，妳發現了什麼嗎？咦，這個人……」

遠宮看著宙手上的雜誌說：「他好像車禍身亡了，我看到新聞報導，我去那家餐廳吃過好幾次。川瀨？」

遠宮探頭看著她的臉，她慌忙擦擦眼淚。但淚水不由自主地流個不停。

「啊，對不起。我和他很熟，他是我很重要的人……」

自己無法承受這種突然襲擊。宙拚命調整呼吸，忍住淚水。

「重要的人？不是妳的父親吧，你們姓氏不同。」

遠宮問。

「啊啊，」宙發出聲音，「他不是、我父親，但是形同父親，就像是我的父親一樣。」

沒錯，他就是我的父親，從我六歲的時候開始，就一直守護我、幫助我，帶給我很多回憶。他照顧我長大。

宙慌忙闔起雜誌說：「我要回去了，對不起，突然哭了，改天見。」

宙準備離開時，手被遠宮抓住。回頭一看，遠宮問她：「要不要聊一聊？我想和妳談談，也想聽聽妳的事。」

雖然宙不知道他有什麼目的，但被他嚴肅的眼神震懾，緩緩點頭。

他們走進書店附近的一家咖啡店坐下。週日傍晚時分，咖啡店內沒什麼客人，看起來像是大學生的服務生，無所事事地看向窗外。

點的飲料送上來後，宙問遠宮：「你想知道什麼？」雖然她從遠宮的眼神中感受到真誠，但並不知道他想知道什麼。遠宮把玩著裝了新書的紙袋說：「川瀨，妳經常看一些親情主題的書。今天買的這本書，就是努力尋找已經失散的家人，完全就是這個主題。」

「啊，真的欸，被你這麼一說，好像的確是這樣。」

宙喝了一口咖啡後點點頭。

「我很喜歡那些仔細描寫人和人之間關係的故事，但聽你這麼一說，好像的確很喜歡看親情相關的小說。」

「那是因為妳對家人感到不滿嗎？」

遠宮抬頭看著宙問道，宙愣了一下。

「也許妳內心深處，帶著很希望自己的家庭和故事一樣的嚮往或者說是希望，我是這樣分析妳的閱讀傾向，說對了嗎？」

宙歪著頭。她對遠宮剛才提出，為什麼喜歡看描寫親情的小說這個問題很驚訝。

她以前完全沒有想過這個問題。小學生時的閱讀很雜，什麼書都看，上了中學之後，曾經熱衷於以戀愛為主軸的青少年小說，也曾經熱愛推理小說。從什麼時候開始變成目前喜歡的類型呢？她思考後「啊！」了一聲。是一年前，和風海之間發生問題的時候開始，她就對有同母異父姊妹的故事，或是親子關係斷絕和修復主題的故事產生濃厚的興趣。

「我覺得書中可能有我想要尋找的答案。」

宙在說話的同時，自己也覺得驚訝。沒錯，我在無意識中，帶著這樣的心願拿起那些書。為他人著想是怎麼回事？為家人著想，建立關係又是怎麼一回事？因為希望可以在哪裡找到這些答案，於是投入故事的世界。

「我並沒有很大的不滿，但是我的家庭成員結構有點特殊，去年開始出了問題，我沒辦法和任何人討論……應該是我並不想和別人討論。」

別人一直覺得自己的家庭環境很特殊，她曾經把別人的關心當作偏見，把別人的善意當成歧視。這些經驗讓她無法輕易和別人討論家庭的事。

「但是，我想聽聽別人的意見，所以想從書上尋找，我相信現在也是。」

和風海的關係、和花野的關係，和身邊人們的關係——如何才能和大家都建立良好互動——她希望在許許多多的故事中，可以找到答案。

去年那件事之後，風海一直和她們保持距離。風海夫婦之間的鴻溝很深，甚至談過離婚。康太表示，考慮到孩子的關係，正在努力修復，希望可以暫時讓他們自己冷靜處理。康太說，要好好思考和風海之間至今為止、從今往後的事。康太說這些話時的聲音很冷酷。風海只說了一句『等我整理好自己的心情，會和妳們聯絡』。宙覺得風海需要時間接受以前所不知道的真相。

以後我們的家會變成什麼樣？宙有正面的想像，也有負面的擔心，因此才會拿起書本，希望從書中尋找救贖。和遠宮聊天後，宙瞭解了之前沒有察覺的自己，有點害羞，她隨口問：「既然你會問我這個問題，是不是因為你對自己的家庭感到不滿？」

說完之後，她才想起一件事。

「對不起，我收回剛才的話，我說話沒有經過大腦。你爸爸的情況很嚴重吧？」

聽奈奈說，遠宮的父親還沒有出院。遠宮家裡一定有複雜的隱情，不能隨便過問。

遠宮緩緩喝了一口咖啡後說：

「我沒覺得怎麼樣啊。更何況是我約妳聊天。我喜歡看書，是因為覺得書中的親情就像是幻想。」

遠宮說。在小說中，無論遇到任何狀況，最後都會得到救贖，很少看到家破人亡、所有人都在相互憎恨的情況下死去的故事，十之八九都會獲得上帝那雙肉眼無法看到的手拯救。這種感覺很棒，而且小說的最後，大家不是都會發現真正值得珍惜的事嗎？像是夢想、希望、愛，還有重要的人。

遠宮看著認真傾聽的宙。

「我看到妳剛才的眼淚，覺得就像看到小說中的一幕。妳想到家人時的眼淚很美，也許可以說是面對死亡的愛的眼淚，真的很厲害，太震撼了。」

宙發現遠宮似乎對自己剛才流淚樂在其中，不禁火冒三丈。她把杯子放在桌子上時，發出很大的聲音，拿鐵濺到桌上。宙站起來，冷靜地說：「不要看好戲！」雖然她以為自己很冷靜，但聲音微微發抖。

「我的事並不是小說，有一個人死了，不會再回來了。阿恭死去這件事，沒有一丁點美好！」

宙相信遠宮有自己的難處，但並不代表他可以把別人的悲傷當作是幻想的延續。

遠宮直視著她。

「嗯，的確不是故事，但是我親眼目睹原本以為只有故事中才會出現的眼淚，覺得很驚訝，美好的故事不都是編出來的嗎？人真的能夠為了別人流下美好的眼淚嗎？真的是這樣嗎？我內心湧出這些問號。」

宙愣住了。這不是理所當然的事嗎？原本以為遠宮在開玩笑，但遠宮目不轉睛地看著宙。宙猜不透他的本意，站在原地，遠宮伸手示意她先坐下，然後說：

「我從懂事的時候開始就沒有媽媽，祖父母都過世了，我爸是我唯一的親人，雖然唯一的家人徘徊在生死邊緣，但我哭不出來。不，我流了眼淚，但是我哭的理由，讓我覺得自己根本是個混蛋。」

遠宮用紙巾默默擦拭宙剛才濺出來的拿鐵，看起來很鎮定。宙看著這一切，原本激動的情緒漸漸平靜下來。宙緩緩坐下後，遠宮微笑著：「對不起，讓妳覺得不舒服，為了向妳道歉，我希望能請妳吃蛋糕。我很喜歡吃甜食，陪我一起吃吧。」

「喔……好啊。」

服務生似乎覺得他們是情侶吵架，好奇地走過來。遠宮點了蛋糕後，繼續說道：

「我爸的腹部中刀，不知道是不是太激動，他自己居然拔出刀子。腹部中刀後不能拔出來，這根本是常識，但他竟然不知道，因此流了很多血，必須輸血才能救活。他真的流了超多血，房間內根本是血海的狀態，我那時以為他必死無疑。」

送去醫院後，醫院的護理師要求他驗血型，如果血型相符，就要抽他的血，輸血給他爸爸。

「我當時想都沒想就拒絕了。」

遠宮的臉皺了起來，他可能以為自己在笑。

「護理師很驚訝，但最驚訝的莫過於我自己。那可是和我相依為命的爸爸！他一個男人把我養育長大，讓我讀到高中，還要我讀大學，我必須感謝他，但是我竟然拒絕輸血救他。」

遠宮嘆氣。

「護理師可能以為我在害怕，氣勢洶洶地對我說，如果你不輸血，原本有機會救活你爸爸，也會錯失良機，你想殺了你爸爸嗎？於是我就哭了，當然不是因為護理師把我嚇壞了，而是因為我發現，自己並不希望醫院救活爸爸。」

宙忍不住用力握住自己的手。

「我討厭我爸，痛恨他，如果我爸的生命線握在我手上，我會馬上放手，會流著淚要求別人讓我放手。我在家人即將失去生命的時候，只會流下這種根本不配當人的眼淚。」

遠宮把桌子擦乾淨，把髒掉的紙巾放在桌角。

「就因為這樣，所以剛才看到妳流下這麼純淨的眼淚，我很驚訝。雖然聽起來好像在嘲笑妳，對不起。」

宙的面前放著巧克力蛋糕，遠宮面前是戚風蛋糕。巧克力蛋糕上的雪白鮮奶油流淌下來，看起來很好吃，但宙沒有食慾。她拿起還沒喝完的拿鐵。

「你爸爸是怎樣的人？」宙問道。

「應該是內心脆弱的獨裁者吧？」他微微歪著頭說，「我的祖父母晚年得子，他是獨生子，聽說很聰明，功課很好，感覺年輕時的人生過得很順遂。不知道是否在那樣的環境中長大的關係，還是原本的性格使然，他一直深信地球是圍著他在轉，如果事情順心如意，他就很溫和寬容，但只要稍有不順心，他就會很受傷，然後大發雷霆，遷怒唯二的下屬。」

遠宮又繼續說道：

「他的下屬就是我和理惠阿姨。理惠阿姨是我爸的女朋友。只要他被迫為公司的下屬擦屁股，或是客戶的部長對他擺出高姿態，在便利商店被態度惡劣的女人瞪了一眼，或是公司員工餐的炸物冷掉了，他就會為這種芝麻小事受傷、發脾氣。照理說，他應該對造成他不滿的人發脾氣，但是他都在外面裝好人，把不滿吞下肚，然後帶回家裡。他發脾氣的方式很粗暴，有時候破口大罵，有時候拳打腳踢，隨心所欲地攻擊我們，把世界沒有善待他的不滿都發洩在我們身上。妳快吃蛋糕。」

宙在遠宮的催促下，拿起叉子。她覺得遠宮的父親還沒有接受世界的錯亂就長大成人了。奈奈說，沒有發現世界真正的樣子很不幸，這種不幸可能會擴散。

「世界啊，趕快清醒吧。」

遠宮突然說出這句話，宙不懂這句話的意思，眨了眨眼睛問：「什麼意思？」

「是咒語。」遠宮回答說，「每次我爸暴怒時，都會說這句話。世界啊，趕快清醒吧，恢復我希望的樣子。」

遠宮好像在唱歌般說完那句話，然後垂下雙眼。

「從我懂事的時候開始就這樣，我完全沒有意識到這句話有什麼問題。每次我爸情緒失控暴怒時，我就一個勁地和他一起唸這句咒語。世界啊，趕快清醒吧，趕快恢復爸爸希望的樣子。每次被我爸拳打腳踢，都在內心祈禱，我爸的世界和我爸的心，趕快平靜下來。」

遠宮轉動著手上的叉子繼續說道：

「這種景象很異常吧，但是我一直以為這很正常，我一直相信，這就是正常家庭。小說中的家庭終究只是『編出來』的故事，我的同學回到家之後，他們的家庭也一定和我一樣，直到理惠阿姨告訴我，這樣的狀況有問題。」

叉子在遠宮的大手中旋轉，在店內的燈光下，不時發出亮光。

「理惠阿姨要我在高中畢業後搬出去住。她說，小迴，你要遠離你爸爸。理惠阿姨是一個過度善良的濫好人，她最應該遠離我爸，但她說放不下，就一直陪在我爸身旁。因為理惠阿姨一直向我提這件事，而且整天挨打真的很痛，所以我決定高中畢業後離家，去其他縣市找工作。我爸得知這件事後暴跳如雷，理惠阿姨先拿出刀子嚇唬他，說要他放了我，讓我自由。我爸非但沒有害怕，反而去抓住理惠阿姨，兩個人立刻扭打起來，最後那把菜刀刺中了我爸的肚子。當時我看著情緒失控的爸爸，完全無法採取任何行動，就像傻瓜一樣一直唸著『世界啊，趕快清醒吧』。」

遠宮無論身材和鎮定自若的態度，看起來都像是成年男子，因此宙一開始以為他的年紀比自己大，但是他面對父親的暴力，只會害怕，就代表『恐懼』已經深植他的內心，宙內心對遠宮的印象也逐漸改變。

「面對我爸爸死亡之際，我的世界才終於清醒，一直累積在內心深處的不滿和憎恨之類的，就一下子噴發出來，感覺腦袋裡有一股電流，以驚人的速度更換電路。以前理惠阿姨對我說那句話時，我總是心不在焉，但突然清楚理解了那句話，於是終於發現，我絕對要遠離這個混蛋父親。」

遠宮淡淡地說話，從他的臉上無法解讀出任何感情。達觀。宙的腦海中浮現這兩個字。她覺得遠宮已經意識到自己內心深處的想法，而且已經接受現實。

但是，在此之前，他到底遭遇了什麼？

宙在面對佐伯的死亡時，深刻體會到佐伯曾經多麼疼愛自己，自己也覺得佐伯多麼重要，並且因失去佐伯而害怕到不停哭泣。回想起那個好像站在斷崖旁的絕望瞬間，至今仍然會覺得雙腿發軟。正因為這樣，宙無法想像遇到相同的情況，流下不同淚水的遠宮至今為止的遭遇，完全無法想像他承受了多少痛苦，累積了多少悲傷。

但是，宙充分體會到，自己是多麼幸福。

「我一直以為只有小說中才有親情，在我內心完全找不到這種東西。」

遠宮輕聲笑了，把叉子叉進戚風蛋糕，胡亂切下一塊塞進嘴裡。

「太不可思議了，我們喜歡相同類型的書，整天看類似的書，但心情和看的角度竟然完全不同。」

「你是因為討厭你爸爸，才自主退學嗎？」

雖然遠宮說他父親是混蛋，他是不想繼續靠他父親，所以選擇自主退學嗎？宙原本以為是基於這個理由，沒想到遠宮回答說：

「可能不是討厭他，而是討厭我自己。我討厭自己這麼沒出息，就算理惠阿姨被我爸打、被我爸砍傷，我也無法動彈，只是一個勁地說著根本沒有屁用的咒語。我爸中刀後噴著血，倒在地上後，也是理惠阿姨叫了救護車。結果她的臉上被割開一道很長的傷，聽說好了之後會留下疤痕。她才三十多歲，她為了我，承受了一輩子都無法癒合的傷。」

遠宮用指尖在左臉頰上比出被劃了很長一刀的動作。

理惠的父親支付賠償金給遠宮的父親，所以理惠獲得緩起訴處分，理惠被她父親帶回老家。臨走時，理惠的父親咬牙切齒地對遠宮父子說，我不會再讓她和你們有任何牽扯。

「他是東北人，說話時鄉音很重，我聽不太懂他在說什麼，但是看到理惠阿姨的臉頰上貼著很大一塊紗布，可以感受到他對變成這樣的結局後悔不已。我爸算是被害人，所以他們必須鞠躬道歉說『對不起』，但我相信他痛恨我們父子。這也是理所當然的事，是我們父子毀了他女兒的人生，但是，理惠阿姨……」

遠宮停了下來，用力抿著嘴唇。

「……不，算了。總之，我毀了一個女人的人生，覺得不能悠然地享受自己的人生，於是決定自主退學。」

遠宮雖然說他喜歡甜食，但他吃戚風蛋糕的樣子如同嚼蠟。宙看著他，覺得他一定想要向別人傾訴，他想要訴說自己所處的痛苦狀況，以及覺得自己很沒出息。宙能夠體會他的心情，於是默默聽他訴說，但仍然對於他覺得小說中的愛是幻想感到難過。原來他覺得小說中的情節脫離現實。

「你接下來有什麼打算？」宙問。

「我要搬出去。」遠宮說，「或者也可以說，我要在我爸出院之前逃走。我還是很害怕，光是面對他，就冷汗直流，我內心充滿恐懼，很擔心稍不留神，就會被迫恢復原狀。」

遠宮苦笑著，「多年累積的東西真的很可怕。」

遠宮說話的語氣很冷靜，宙深切感覺到遠宮所承受的一切多麼巨大，多麼深沉。

「你說你要逃走，有辦法做到嗎？」

「嗯，經過這次的事，我發現原本以為已經死了的親生母親還活著，她當年對精神脆弱的我爸很失望，拋下還是嬰兒的我離開。她也是自私的人，而且有了新的家庭，還生下弟弟妹妹，但反正和我沒有關係。我和我媽談了之後，她說雖然沒辦法直接照顧我，但會協助我辦理未成年的我還無法辦理的各種手續，所以我就拜託她，等全部辦理完成後，我就要離開我爸，獨立生活。」

遠宮發現自己指尖沾到鮮奶油，於是舔舔手指。他的動作像小貓般幼稚，但他說的內容未免太沉重。

「……你有什麼想做的工作嗎？」

宙問。遠宮聳聳肩說：

「我的學歷只有高中肄業，根本沒資格挑工作，更何況原本就沒有想做的工作。到目前為止所有的一切，都是我爸決定的。不光是高中，就連讀大學，他也沒問我的意見，就幫我決定了學校和科系，叫我讀那裡。我爸設計了我的人生，我只是按照他設計的人生地圖過日子，其中完全沒有我個人的意志。這麼多年來，我的人生都屬於我爸。」

裝在門上的牛鈴響起，宙看過去，發現一個女人帶著像小學生的男孩走進來，手上拎著好幾個購物袋。他們可能剛逛完街準備回家，男孩一進門就嚷嚷著：「我要吃巧克力聖代！」女人笑著說：「好、好，你想吃什麼就點吧。」遠宮也看著那對母子。

「我覺得好像在觀察別人的人生，」遠宮幽幽地說，宙將視線移回他身上。「雖然我已經擺脫了我爸，但完全沒有真實感，完全不覺得我的人生屬於我自己。」

「慢慢就會有了，也許這種感覺需要花時間慢慢找回來。」

遠宮聞言，輕輕笑了笑。「其實根本無所謂，就算現在回到自己手上，也完全無法產生感情，就好像拿到沾著別人手印，或是別人玩到一半的遊戲機那樣，不會好好珍惜。」

遠宮把吃完蛋糕的盤子推到旁邊後說：「對不起，聽我聊這些一點都不開心吧？為什麼會和妳聊這些呢？我剛才說想聽妳的事，結果全都在聊自己的事，對不起。」

「別這麼說，你完全不必介意。你能夠談論這些事，不是代表你已經能夠說出內心的想法了嗎？」

宙想了一下後繼續說：

「班上的同學都不知道你的家庭環境有問題，我的朋友說超驚訝，這代表你之前在學校時，從來沒有和任何人聊過這些事？你現在終於能夠說出來，我相信是好事。」

「原來是這樣。」遠宮嘀咕著，「妳也許說對了，但是之前一直藏在心裡，也沒有發生什麼問題，我不知道是不是好事。」

「你之前不是都會告訴理惠阿姨嗎？理惠阿姨傾聽了你的心聲，她不是好人嗎？還替你的未來著想。」

既然那個理惠阿姨不顧自己，要遠宮趕快逃，是自己臉部受傷都在所不惜的好人，那麼遠宮一定曾經向她傾訴。

遠宮收起笑容，微微瞪大眼睛，然後好像第一次看到宙般打量著她。

「川瀨，妳認識理惠阿姨？」

「怎麼可能？我怎麼可能認識她。聽了你剛才說的情況就知道，理惠阿姨是不是人很好？」

遠宮說的話中。透露出他對理惠的信賴。不知道遠宮自己有沒有發現，他在提到理惠阿姨的名字時，表情變得很柔和。

遠宮低頭看著自己的手片刻，宙注視著他令人羨慕的長睫毛微微抖動。

「這樣你就可以逃離了吧？理惠阿姨這麼對我說。」遠宮喃喃說著，「她對我說，只要我能夠笑著活下去，她就可以把臉上的傷痕視為勳章。她說我可以抬頭挺胸做人，要我為她努力，也要為自己而活。理惠阿姨笑著這麼對我說。」

遠宮握緊骨感的手，血管立刻膨脹起來。

「雖然理惠阿姨不惜用自己的生命，不惜犧牲自己，把我的人生從我爸手上搶了回來，但我不知如何是好，不，甚至覺得不要也沒關係。如果我還回去，可以讓理惠阿姨的臉恢復原來漂亮的樣子，我會毫不猶豫這麼選擇。只可惜做不到，這個心願無法實現。」

他慢慢鬆開手。宙看著垂頭喪氣的他，感受到他內心深深的痛苦。遠宮還沒有從他父親手上拿回被奪走的『自己』，他對理惠這個重要的人不惜身負永遠無法消除的傷痕，交還給他的『自己』不知所措，甚至拒絕接受。

到底該對遠宮說什麼？宙絞盡腦汁思考，但想不出來。她不曾體會過自我被奪走的恐懼，也無法理解挨打的痛楚。她在成長過程中得到很多愛。

宙回想起守護她成長的人，突然想到一件事。

「……你無法馬上找到你想要的答案。」

宙輕聲嘀咕著，遠宮抬起頭。

「這是我媽媽的事。她說以前受到家人的詛咒，從我還沒出生的時候開始，就一直、一直都很痛苦，但是，媽媽花了很長時間，終於擺脫詛咒。」

宙清楚記得花野在當時說的話。

「據說解決的方法，就是和能夠尊敬的人一起生活，在被人愛的同時，也去愛別人，只能用這種方式，讓時間慢慢累積。」

這個世界上並沒有像魔法一樣，像奇蹟般能夠讓人在瞬間得到救贖的答案。

「我認為只能一張一張、一層一層撕下層層堆疊的痛苦，只有撕完所有的痛苦，才能變成真正的自己。我相信這不是一件容易的事，需要花費很長時間。」

她想起花野解脫後的笑容。雖然現在想到風海的事，仍有一絲遺憾，但宙至今仍然覺得，花野能夠找回自己是一件好事。

「我相信你有朝一日——」

「有朝一日，我也有可能輕鬆過日子嗎？就好像沒有下不停的雨嗎？這種話安慰不了我。」

遠宮聲音平靜，但語氣犀利地打斷宙的話。

「這就像在對我說，有朝一日，我可能會成為石油大王一樣，我完全感受不到任何真實感，無法打動我。」

遠宮冷笑一聲後起身：

「不好意思，也許正如妳所說的，我只是想找一個能夠代替理惠阿姨聽我訴苦的人，很抱歉，耽誤妳這麼長時間。」

遠宮拿起桌上的帳單離去，站在門口收銀台前結帳的背影好像在拒絕宙。宙目送著頭也不回地離去的遠宮，思考著自己剛才到底該怎麼做比較好，該對遠宮說什麼，才能夠助他一臂之力呢？

她想了很久，仍然沒有想到答案。

「他是不是在尋求幫助？」

幾天後，花野難得出現在客廳，宙和她討論了這件事，她很乾脆地回答。

「他的父親是個廢物，母親不怎麼關心他，那個叫理惠的人不是最瞭解他嗎？那個人離開後，他很絕望，決定自主退學，而且被迫獨立，在這種情況下，當然會想要向別人求助。」

「想要求助……這樣啊，妳的話一針見血，的確是這樣。」

宙回想起和遠宮之間的對話嘀咕著。不知道是否因為被遠宮高大的身軀和平靜的語氣影響，對自己的感覺沒有把握，但如今想想，當時遠宮一定是在求助。

「我到底該怎麼辦才好呢？」

「很難，如果妳對他說『我來幫助你』，或是『你說什麼都沒關係！』，他一定會拒絕妳。」

花野喝著宙泡的咖啡，抬頭看著天花板。

「我在發現外祖父母欠的債務時就是這樣，恭弘不是向來有話直說嗎？他年輕的時候更直接，他對我說，花野學姊，妳可以依靠我！我可以為妳做任何事，妳可以向我提任何要求！我年輕時比現在更頑固，雖然很想依靠別人，卻說不出這種話，於是就對他說，你幫不了任何忙。」

花野充滿懷念地笑了。「恭弘那時候剛好要去東京的高級義大利餐廳學習廚藝，我撒了鹽，把他趕出門，叫他趕快去東京。如果是現在，我可能會處理得稍微圓滑一點，至少可以和他商量一些事。」

宙看著花野瞇起眼的柔和表情。她那天對遠宮說，只能一張張一層層撕下痛苦，失去的悲傷、累積的回憶也能夠如此整理嗎？宙覺得只有好好整理之後，才能克服悲傷。

花野轉頭看向宙。

「他姓遠宮，對不對？妳下次遇到他，可以在聊天時思考該怎麼做才好，想想看如果換成自己，聽到別人怎麼說，自己才會願意說出難以啟齒的事；如果他希望得到別人的幫助，應該不至於完全拒絕妳。」

「嗯，我會好好想一想。」

「無法向任何人求助很痛苦。妳一度碰觸到他寂寞的心，要盡最大的努力幫助他。」

滿臉憔悴的花野微微一笑。宙對著她溫柔的表情點點頭，突然有一種難以形容的奇妙感覺。

「花野，妳好像變了。」

花野從什麼時候開始，會傾聽自己說話？從什麼時候開始，會和自己一起思考，一起尋找答案？

「沒有吧，我還很不成熟。」

花野聳聳肩。

遠宮已經自主退學，宙和他沒有交集，遲遲沒有再和他說話的機會。雖然宙去了超市和書店好幾次，但都沒有遇到遠宮，她很懊惱，早知道應該和他交換聯絡方式。

過了大約十天後，田本請宙去商店街的乾貨店買東西。只有這家店才能買到田本用來熬高湯的昆布，宙買完昆布後，走向商店街內的鮮花店。雖然她平時都避開商店街，但既然已經來了，她想去買花供在佐伯的牌位前。她挑選了佐伯喜歡的華麗花朵，店員正在包裝，聽到一個很小聲的聲音。「不好意思。」轉頭一看，發現一個男孩站在那裡。宙「啊！」了一聲。他就是之前偷東西的男孩。

「我要一朵這種花。」

男孩指著放在門口附近的非洲菊說。另一名女店員說著「好、好」，走到男孩身旁問：「你想要哪一朵呢？」男孩似乎已經決定想要的花，簡短地回答說：「這朵粉紅色的。」

「這朵嗎？稍等我一下。」

女店員動作俐落地包好那朵花，交給男孩。男孩遞上幾枚零錢，接過那朵花後，目不轉睛地看著那朵花。他的眼中沒有愛花的柔和，而是帶著可怕的眼神。他和美麗花朵毫不相襯的強烈眼神中透露的是怒氣嗎？但是，為什麼會這樣？宙忍不住注視著男孩，但男孩並沒有發現，低低說聲「好！」然後就跑出了花店。

「他又來了。」

店員目送男孩離開後，為難地自言自語。是不是有什麼隱情？宙正想問那名店員，另一名店員把花束遞到她面前說：「完成了，這樣可以嗎？」

「啊，很好，謝謝妳。」

宙結好帳接過花束，走出花店時，那名男孩已經不見了。

佐伯家和餐廳連在一起，就在『佐伯小餐館』後方。宙走過掛著『公休日』牌子的餐廳旁，繞到屋後，就是住家的玄關。宙走到那裡時，停下腳步。因為剛才看到的那朵粉紅色非洲菊就放在玄關門前。

「咦？」

她撿起那朵花，按了門鈴。

「唉，真是的，有完沒完！」

直子粗暴地打開門，大聲咆哮著，但一看到宙，立刻露出笑容。

「哎喲，是小宙啊。對不起，對不起，妳來啦，太高興了。」

「我剛好來這附近，就買了一束花給阿恭。這個，還有這個。」

宙遞上剛才放在門口的非洲菊，直子皺起眉頭。

「剛才放在門口。」

「對不起，不要把這朵花帶進來。」

直子搶過非洲菊，丟到門外。

「啊?呃,為什麼?」
「那是肇事者的兒子放的。」
宙說不出話。
佐伯發生車禍的原因,是酒駕的對方從對向車道衝過來,迎面撞上。那個男人喝得酩酊大醉,救護車和警車接獲目擊者報案後趕到現場時,那個人在車上呼呼大睡。那是男人第三次因酒駕被逮捕,其中有兩次造成他人受傷,是非常惡劣的酒駕慣犯。
宙聽說佐伯的葬禮時,肇事者的妻子來到現場,但商店街的人擋在門口,說不能讓她和傷心的家屬見面。宙不知道肇事者還有孩子,而且竟然就是那個男孩。
「他幾乎每天都送花來,說爸爸對不起我們,很對不起。我對他說,不可能把他的花供給恭弘,而且我們很困擾,但他還是把花放在這裡。」
直子看著丟在地上的花,紅了眼眶。
「我知道小孩子並沒有錯,但是每次看到花,我都想踩在腳下。我也很痛苦,現在根本不想看到。」
「……阿姨,我們進去吧。」
宙輕輕推著直子的背。
屋內靜悄悄的,瀰漫著線香的味道。宙覺得這個家的燈好像熄了,雖然太陽還沒有下山，但這個家裡好像深夜般黑暗。

「哎喲，小宙，妳來了。」

智美坐在佛堂角落的和室椅上。

「妳好，我來看看妳們。」

智美周圍有很多照片。啊啊，她還是這樣。宙把這個念頭藏進了內心深處。

佐伯去世之後，智美幾乎不願離開佛堂一步。

佐伯的骨灰還沒有下葬。因為智美說，想繼續和佐伯在一起。現在骨灰罈放在佛龕前，在葬禮剛結束的那幾天，她整天抱著骨灰罈不放。

智美終於願意放下骨灰罈後，開始把佐伯的照片放在自己的周圍，從早到晚，日復一日，不知厭倦地看著佐伯從出生至今的照片。直子和商店街的人約她出去走走散心，但智美堅決不離開佛堂一步。

「小宙，妳看，這是和妳一起拍的照片。」

智美把手上的照片遞來，宙接過照片，低頭一看，情不自禁地「啊」了一聲。那不是她剛認識佐伯不久的時候嗎？一頭金髮的佐伯對著鏡頭微笑，年幼的自己表情有點僵硬。

「好懷念，阿恭以前這麼瘦嗎？」

一直以為佐伯的身材沒有改變，但那時候的臉更瘦，而且還帶有一絲稚氣。看著他天真的表情，回想起往日的記憶。

「啊，我想起來了，那是商店街朝會時拍的。我記得『佐伯小餐館』那一年賣的是一口甜甜圈。」

「對對對，我也想起來了。妳來買甜甜圈，結果變成了小幫手。」

直子探頭看著宙手上的照片，「他只要看到有小孩子來買，就裝一大包，根本賺不了錢。我叫他不要這麼誇張，他根本不聽，說什麼『廟會的時候不要這麼小氣』。」直子說話的聲音帶著哽咽。

還有宙中學時代和佐伯的合影。宙正在餵一頭很大的羊吃飼料。那是和花野三個人一起去旅行時拍的。宙想起這件事，露出笑容。

「哪一種情況比較好呢？」

智美拿起手邊的照片，輕輕撫摸著。

「看到你們充滿懷念的笑容，有很多溫馨的回憶，就會忍不住羨慕。但是，回憶越多，不是會陷入更多感傷嗎？哪一種情況比較好呢？恭弘，你覺得哪一種情況比較好？」

智美抬起頭，看向佛龕上的遺像。她看起來很憔悴，簡直就像變了一個人。

智美第一次婚姻造成她的不幸，在深受傷害後離婚。之後遇到了佐伯，她踏入第二次婚姻後看起來很幸福。雖然經歷了兩次流產的痛苦，但佐伯和智美之間有著不變的信賴、體貼和愛情，而且他們每次克服悲傷，感情就更加深厚。宙起初對他們結婚一事不知所措，有些反彈，但之後希望他們得到幸福。

智美聽到佐伯對宙說『我就像是妳的爸爸』時，非但沒有不悅，反而浮現溫柔的笑容，然後悄悄對宙說聲『謝謝』。她對宙說，妳是恭弘的女兒，我也把妳當成是自己的女兒。謝謝妳，妳拯救了我。

宙以為智美應該覺得自己的存在很礙眼，沒想到她完全接受自己。智美是個很棒的人，選擇智美的阿恭也很有眼光。他們兩個人太出色了，上天為什麼用這種毫無道理的方式讓他們天人永隔？

「小智，妳再怎麼對恭弘說話，恭弘也不會回答。妳該走出這個房間了，恭弘會擔心妳的。」

直子說。但智美緩緩搖搖頭。

「我知道，但是在這裡的時候，心情會稍微輕鬆一些。回想起來，我們結婚之後，幾乎沒有兩個人好好相處的時間，沒有去度蜜月，現在覺得，終於可以兩個人靜靜在一起了……」

直子搖搖頭，重重地嘆氣。宙不忍心繼續看下去，坐在佛龕前，放下花束，抬頭看著遺像。

充滿悲傷的家中，只有遺像中的佐伯面帶笑容。

『至少在痛苦時要說出來，尋求我的幫助。我永遠都是決定要照顧妳的阿恭，以後也不會改變，只要為了妳好，我可以做任何事。』

宙想起讀國中時，佐伯對自己說的話。聽到這句話時，自己不知道有多欣慰。

阿恭，我現在很痛苦。不僅是我，智美、阿姨和花野，大家都很痛苦。因為你不在，大家才會這麼痛苦。但是我知道，你比任何人更加痛苦。

宙就快哭出來，用力咬著嘴唇忍住。

上完香，和直子聊了幾句之後，宙就離開了佐伯家。非洲菊仍然丟在門口，宙撿起花。她不經意地看向一旁，發現玄關角落有好幾枝包裝好的單枝花朵，有些已經變成了茶色。

佐伯家的人在這個瞬間，仍然無法接受和恭弘死別，用盡全力承受著痛苦和悲傷，怎麼可能接受道歉的鮮花？宙完全能夠體會直子的心情。

宙想了一下，撿起非洲菊，然後回到花店。剛才接待男孩的店員看到宙手上的非洲菊，看起來有點難過。

「啊，那朵花……原來妳剛才買花，是要去佐伯家。」

「對，然後就看到這朵花放在門口。我不方便向阿姨打聽詳細的情況，所以想來請教是怎麼回事，我們家和佐伯家交情很好。」

「我不是很清楚，」店員說了這句開場白後，續道：「那個孩子是加害人的兒子，佐伯小餐館的老闆去世之後，他就持續送花去佐伯家。他可能是用自己的零用錢買花，每次都買一朵那裡的『今日特價』的花。我們一開始不知道他送去哪裡，前幾天，佐伯家的老太太來這裡，說那個孩子每天都送花，造成她的困擾，要我們不要再賣花給那孩子。」

「我們跟她說，我們沒辦法這麼做，」另一名女性店員插嘴說，「我們不能干涉客人要送給誰，勸過那個孩子好幾次，請他不要再送了，畢竟造成對方的困擾，結果那個孩子反問我們，那他到底該怎麼辦。」

怎樣才能向失去的生命表達歉意？店員都無法回答。

宙想起男孩拿著花時的神情。當時以為是憤怒，但其實並非憤怒。男孩眼中是強烈的祈禱，以及渴望獲得原諒的急切熱忱。

「我能夠理解雙方的心情。」

聽到店員的話聲，宙猛然回過神。

「既能夠理解那個孩子激勵自己去向佐伯家道歉的心情，也能夠體會佐伯家的人內心的悲傷，於是我們決定不插嘴干涉，做好身為花店的工作就好。」

「這樣啊……」

宙道謝後，走出花店。不知道是否因為一直緊握在手上的關係，非洲菊有點垂頭喪氣。

宙得知佐伯死於惡劣酒駕引發的車禍時，曾經詛咒對方。佐伯全身骨折，內臟損傷，在痛苦中死去，但聽說酒駕的司機竟然只有輕微擦傷而已，就很想殺了對方。佐伯不該死，該死的是酒駕男，比起那種人渣，佐伯活著對這個世界有幫助好幾倍、好幾十倍。宙用能夠想到的所有詛咒痛罵酒駕男。

想起佐伯，握著花的手情不自禁地用力，但是，想到男孩的眼睛，她又放鬆了手。

她不知道該如何宣洩內心的感情。

該怎麼辦？阿恭，我該怎麼辦才好？

她差一點哭出來，這時，有人拍了拍她的背。那種感覺有點像佐伯在拍她的背。她忍不住叫道「阿恭」，但轉頭一看，是遠宮瞪大眼睛站在她身後。

「呃、啊，對不起，是我。」

「啊……原來是你。」

「看到妳站在商店街正中央，就忍不住開口叫妳。妳為什麼拿著漂亮的花一直站在這裡？」

遠宮打量周圍後問：「是要送別人的禮物嗎？還是妳的興趣是插花？」

「並不是這樣，才不是這麼輕鬆的事。」宙嘀咕道。

「是喔。」遠宮嘟噥後，從宙的手上接過腳踏車說：「妳站在這裡會擋住別人通行，我們去其他地方。妳上次聽我說了那麼多，我今天可以聽妳說話作為回報。」

遠宮走在前面，然後又回頭笑了笑。「啊，但我今天身上沒有多帶錢，可以去便利商店買飲料，然後坐在公園聊天嗎？」

剛好到了傍晚，離商店街有一小段距離的公園內，有許多媽媽帶小孩來玩，孩子們在滑梯和鞦韆周圍玩得很開心，他們的媽媽在旁邊也聊得很開心。宙在長椅上坐下後，遠宮把剛才在便利商店買的寶特瓶裝檸檬茶遞給她，她接過黃色包裝的檸檬茶，拿到手上有點溫溫的。

「所以是發生什麼事了？」

遠宮打開歐蕾咖啡的拉環問道，宙看著他的喉結上下移動，喝著歐蕾咖啡的側臉問他：「你還記得那個偷東西的男生嗎？」

「喔喔，妳是說之後又在書店遇到的那個男生嗎？」

「那個男生的爸爸，就是撞死阿恭的肇事者。」

宙費力地擠出這句話，遠宮稍微想了一下問：「是『佐伯小餐館』的老闆？」宙緩緩點了點頭。

「那個肇事者超過分，多次酒駕被抓，駕照也被吊銷，但他繼續開車，沒有戒酒，你不覺得這種人很爛嗎？那個男生就是那種爛人的兒子。」

宙似乎在無意識中用力，手上的寶特瓶發出輕微的聲響。

「原來是這樣，所以那個男生才會被霸凌。」

「啊？」宙聽了遠宮的話後看著他。

「那天之後，我看過那個男生好幾次，每次都被幾個身材高大的男生毆打或是嘲笑，還叫他滾出學校，感覺好像很惹人討厭……啊，妳不要露出這種表情看我，我曾經阻止過一次，我說這樣很難看，叫那些人不要再霸凌別人，結果那些人鳥獸散地逃走了。」

遠宮喝著歐蕾咖啡，「新聞報導經常提起那起車禍，可能就這樣成為他被霸凌的理由吧？」

宙搖搖頭說：「我不希望看到這種情況，並不是那個男生的錯，他應該很痛苦。」

宙光是想像那名男孩的處境，就難過到胃部不適想吐。如果遠宮說的是事實，代表那名男孩簡直身處人間煉獄。

「啊啊，是因為這樣，所以他才——聽說他每天都送花去阿恭家，但是阿恭的家屬看到那些花，就非常痛苦，當然不可能收下。」

玄關旁的花都堆成一座小山，那是佐伯的家人痛苦的數量，也是那名男孩祈禱的次數。

「到底該怎麼辦呢？至少希望他身邊有一個能夠為他著想的大人，但是他身邊有這樣的人嗎？」

宙想起之前在超市看到的那個像是男孩母親的女人，那個女人像小孩子一樣邊走邊哭，精神狀態可能也不太好。

「我要找到那個男生。」

「為什麼要找他？」

遠宮聽到宙情不自禁的喃喃自語，驚訝地問。「妳找到他又能怎麼樣呢？霸凌的問題，只要通知學校，或許有辦法解決，但仍然無法改變他的父親是人渣這件事，也無法改變他的父親犯下的罪行，這不是需要靠他自己克服的問題嗎？」

「那你要我袖手旁觀嗎？聽說，」宙看著放在腳踏車籃子內的那朵非洲菊，「聽說他在問，如何才能夠向失去的生命表達歉意，而且，我看到他充滿真心誠意買花的樣子。既然看到了他那一刻的眼神，我就無法視而不見。」

遠宮停頓一下後說「真受不了妳」，然後問她：「那明天要不要約在哪裡見面？他不是每天會去送花嗎？只要我們守在佐伯小餐館門口，應該可以見到他。」

「啊……有道理。謝謝你，那就這麼辦。遠宮，你會跟我一起去嗎？」

「因為父母而失去容身之處這種事，我算是小有經驗。」遠宮輕輕一笑，「而且我比他年紀大，可以選擇自主退學，他是還需要大人照顧的小孩，如果父母不同意，甚至轉不了學。這麼一想，就覺得不能這樣袖手旁觀。」

「謝謝你。」宙再次道謝，遠宮搖搖頭。

「不是什麼值得道謝的事，也許我根本幫不上忙，只是陪妳去而已。」

雖然如此，宙仍然很高興。她仍然不知道該怎麼辦，或許有相似經驗的遠宮，更能夠善待那名男孩。

隔天一放學，宙就騎著腳踏車去商店街，遠宮已經站在他們相約見面的拱廊式商店街入口，一看到宙，立刻舉起一隻手。

「對不起，我來晚了。我忘記今天輪到我當值日生，剛才才潦草寫完班級日誌交出去。」

「沒關係，反正我也沒事，妳不必這麼著急，時間還早吧。」

遠宮拿出手機確認時間後，催促著宙說：「那我們走吧。」他從跳下腳踏車的宙手上接過腳踏車的把手，他的動作太自然，當宙說「沒關係，我自己來」時，「我個子比較高，」遠宮答道，「先不說這個，不知道他今天會不會來。」

「嗯，我不太清楚，聽花店的人說，他幾乎每天都會去買花。」

經過花店門口時，往店內張望了一下。店內沒有客人，店員似乎在裡面。「今日特價」的花放在門口，今天一樣是非洲菊。

佐伯小餐館今天仍沒有營業，當他們走進餐廳旁邊那條路時。

「你別再來了！不是叫你別再來了嗎！」

聽到女人尖叫的聲音，宙和遠宮互看一眼，然後開始奔跑。智美在佐伯家門口大叫著。

「到底要拒絕幾次，你才聽得懂？」

手上拿著一朵黃色非洲菊的男孩站在智美面前。他臉色蒼白，小聲地重複說著「對不起、對不起」，智美抓起堆在玄關角落的那些枯萎的花，丟向那名男孩。

「不是叫你不要再來了嗎？要對你說多少次，你才聽得懂？我們不想看到你，也不想知道你來過這裡，你的存在就讓我們痛苦。你趕快消失！」

智美彎下好像隨時會折斷的身體大叫著，臉色像紙一樣蒼白，但是兩眼通紅。智美一邊喊著「你趕快走！」一邊撿起地上的花，再次丟向男孩。

智美向來不會咆哮小孩，總是溫柔相待，輕聲細語地引導。宙看到她流露出如此激烈的感情，不禁愣在原地。

直子從家裡衝出來，抱住不停地丟花的智美，試圖制止她。

「小智，住手，趕快住手，妳這麼做，恭弘也不會高興。他絕對會叫妳不要這麼做，拜託妳快住手。」

直子制止的聲音帶著哭腔。宙看到她們婆媳兩人抱在一起痛哭，不知如何是好。

她不想看到這種悲傷的景象。如果阿恭看到眼前的情景，一定會很難過。該怎麼辦？到底該怎麼辦才好？

男孩打算放下花後離去，花還沒有放到地上，遠宮就把腳踏車塞給宙說：

「這個給妳，妳馬上往回走。」

遠宮在說話的同時跑過去，將拿著黃色非洲菊的男孩一把抱起。

「不好意思，打擾你們了。」

遠宮向直子和智美深深鞠躬說道，然後抱著一臉驚恐地問「幹嘛？怎麼回事？」的男孩邁開大步。

宙聽從遠宮的指示往回走，但很在意身後發生的事，頻頻回頭張望。遠宮很快超越了她，繼續往前走。
「遠宮，你等一下。」
她慌忙追上去。遠宮在離『佐伯小餐館』有一小段距離的地方，把男孩放下來。
「怎、怎麼回事？你是誰？」
男孩看到嚴肅地低頭看著自己的遠宮，似乎心生畏懼，轉身想要逃走，但遠宮搶先一步抓住男孩的手腕。
「好痛！幹嘛？放開我！」
「你以後不要再去那裡了。」
「為什麼？我必須去向她們道歉。」男孩說道，「我有這個義務，在她們原諒我之前，我必須去那裡。」
「她們不可能原諒你。」
遠宮語氣堅定地說，男孩用力咬著嘴唇。
「正確地說，不能要求別人原諒。」
「什麼？」男孩發出驚訝的聲音。
「剛才看到那一幕，我充分明白了，不可以乞求別人的原諒，不能要求受傷的人原諒。」

遠宮邊思考邊說。「雖然我說不清楚，但我覺得是這樣，絕對不可以這麼做。」

「說得好。」

突然傳來一個輕快的聲音，宙回頭一看，發現花野站在那裡。

「花野！妳怎麼會在這裡？」

「我自從葬禮後就沒有來上過香，剛好今天過來。我才剛按門鈴，智美就衝出來破口大罵，阿姨也不在，我大吃一驚，結果沒機會上香。」

花野走向被遠宮抓住手的男孩，彎下身體，看著他的眼睛說：

「阿姨也拜託你，不要再去那裡了。」

「為什麼？我必須為我爸爸做的事道歉啊。」

「這是一種暴力行為。」花野平靜地說。

「啊？為什麼？」男孩粗聲問道。

「失去親人的家屬正在盡全力克服失去的痛苦和寂寞，根本無暇原諒別人犯下的罪，而且也沒必要原諒。難道不是嗎？光是重要的人莫名其妙地被奪走就已經很殘酷了，為什麼還要原諒對方犯下的罪行？」

男孩仍然握著那朵非洲菊。鮮豔的花朵用力抖動著。

「你說的『對不起』，是希望對方原諒你，但完全沒有考慮到對方的心情，你會覺得我已經道歉這麼多次，夠了沒有？可以原諒我了吧？那就是強迫別人原諒你，也是一種暴力。」

「那……那我該怎麼辦？我真的想為爸爸犯的錯道歉，我必須道歉！」

男孩把花丟在地上，花野撿起那朵花。

「你有這種想法值得肯定，但是，這並不代表可以強迫對方接受，你該做的，就是永遠牢記這件事。」

花野把花放在男孩胸前說，「你不可以忘記失去的生命，和受了傷的人流的眼淚，然後思考如何才能避免相同的悲劇再次發生，思考該怎麼做，然後付諸行動，這才是彌補。」

「這才是，彌補？」

男孩幽幽地說，然後低下頭。他的淚水不停地滴落。

「那……一直都會像現在一樣嗎？我要一直被人說是殺人凶手的兒子，被人討厭下去嗎？」

「啊啊。」宙輕嘆一聲。這名男孩果然因為父親而被霸凌，也許他想擺脫這種狀況，因此可能認為只要能夠獲得家屬的原諒，自己就能夠得救。

「你媽媽呢？她不同意你轉學嗎？」

只要換一個不清楚他家庭背景的地方，生活可能會容易些。男孩聽了宙的問題後，搖搖頭。

「媽媽說她沒辦法思考，每天都吃藥睡覺。」

宙和遠宮互看了一眼，花野一派輕鬆地說：「哎喲，那可真傷腦筋啊。你媽媽也不好過吧。原來是這樣，原來這樣啊。」

花野喃喃說著，似乎已經清楚情況，然後站直身體。「你今天來我家吃飯。你打電話請你媽媽一起來，說有個阿姨要找她一起喝酒。」

男孩聽到花野突然提出的要求，納悶地眨著眼睛。花野看著同樣很驚訝的宙說：「宙，妳來煮飯，我也會做幾道菜，不夠的就買現成的菜回家。」

要請這名男孩的家人，也就是加害者的家人去我們家？

「啊！？花野，等一下。」

「對了，要買很多酒。最近都沒有喝酒，啊，對了。」

花野無視驚叫的宙，問遠宮：「你要不要一起來？呃，我不知道你是誰，你是宙的男朋友嗎？」

「不，我不是。呃，我叫遠宮，我們以前是同學。」

「喔喔，原來就是你啊。我聽宙提過你，你要不要一起來？」

花野問，遠宮看了宙一眼後，點點頭。「如果不會造成妳們的困擾……」

「好，又多了一個拿東西的幫手。大家一起去買菜，然後再回家，就這麼決定了。」

花野拍著手說，然後把自己的手機遞到男孩面前。

「你用這個手機打電話給媽媽，我叫川瀨花野，你呢？」

男孩接過手機的同時回答：「我是東樋野崎小學五年級的和田浩夢。」

一行人買了很多魚、肉、酒和水果、蔬菜，回到坡道上的家。花野借了田本的圍裙衣穿在身上，開始進行準備工作。宙問她打算做什麼？她一派悠然地回答說：「西班牙海鮮飯吧，我做的西班牙海鮮飯超好吃。妳呢？妳要做什麼？我想喝湯。」

「啊？啊？那我來煮義大利雜蔬湯？」

宙想起冰箱冷凍庫中還有之前做好的慢炒蔬菜醬底，對花野說。

「啊啊，我喜歡，妳做的義大利雜蔬湯完全就是恭弘的味道。」

花野明明知道等一下要上門的客人是誰，還說這種話？這樣做真的好嗎？我是不是該阻止花野？花野看著開始猶豫，說不出話的宙，拍拍她的肩膀。

「我知道妳有很多想法，但是今天可不可以先不要說，就聽我的？」

花野笑的時候露出虎牙。宙勉為其難地點點頭。

宙在煮湯的同時，把熟食裝在盤子裡。剛才還買了披薩、烤牛肉和沙拉。冰箱裡有田本做的菜，宙覺得這麼多菜已經足夠了……

「川瀨，我也來幫忙。」

遠宮起初對心直口快的花野手足無措，但似乎慢慢習慣，想要一起幫忙。他們一起把熟食裝盤時，遠宮很佩服。

「哇，好厲害，妳們都很會做菜。」

「謝謝，花野的廚藝真的很好，只是很少下廚……」

宙看向站在廚房內的花野背影打住。雖然花野下廚的次數比以前多，但都是一些簡單的料理，複雜的料理都交給田本或是宙。花野向來如此，今天為什麼突然決定大顯身手？

他們三個人在廚房準備期間，浩夢坐立難安，不時看向玄關。浩夢的媽媽接到電話後，不知道是否誤會了什麼，用公事化的口吻說道「我馬上過去」，就掛上電話，之後打了好幾次電話都打不通，人也還沒到。

「浩夢，你要不要去那裡喝果汁等媽媽？」

宙問坐在玄關門框上的浩夢，浩夢搖頭。「不用，我覺得我媽媽可能不會來。她對我很失望，我做了很多壞事。」

「像是偷東西嗎？」宙問。

「妳怎麼知道？」浩夢很尷尬。宙告訴他，那天剛好在超市看到，浩夢低下頭。

「他們說，凶惡的殺人凶手的小孩不受到懲罰沒有天理，要我去犯罪，然後被警察抓起來，如果我說不要，他們就會打我。」

「怎麼會這樣？竟然有這麼離譜的事……學校其他同學沒有制止嗎？」

浩夢搖搖頭，他難過地告訴宙。

事情發生後，之前和他不太親近的同學以『制裁』為名霸凌他，那些人還威脅其他同學說『如果有人有意見，就等於容忍殺人凶手，要一起接受制裁』，於是沒有人敢出手幫他，大家都視而不見，一定都覺得他應該受到『制裁』。

宙仍然記得那幾個在超市露出得意笑容的男孩，一看就知道他們的行為並不是基於正義感。

「我之後還是必須受到他們的制裁。」浩夢喃喃地說，「既然叫我不要再去道歉，不就是這個意思嗎？我不是必須接受嗎？」

「這……」

他當然不應該持續受到以制裁為名的霸凌，但是，宙無法好好解釋他頻頻上門道歉時受害家屬所承受的痛苦。宙不知道該怎麼說時，聽到通知有訪客上門的門鈴聲，她和浩夢立刻打開玄關門，看到一個快哭出來的女人茫然地站在門外，一看到宙，就深深地鞠躬說：

「對不起，對不起，我兒子最近有點問題，真的很抱歉，造成你們的困擾。我會努力警告他不會再犯，請你們原諒。對不起，對不起。」

浩夢的媽媽在說話時淚流不止，然後打了站在宙身旁的浩夢一巴掌。

「我在家裡都像這樣嚴格管教他，我會好好罵他，請你們原諒。」

她完全沒有問浩夢做了什麼，沒有問浩夢為什麼在這裡，只是再次伸手想要打他，宙慌忙把浩夢拉到自己身後。

「啊，請妳不要打他，剛才請他打電話給妳，不是為了這個原因。」

「那我們該怎麼道歉？浩夢，你趕快過來。」

浩夢的媽媽雙眼通紅，完全無法思考，一心只希望以道歉和責打孩子，來盡快結束這件事，好像這才是她堅定的意志。這種狀態是不是不太好……宙不寒而慄。

「啊，來了嗎？西班牙海鮮飯快好了，來得正是時候！」

花野探出頭，笑著說道，「妳是浩夢的媽媽？很高興認識妳，我是川瀨，不好意思，今天臨時邀請你們母子來家裡吃飯。」

浩夢的媽媽抬起頭，這是她第一次表現出常人應有的情緒。

「啊？晚餐？呃，浩夢不是給府上添了麻煩嗎？」

「沒有沒有，妳先進來再說。」

花野招手說道。浩夢的媽媽驚慌失措地說：「啊？咦？怎麼回事？我是來道歉的。浩夢，你趕快告訴媽媽，這是怎麼回事？」

「啊，那個！我們買了很多吃的回來，也有做菜，要不要邊吃晚餐邊聊？」

宙對感到混亂的浩夢媽媽說：「浩夢似乎壓力很大，我們可以邊吃邊談。」

宙伸手指向室內，剛好飄來披薩的香氣。遠宮正在用烤箱加熱披薩。

「可以拿出來了嗎？我拿出來嘍？」室內響起遠宮輕鬆的問話聲。「進來吧，快進來吧。」花野再次招手，浩夢媽媽原本緊張的神色稍稍放鬆了點。

「啊，剛才想說會有客人上門，就準備了很多食物，如果妳願意賞光，是幫我們的忙，千萬不用客氣。」

宙再次說道。浩夢的媽媽輕輕點點頭。

餐桌上排放著缺乏統一感的料理。綜合生魚片旁是瑪格麗特披薩、義大利雜蔬湯和西班牙海鮮飯，雞肉南蠻漬和炸雞塊在爭地盤，各式料理的香氣混在一起，浩夢發出小孩子特有的歡呼聲：「哇！豪華大餐！」

「隨便坐。浩夢媽媽，可以請教妳的名字嗎？」
「啊……我叫，和田雅美。」
「這樣啊，雅美，妳可以喝啤酒嗎？啊，太好了，那我們一起喝。」
遠宮和浩夢坐在宙的兩旁，花野和雅美一起坐在對面。花野打開啤酒罐的拉環，對雅美說：「喝吧、喝吧。至於你們小孩子愛吃什麼就盡量吃，冰箱裡有果汁，可以自己去拿來喝。」
浩夢東張西望，看到媽媽慢吞吞地打開啤酒罐的拉環，合起雙手說：「我開動了。」他似乎餓了，把炸雞塊放進盤子後，立刻張大嘴巴咬了一口。
「那，我也開動了。」雅美畏畏縮縮地舉起啤酒罐說。
「喝吧，喝吧。」正在喝啤酒的花野說，「我們家的啤酒多到發臭，不用客氣。」
「川瀨，妳媽媽好有活力。」
遠宮在宙耳邊小聲說道。宙正要舀起義大利雜蔬湯，聞言「啊」了一聲。她從來不曾把「活力」這個字眼用在花野身上。
「妳在驚訝什麼？她不是很有活力嗎？」
「不，她在工作上或許很有活力，但平時很隨便懶散，私生活更是吊兒郎當，這個字眼實在很難用在她身上。」

每逢假日，花野可以在簷廊上躺一整天，或是從大白天就開始喝酒。

「是這樣嗎？妳媽不是也認識『佐伯小餐館』的老闆嗎？照理說，她應該像佐伯的家人一樣討厭他們，為什麼請他們來家裡吃飯？我完全不懂她這麼做的意義。」

花野不僅認識佐伯，而且他們還曾經是戀人，花野靜靜地承受著佐伯死去的悲傷。照理說，應該和智美婆媳一起責怪凶手，但花野反而邀請他們母子來家裡。宙看著正對著雅美露出微笑的花野，輕輕嘆氣。

「八成，不，一定是……」

如果換成阿恭，他一定會這麼做。宙想這麼回答，但聲音卡在喉嚨。

宙也知道，但還是不敢相信，花野為什麼有辦法做到？無論阿恭再怎麼樂於助人，對方畢竟是害死阿恭的加害者家人。雖然聽了浩夢的事，想要接近身心俱疲的雅美，仍然還是會懷疑：『這樣做真的好嗎？』

但是，花野決定和他們一起圍坐在餐桌旁。

花野相信，如果是阿恭，一定會這麼做……

宙察覺到旁人眼中難以理解的行為背後的想法，幾乎快哭出來了。她把頭轉到一旁，努力克制著淚水，聞到義大利雜蔬湯的香氣，想到花野剛才說那是『恭弘的味道』，眼眶發熱。她隨手擦擦眼睛，以免被遠宮發現。

「先不說這些，趕快吃吧。我對這道義大利雜蔬湯很有自信，你吃看看。」

宙和難以理解眼前狀況的遠宮聊天時，兩個大人聊得很投入。雅美突然臉色蒼白地放下啤酒罐說：

「對不起，沒想到他竟然去佐伯先生家做這種事！？對不起，我完全不知道。浩夢，你為什麼要做這種事！」

雅美起身，準備動手責打坐在對面的浩夢。花野溫和地阻止她，雅美發現自己舉起的手被人溫柔地握住，相當驚訝。

「他是在用自己的方式表達歉意，浩夢，對不對？」

浩夢點點頭，隨即問母親：「但是花野阿姨叫我不可以再去了，為什麼？讀幼兒園的時候，不是就教我們做了壞事就要道歉嗎？媽媽，妳去佐伯先生的守靈夜，也是為了道歉，我也想去道歉，希望得到原諒，但為什麼不行？」

「小孩子不可以去道歉，這樣反而會造成對方的困擾。」

「為什麼？爸爸不能去，媽媽也不能，不是只能由我去嗎？」

浩夢漸漸漲紅臉。

「想要道歉，請對方原諒，到底有什麼不對？」

「我剛才不是已經告訴你，要求對方原諒，就是一種暴力嗎？」

花野看著浩夢的臉說，「浩夢，你要不要先聽我的故事？是關於兩個人的故事，他們像你一樣，覺得必須藉由道歉，獲得對方原諒。那就是宙的父親和我的故事。」

「啊？」宙大聲驚叫起來。這和目前的狀況根本沒有關係吧？花野充滿歉意，對著滿臉錯愕的宙說：

「對不起，應該先告訴妳，而且我相信應該會有更好的時機，但是，我必須現在告訴浩夢這件事，絕對必須現在告訴他。」

「好。」宙聽了花野語氣堅定的話，點點頭。如果有必要，這樣做完全沒有問題，而且宙也想知道花野為何認為要求原諒，就是一種暴力。花野說了聲「謝謝」，然後轉頭看向浩夢。

「浩夢，我告訴你，宙的父親曾經殺了人。」

花野緩緩說道。宙瞪大眼睛。她完全沒有料到這種情況。

「他在讀高中時，是霸凌加害者，他們好幾個同學霸凌一個男生，把那個男生逼上絕路，所以我說他殺了人。他扼殺對方的心，最後導致對方的死。」

花野嘆氣之後，繼續說道：

「他們覺得只是遊戲而已，被害人自殺身亡後，他覺得在學校很不自在，於是就申請退學，被家裡趕了出來，之後就靠打工……和願意照顧他的女人在一起生活，渾渾噩噩地過日子。他在二十二歲的時候認識我，他來我打工的酒……店裡當店員。」

宙有點暈眩。自己的父親根本是個人渣。她瞥了身旁一眼，發現遠宮眉頭深鎖。

花野淡淡地講述。

「我剛認識他的時候，他絕對稱不上是『好人』，他一直過著自甘墮落的生活，很浮誇，而且自暴自棄。但是他很坦率，內心還有點孩子氣，也很體貼，每次都是第一個發現其他同事身體不舒服，然後主動照顧對方。」

花野喝了一口啤酒。

「無論這算是優點還是缺點，總之他是一個缺乏想像力、天真無邪的人。起初他提起高中時代的霸凌，總是若無其事地說，那是因為對方的反應很有趣，才會一再霸凌對方。我想應該是他的父母沒有教他這些重要的事。雖然他功課很好，但道德品德方面比小學生還不如。我覺得他內心深處……也有美好的地方。正因為覺得他內心深處很美好，所以才會和他當朋友。那時候他被女人甩了，沒有地方住，所以我們就在這棟房子一起生活。我意外發現他很勤快，我當時放棄下廚，他就代替我下廚，拿著料理書，做一些很費工夫的料理。」

花野充滿懷念地瞇起眼睛，露出一絲寂寞。

「我們一起生活了大約一年左右，發展成戀人的關係。他整個人脫胎換骨，變得很腳踏實地，突然去烏龍麵店當學徒，說以後想自己開店，還說到時候要把我畫的畫掛在店裡。」

花野纖細的指尖撫摸著凝結水珠的啤酒罐。宙看著她一次又一次溫柔的撫摸。

「不久之後，我就發現自己懷孕了。他很高興，我們也開始聊孩子生下來之後的事。他說如果是兒子，希望兒子喜歡打籃球，要在中庭設一個籃球架。如果是女兒，就要一起下廚，還要為女兒做一個扮家家酒用的廚房。那時候，他才終於想起自己多年前殘害的生命。」

自己多年前因為好玩而傷害對方，導致對方結束生命。對方是父母心愛的孩子，當初同樣是在父母的期待中出生，出生後受到祝福，成長過程也為父母帶來喜悅。當他發現對方也是重要的生命後，開始深深自責。

「他說對方去世時，大人要他寫了反省的信送去對方家裡，雖然他忘了當初寫了什麼，但都是一些言不由衷的膚淺內容。他對我說『在我們的孩子出生之前，我必須彌補自己犯下的罪行』。他還說，如果沒有彌補奪走他人生命的罪行，就沒有資格抱即將出生的孩子。」

宙胸口煩悶不已。這不是一個愉快的話題。她不想聽，但是又必須聽下去。

「……他去霸凌被害人家中，然後請求去被害人的墳前道歉。他說即將成為人父，才終於瞭解到自己犯下的罪，希望發自內心道歉。但是，家屬並不同意，他們還沒有走出失去兒子的傷痛。在他們內心，兒子離開人世的那一天還是不久之前的事。家屬讓他吃了閉門羹，但是他每天都登門拜訪，在得到家屬原諒之前，他都不想放棄，希望對方接受他的道歉。」

有人發出呻吟，是浩夢。他放在桌子上的手微微顫抖，宙輕輕握住了他的手。

「他一直對我說『沒問題』，而我當時完全不懂對方家長的心情，就沒有阻止他繼續去被害人家中道歉。他希望在孩子出生之前向家屬好好請罪，於是卯足全力，甚至還異想天開地說什麼至少希望可以去被害人的墳前祭拜一次這種天真的話。我們兩個人都完全沒有考慮到對方家人的心情。他總共去了兩個月，被害人的父母終於忍無可忍。那天他像平時一樣去按門鈴，結果對方的爸爸走出來，打了他一頓。」

浩夢輕輕叫出聲。宙撫摸著他顫抖的後背，但她的手也在顫抖。

「我不知道對方父親打他的力氣有多大，只不過他跌倒時，撞到了石頭花圃，然後撞到要害，大量出血，送去醫院時，已經……」

花野吐了一口氣後才又接著說：

「對方的父親被帶去警局後，說無法原諒他殺了自己的兒子，卻活得快樂逍遙，然後現在又為了自我滿足，讓他們家屬痛苦萬分。他奪走了他們兒子結婚、生子的幸福，還持續傷害、踐踏他們，他的行為根本是暴力。」

浩夢淚如雨下。

「對不起，對不起，我沒想到是這樣。」

浩夢用手背擦著臉，花野對他說：「你現在知道就好了。既然你已經明白了，就不會繼續傷害他們。」

浩夢頻頻點頭。

「而且，這並不是你的過錯，而是你父親犯下的罪行，是你的父親必須為此付出代價；還是，是你和媽媽要他在出門之前喝酒？」

「怎麼可能！」

臉色蒼白地聽著花野說話的雅美驚叫起來。

「我們不會做這種事！但是，既然是我丈夫犯罪，就是我們全家人的罪。我會叮嚀浩夢，要他不要再去了。妳找我來，就是為了這件事吧？那我們就先告辭了，我們不能繼續打擾佐伯先生的朋友。」

雅美慌忙起身，花野拉住她說：

「喂喂喂，雖然我想和浩夢談一談，但也想和妳聊一下。妳老公是一個溫柔體貼的人嗎？是讓妳願意和他一起承擔罪責的好老公嗎？」

「啊？」雅美聽到花野的問題，皺起眉頭。花野抓住她的手臂，請她坐下。「不瞞妳說，我從別人口中聽說，妳老公闖禍後，妳總是四處替他道歉。妳是不是經常替他擦屁股？他對妳很好嗎？」

花野靜靜地問，雅美看著她說：

「對我好是指什麼？他會去工作，每個月都會給我生活費，平時很溫和，有時候也會陪浩夢一起玩。」

「不是指這些，他會對妳說『對不起』、『謝謝』嗎？會不會問妳，『妳還好嗎？』」

雅美聞言嘆了一口氣。

「唉唉……如果是指這種事……那他不是溫柔體貼的人，他從來沒有對我說過這些話。我動作很慢，又不夠機靈，所以整天被他罵。」

「這樣啊，那妳受苦了，妳一個人努力到今天，很了不起。」

花野說完，拿起罐裝啤酒喝了起來，雅美聽到她一直說「了不起，了不起」，微微提高音量。

「請妳別這樣。這是在嘲笑我嗎？如果我真的了不起，不是應該成功阻止他出門嗎？」

「我怎麼可能嘲笑妳？而且，妳應該曾經阻止他出門吧？」

「當然啊，我好幾次都拜託他戒酒，找過有戒酒門診的醫院，還曾經把家裡的酒全都丟了。因為他每次喝醉酒，就想出門繼續喝，所以我還曾經把鑰匙藏起來，不讓他開車，但是、但是……」

「爸爸就打媽媽。」

雅美咬著嘴唇低頭，浩夢代替她說道。

「爸爸對媽媽拳打腳踢，大喊著『把酒拿出來』、『讓我出去喝酒』，媽媽都已經哭著哀求，爸爸還是沒有停止。我去阻止爸爸，也會被爸爸打，之前鄰居阿姨報了警，警察還來過我們家。但是爸爸並沒有戒酒，雖然說了好幾次他在反省，以後不會再犯了，但最後還是喝得爛醉如泥。」

「別說了，浩夢，」雅美慌忙制止，「怎麼可以在第一次見面的人面前說這些丟人現眼的事？」

「但是……」浩夢不服氣，但在母親的瞪視下，勉為其難地打住。

「哎喲，浩夢，你說出來沒關係。這雖然是你們家的問題，但並不只是你家的問題。比方說，如果不小心訂錯了兩個大披薩之類的——」

花野拿起一片瑪格麗特披薩放在浩夢的盤子裡說。

「一個人很難吃完，但是如果大家一起分著吃，每個人吃的分量並不多，會覺得吃兩片應該很輕鬆。不愉快的事也是。只要有人一起分擔，痛苦就會減少，心情會比較輕鬆，就可以有餘力做各種事、就能吃得下其他東西。」

花野拿起另一塊起司融化往下滴流的披薩，送進口中。浩夢看到花野吃得津津有味，也開始吃。

「所以啊，你可以儘管說出來，不必忍耐。如果忍著不說，就會越來越痛苦。雅美，妳聽到我說的話嗎？這話也是要說給妳聽。」

雅美咬著嘴唇，沉默不語，她的臉很紅，看起來好像在生氣。

「如果是嬰兒或是小孩子就罷了，一個大男人基於自己的意志想要出門，根本就攔不住。我說妳很了不起，是因為妳沒有放棄這種男人，還是努力想要勸阻他，只不過妳並不聰明，畢竟妳和孩子都這麼痛苦。」

花野把一片披薩放在雅美的盤子裡。

「還是說妳很愛妳老公，不想和他分開？」

雅美用力搖頭。

「怎麼可能？但是我的父母都對我說，一旦決定結婚，就必須從一而終，女人絕對不可以提出離婚。之前我被打得鼻青臉腫回家，沒想到反而被罵了一頓，說我身為妻子的努力不足。而且……」

雅美手中的啤酒罐發出啪喀的聲音凹陷下去。

「而且，這次出事時，他們還是罵我，說是我的過錯，說我是個不稱職的太太，才無法阻止丈夫。今後要以罪犯妻子的身分，一輩子補償……」

「太過分了。」遠宮自言自語地說，「原來世界上到處都有所謂的毒親，簡直就像蟑螂一樣。」雖然遠宮的用詞有待商榷，但宙能夠理解他的心情。她無法相信當女兒這麼痛苦的時候，竟然還有父母要求女兒繼續生活在這樣的環境中。

一滴淚水從雅美的眼中滑落。

「我很努力，盡我最大的努力做了能力所及的一切，但是我不知道還能夠做什麼。我必須等他服刑期滿，之後繼續支持他嗎？但是我很清楚，以後再和他一起，也只是重複以前的生活。我和浩夢都會一直痛苦下去，我希望至少浩夢可以解脫，但是不知道該怎麼辦……」

「媽媽，我會和妳一起努力！」

浩夢大聲說道，然後又小聲補充：「我不會向他們低頭。」雅美可能沒有聽到他後面說的那句話，搖搖頭。

「我不想把你拖下水，我一個人為爸爸的事痛苦就夠了。」

「雅美，妳真的很了不起，妳這麼努力保護兒子。」

雅美聽到花野的話，再次搖搖頭。

「我根本無力保護他，甚至無法為他做飯，照顧他的生活起居。只是……勉強活著而已。」

「妳保護了浩夢。想當年，我打算帶著女兒一起去死。當我看到剛出生的宙時，我覺得所有的一切都毫無希望，想帶著她一起走上絕路。」

花野用輕鬆的語氣說道，雙眼通紅的雅美驚訝地抬起頭。遠宮和浩夢也都目瞪口呆。

宙覺得原本自己不知道的事情都連在一起，想要知道的過去和情由都產生了交集和連結。

「我之前和宙的父親約定，等到他獲得被害人家屬原諒的那一天才去登記結婚，所以我們最後並沒有結婚。他的屍體被和他關係疏遠的父母領走，我連最後一面都無法見到。他的父母認為是我慫恿他那麼做，恨死了我，還說我肚子裡的孩子不是他們兒子的。他的父母真的很惡劣，露出高高在上的眼神看著我，甚至不肯告訴我他的墳墓在哪裡。」

花野微微鼓著臉說：

「那時候真的很受打擊。啊，我離題了。在他死後，我獨自生下宙。我看著剛出生的嬰兒，我不止一次後悔。如果我沒有懷孕，如果我對他說『你不要再去那裡了』，如果我沒有遇見他，他或許就不會死。無論他變成怎樣的人，也許仍然活在世上。想到這些事，我就很痛苦。而且我從小並沒有在愛的環境下長大，並不認為自己有能力把孩子養育長大，無法再活下去，於是我就打算帶著孩子共赴黃泉。」

花野舉起啤酒罐。「我掐住了比這罐子更細的脖子。明明是剛出生的寶貝女兒，明明是他那麼期待的孩子，但是我的心無法承受至今為止的罪行和後悔，以及對日後的不安，只想一死了之。」

沒有人說話。宙持續撫摸著浩夢的後背，但感覺像在撫摸自己。

「那時，和我關係不好的妹妹剛好來醫院看我，她只知道我在未婚的情況下，生下了一個父不詳的孩子，她原本打算來說教。但是，當她看到我哭著掐嬰兒的脖子時大吃一驚，拚命阻止我。雖然對她很不好意思，但是我當時真的很驚訝。當人極度驚訝時，會有一種好像飄浮起來的感覺。」

花野噗嗤一笑。

「但是，我妹妹立刻跟我說，姊姊，妳告訴我發生了什麼事。拜託妳，妳可以依靠我。這是緊急狀態，我可以為妳做任何事。聽到她這麼說，我喜極而泣。那是她第一次對我說這種話，所以我能夠坦誠地把所有的事都告訴她。孩子的爸爸死了，我沒有自信能夠把孩子養育長大，我不知道該如何活下去，於是覺得只有死路一條。結果她對我說：『就只是因為這樣？我原本就不認為妳有能力照顧孩子，妳放心吧，我會把孩子養育成人。』」

風海當場打電話給她的丈夫康太，康太也一口答應說『既然關係到姊姊和孩子的性命，當然應該這麼做』。

「那次之後，我就發自內心感謝妹妹。如果當時我妹妹沒有走進病房，我絕對已經死了。但是，雅美，妳和我不一樣。妳願意犧牲自己，希望至少兒子能夠過上好日子。妳很了不起，我當時根本做不到。」

花野溫柔地撫摸著雅美的後背。花野來回撫摸多次後，雅美的眼中滿是淚水。

「雅美，妳一個人努力到了今天，從今以後，妳可以依靠我。我之前就下定決心，雖然我無法幫助每一個人，但是如果有朝一日，遇到和我處境相似的人，我一定要伸出援手，不會讓對方做傻事。我能夠瞭解妳的心情，可以和妳一起煩惱、一起思考，只要是我能力所及，我就會全力以赴，讓我協助妳一起解決問題。」

「……為什麼？妳為什麼說這種話？雖然妳說妳決定了，但是死去的不是妳的朋友嗎？妳不是恨我們母子嗎？」

雅美哭著問。花野點點頭。

「是啊，恭弘對我來說是很重要的人，他總是讓我可以放心做自己。他很溫柔體貼，很善良，有點愛管閒事。如果恭弘知道因為他是被害人，我就憎恨你們，對你們的痛苦視而不見，絕對會很生氣。他會罵我，花野學姊，這根本不像是妳。他總是會指出正確的路。」

宙也覺得，如果佐伯在，一定會這麼說。無論是誰死了，根本不重要。如果花野學姊或是宙是被害人，我的心情當然會很複雜，但還是會伸出援手。既然已經發現對方有難，怎麼可以視而不見？

花野可能清楚聽到阿恭的聲音。她一定比我聽得更清楚、更大聲，才能夠立刻付諸行動……

宙目不轉睛地看著正在對雅美說話的花野。

「第一件事，就是要思考如何才能讓妳和浩夢好好生活，重要的是，妳千萬不要覺得『必須親自把孩子養育長大』，可以考慮交給別人。與其讓孩子和被逼入絕境的自己一起過著好像在走鋼索的生活，還不如讓他在安全的地方，由身心健康的人養育他長大……有沒有在吃？披薩都冷掉了。」

花野語氣開朗地說完，大口喝著啤酒。雅美原本只有痛苦的臉變得開朗了些。

「我會思考、如何才能活下去……」

「沒錯，『活下去』是最優先事項。之後可能會遇到很多問題，但是，最好能夠『笑著活下去』。雖然我知道很難做到，但只要能夠在生命終點之前做到就好。」

花野浮現笑容，雅美也有點不自然地揚起嘴角。

桌上的料理即將見底時，浩夢坐著打起瞌睡。

「啊，他可能吃飽後覺得放鬆安心了。遠宮，你可以把他抱去那裡的沙發上睡覺嗎？」

花野問。遠宮立刻起身。被遠宮抱起時，浩夢完全沒有醒。

「他可能很久沒有這麼安心了。」

宙說。喝了酒之後，臉有點紅的雅美縮著身體說：

「我想應該是。我沒辦法下廚，都讓他去買麵包吃。我在家裡的時候，幾乎什麼事都沒辦法做。」

「有時候的確會這樣，這很正常。」

「現在回想起來，他一直被迫要忍耐。我如果沒把老公放在第一位，老公就會心情不好，總是忽略浩夢。從他懂事的時候開始，就整天得察言觀色。而且在車禍發生後，我……也曾經對他發脾氣，好幾次都動手打他，可能導致他心理出了問題。最近經常接到店家的電話，說他偷東西，或是破壞店裡的東西……」

「啊，那是他被人霸凌，是別人逼他做的。」

遠宮回到餐桌旁時說。雅美驚叫起來：「不會吧！」宙代替遠宮回答說：「我也看到了，是別人逼他偷東西，說是要『制裁』殺人凶手的兒子，明顯是卑鄙無恥的霸凌。」

雅美深深地嘆氣。

「啊啊，我完全……完全不知道，那我真是糟糕透了，我為了這件事罵了他好幾次。我對不起浩夢，我不配當母親。」

「妳在說什麼啊，我無法獨自養育女兒，得到很多人的幫忙。現在也請幫傭太太來家裡幫忙，這道絕頂好吃的雞肉南蠻漬就是幫傭太太親手做的，但是，孩子仍然照樣好好長大，她是個優秀的孩子。」

花野帶著醉意指著宙。吃完飯後，正在準備飯後紅茶的宙轉頭看過來，花野笑臉盈盈地說：「風海、康太、恭弘還有直子阿姨、智美和田本太太，宙在這些人的關懷下長大，所以她是個超優秀的孩子。」

「花野，幹嘛說這些？聽起來就像溺愛小孩的媽媽。」

宙羞紅了臉。花野噘著嘴說：

「偶爾說一下有什麼關係，而且我也會有想要炫耀孩子的時候啊。雅美，妳說對不對？我以前曾經得到很多人的幫助，以後會幫助妳和浩夢。妳有朝一日，也會幫助別人，向別人炫耀自己的孩子。妳不覺得這樣很棒嗎？」

花野臉上的笑容很柔和。

不一會兒，花野和雅美都陸續睡著了。浩夢完全沒醒，宙和遠宮只好把他們三人都抱去被褥上。

「對不起，耽誤你到這麼晚。」

宙把空盒子塞進垃圾袋時向遠宮道歉。遠宮正在洗一大堆碗盤。

「沒關係，我才應該謝謝妳。我好久沒有吃到這樣的大餐了，而且聽到很棒的故事。花野阿姨的故事很感人，如果說好像有一道電流貫穿身體，或許有點太誇張，但真的很震撼。」

水槽傳來流水聲和碗盤碰撞的聲音。宙停下手，看著遠宮。遠宮寬闊的背對著她，看不到他的臉。

「……我把家裡所有的錢都寄去了理惠阿姨家，還附上一封信，說我在工作、賺錢之後，要寄更多錢給她，請她用來治療傷痕。結果錢又寄了回來，是以她爸爸的名義寄回來的，說不想和我有任何牽扯，我所做的事只是造成他們的困擾。」

宙默默聽著流水沖洗的聲音。

「我絞盡腦汁思考，看了好幾本介紹要如何向被害人和家屬表達歉意的書，上面寫著『道歉』很重要，有時候家屬會因為加害人遲遲不向被害人道歉而憤怒，我原本覺得我絕對不會這樣，但其實事情沒有這麼簡單，有些人覺得只要和加害人有任何牽扯，傷口就會被再次撕開，也有人覺得只要被害人靠近，就會很受傷。」

水嘩嘩地流。

「今天看到浩夢，聽了花野阿姨的故事，我終於完全明白了，我的行為對理惠阿姨的家人來說，就是一種暴力。我真是太不中用，原本以為自己在做對的事，沒想到竟然是持續在別人的傷口上撒鹽。」

「有時候會變成只是為了自己而向對方道歉。」

宙回想起剛才的事說道。遠宮回答說：

「是啊，我完全沒有想到，這種行為竟然是自我滿足，太震驚了。很慶幸今天終於瞭解這件事。之前我一直在思考，要用不同的措詞寫信，或是增加金額，但是我不會再這麼做了，會努力思考是否還有其他方式。」

「這樣啊，我覺得這樣很好。」

「而且我很後悔，以前我從來沒有和任何人談過自己的事。我一直覺得，即使說了也沒用。決定退學的時候，我完全沒有聽取別人的意見。無論是班導師、學年主任，還是同班同學，我都覺得他們說的話不重要，根本不理會他們。」

遠宮把最後一個洗好的盤子放進瀝水架上，轉頭看著宙，笑著聳聳肩。

「我太晚知道了，但這也沒辦法。我打算從今天開始，再慢慢補回來。我很慶幸今天來妳家，謝謝妳。」

「不客氣，我什麼都沒做，從頭到尾都只是當聽眾，但是以後或許能夠幫上忙，也希望可以幫上你的忙。」

宙拿出手機說：「把你的電話告訴我，以後有什麼事，可以馬上聯絡我，無論任何事都可以，我可以當聽眾，也可以和你一起集思廣益。」

「謝謝妳，如果妳有什麼事，也可以聯絡我，我或許能夠幫上妳的忙。」

遠宮笑著拿出手機，他們互留電話、加了通訊軟體，遠宮看著手機螢幕說：「原來這麼簡單。以前我對別人說的話都產生不必要的警戒，也在自己和別人之間築起一道不必要的牆。回想起來，真的很對不起那個女生。」

「哪個女生？」

「就是和妳同班的三城。」

宙聽到遠宮突然提到奈奈的名字很驚訝，遠宮繼續說道：「上次她在路上叫住了我，她說之前不知道我家出了事，如果有什麼需要她幫忙的地方，儘管告訴她。還說她最近才發現，知道真相之後仍然袖手旁觀比不知情更惡劣。」

遠宮說，奈奈一口氣說完之後，拿出手機，打算和他交換聯絡方式。

「我以為她在嘲笑我，就沒有理會她。但是現在回想起來，她是認真的，她一個人走到我面前，漲紅了臉說這些話，我相信她是認真的。」

「原來是、這樣……」

宙覺得很羞愧。奈奈持續在成長。她發現自己的視野和世界很狹窄，因此付出努力。我卻認定奈奈是一個視野狹窄的人，是不是還有點輕視她？

「你說得沒錯，奈奈是認真的，她人很好，而且很真誠。」

「果然是這樣。下次再見到她，我會道歉。我差不多該回家了。」

遠宮把手機放進口袋，走向玄關。宙和他一起走出去，打算送他到門口。

月亮很圓，照亮夜空。遠宮抬頭看著天空說「好美」，宙也抬起了頭。

「對啊，好美，明天一定是晴天。」

「我明天要開始認真找工作。」

遠宮好像在宣示般說道，宙轉頭看著遠宮。

「雖然我還不知道要怎麼向理惠阿姨贖罪，但我想眼前最重要的事，就是認真過日子。我要聽理惠阿姨的話，用自己的意志活出自己的人生。」

遠宮在月光下的臉很耀眼。宙覺得遠宮已經抬頭向前邁步了。

大家都在進步。遠宮、奈奈，還有雅美母子和花野，雖然每個人內心都有各自的痛苦和痛楚，但是都努力前進。

「晚安，改天見。」

遠宮揮揮手離去。宙目送著他離去的背影，心想自己必須前進，不能永遠在原地踏步，必須帶著失去阿恭的傷痛前進。因為大家都這麼做。

她再次抬頭看著天空，注視著天上的星星良久。

星期天一大早，宙就來到佐伯家。直子打開門，看到宙的打扮，納悶地歪著頭。

「小宙，妳怎麼了？」

「我想借用一下餐廳。」

宙穿著運動服和球鞋，手上拿著清潔工具，深深鞠了一躬。

「餐廳？妳要做什麼？不好意思，我們打算歇業了。」

「我知道，可以借用一下嗎？我會負責打掃。」

直子聽了宙的話後考慮一下，點點頭說：

「好啊，既然是妳提的要求，我相信恭弘不會拒絕。妳想怎麼用都沒關係。」

「謝謝！」

宙借到鑰匙，走回餐廳。看到幾個月前擦得很亮的門把和窗戶玻璃已經變髒，宙感到胸口一陣抽痛。她差一點哭出來，但忍住淚水，走進餐廳。

以前只要一走進餐廳，就可以聞到香噴噴的味道，如今空氣混濁，有一種灰塵的氣味。窗邊的花都枯萎了，泥土表面已經裂開。佐伯去世之後，他的家人都沒有餘裕來整理餐廳。

一走進廚房，宙不由得倒吸一口氣。原本擦得很乾淨的瓦斯爐上積了薄薄的一層灰，佐伯在休息時坐的圓椅倒在地上。不知道為什麼，平底鍋掉在地上，水槽內放著不知道什麼時候用過的玻璃杯。

第一次踏進這個空間時曾經感受的空氣、香氣和澄淨的感覺完全消失。這個充滿澄淨空氣，讓她本能就愛上的空間，這個曾經帶給她許多幸福回憶和幸福味道的地方，因為失去了主人，正靜靜地凋零。

「阿恭……」

宙站在沒有溫度的廚房中央片刻，然後搖搖頭。我來這裡的目的，並不是為了感傷。

宙從帶來的東西中拿出圍裙和橡膠手套，從清潔用品袋中拿出了拖把和水桶，拿出剛買的抹布開始清洗。她打開餐廳內所有的窗戶，初冬冷冽的空氣咻地吹進來，洗滌了室內的空氣。

「好！」

宙拿著抹布和清潔劑輕輕嘀咕著。她決定把這裡打掃得像以前一樣窗明几淨。她擦好窗，擦好門把，又把桌椅和地板都擦乾淨。丟掉枯萎的盆栽後，跑去花店，請店員包裝漂亮的花束，然後插在店內的各個角落。接著又把廚房打掃得像餐廳內一樣乾淨，清理拔掉插頭的冰箱和排氣扇。她專心打掃時，聽到掛在門上的牛鈴響了，有人叫了一聲「川瀨」。她從廚房探頭向餐廳內張望，發現遠宮單手拎著購物袋站在那裡。

「我按照妳的吩咐，把東西都買齊了，妳在幹嘛？」

「啊？你這麼快就來了？好快啊！」

「沒有啊，這不是妳指定的時間嗎？」

遠宮指著牆上的掛鐘說，宙看了一眼時間，發出驚呼。

「哇！我打掃太專心了，沒發現已經這麼晚了！」

「妳要在這裡做什麼？」

「你、你稍微等一下，先找一個地方坐下，我剛才打掃過了，這裡是不是很乾淨？」

宙收拾打掃工具，脫下弄髒的圍裙，打量和佐伯在的時候一樣乾淨的餐廳和廚房，點點頭，然後又穿上新的圍裙。

「準備就緒。」

宙深深吐了一口氣。這是我的第一步。我也要向前邁進。

「妳要幹什麼？妳該告訴我了吧。」

「我要做鬆餅。」

宙語氣堅定地說。

她把破舊的筆記本放在圓椅上，翻開了第一頁，輕輕撫摸著兒時稚拙的文字，小聲說：「看我的表現。」

雞蛋、牛奶、麵粉、砂糖和香草精。奶油、草莓醬和楓糖。

宙打完蛋後俐落地攪拌著，不禁回想起小時候佐伯在這裡做鬆餅給她的情景。佐伯好像變魔法似地俐落地打好蛋白霜，為她做了蓬鬆軟嫩的鬆餅，那是讓她幾乎被悲傷壓垮的心重新振作起來的魔法鬆餅，她至今仍然記得隔著甜甜的熱氣，看到的那張笑臉。

「哇，好厲害，很好吃的樣子。」

「遠宮，你可以去請智美和直子阿姨過來嗎？請她們從餐廳的入口進來，你有當服務生的經驗嗎？」

遠宮聽到她這麼問立刻明白了，有點為難地抓抓頭說：「我在學校文化祭的時候當過服務生，沒關係，我會搞定。」

宙要請她們在這家店內品嚐佐伯親自傳授給她的鬆餅，她要把那天從佐伯那裡得到的愛和溫柔回饋給她們婆媳。

她把奶油放進平底鍋，奶油融化後，把平底鍋放在濕抹布上調節溫度。然後再次放在瓦斯爐上，把蓬鬆的麵糊倒進平底鍋。

『宙，很不錯喔。』

宙似乎聽到這個聲音。啊啊，對了，當時佐伯就是這麼指導我。她清楚地回想起當時的情況。

阿恭，阿恭，謝謝你。你帶給我的回憶，至今仍然溫柔地陪伴著我，讓我成為我自己。

當廚房內瀰漫香氣時，門上的牛鈴響了。

「哎喲，好香啊……」

「真的欸。」

宙聽到直子和智美困惑的聲音。

「兩位請入座。呃……要不要坐窗邊的座位？那裡的花很漂亮。」

遠宮，幹得好！那裡是『佐伯小餐館』的最佳座位，我也希望她們兩位坐在那裡。宙在心裡做出勝利動作，然後把煎好的鬆餅裝在盤子上。

她端著裝了鬆餅的托盤，走向她們兩個人。

「兩位久等了，這是阿恭鬆餅。」

蓬鬆的鬆餅煎成金黃色，宙覺得很成功，應該和佐伯以前做的鬆餅沒什麼兩樣，無論香氣、味道，還有愛，都沒什麼兩樣。

「哎喲，小宙，這是妳做的嗎？」直子瞇起眼睛，「簡直就像是恭弘做的，一模一樣，要煎得這麼蓬鬆很不容易吧？」

直子充滿懷念地說，坐在對面的智美目不轉睛地看著放在她面前的盤子。

「智美，請吃吃看，這是可以振作人心的魔法鬆餅。我是在小學一年級的時候第一次吃到這個鬆餅，吃了之後，整個人都活了過來。我覺得阿恭很厲害，就請他教我作法，之後又做了好幾次。」

智美茫然地注視著盤子，無法看到她眼中的感情。難道我做的不行嗎？宙感到腳底有點發冷，但繼續說道：

「一定很好吃，請妳吃吃看。」

也許自己努力的方向並不正確，也許這種事完全無法療癒智美的心，但是，她想要相信，想要相信這個鬆餅是讓人提神振作的魔法鬆餅。

宙把一塊奶油和鯨魚牌草莓醬放在鬆餅上。

「這是我經常吃的組合，阿恭的草莓醬是手工製作……但我沒有找到品質好的草莓。」

宙希望智美嚐一嚐，哪怕只吃一口就好。宙帶著這個心願把刀叉遞給智美，智美緩緩接下，然後切下一小塊送進嘴裡。

智美緩慢咀嚼著，淚水奪眶而出。智美沒有擦眼淚，把叉子叉進鬆餅，又吃了一大口。

「……的味道。」

智美終於發出輕聲低喃。

「什麼？」

「是恭弘的味道，是恭弘體貼的味道。」智美哭著說，「他的味道拯救了我，我才能夠活下來。原本以為這個味道跟著恭弘一起消失，沒想到我錯了，他曾經在這裡，而且的確留下來了，我可以把恭弘留下來嗎？」

直子聽了，點點頭。

「小智，當然可以啊，所以我們要好好活下去，好不好？」

智美緩緩點頭，然後抬頭看著站在她身旁的宙。她濕潤的雙眼中出現了之前沒有的亮光。

「小宙，謝謝妳，我沒事了。」

宙聽到智美這麼說，忍不住掉下眼淚。

阿恭，我可以繼續向前邁進了。

有人拍拍宙的肩膀，她抬頭一看，遠宮站在她身旁。

「川瀨，妳太厲害了。」

遠宮露齒而笑，宙情不自禁揚起笑。

「我也要向前邁進，遠宮，我想讓你見證這一幕。」

「太榮幸了，但是為什麼找我見證？」

遠宮不解地問，宙眨眨眼睛，然後注視著遠宮的臉。

「嗯，為什麼呢？」

她覺得心臟附近有一股暖流。這是從來不曾有過的感覺，而且她並不討厭。

宙確認智美的臉頰浮現血色，表情變得開朗後，離開了佐伯小餐館。智美對宙說：『我會思考如何把恭弘的味道留下來。比方說，我可以和婆婆一起經營兒童食堂，或是改成只賣鬆餅的店。就算我們自己搞不定，也相信有人能夠把恭弘的味道傳承下去，我們會努力摸索。』智美字斟句酌地表達內心的想法，總算不再無精打采。那是向前邁進的人特有的神態，所以，宙也說出了未來的計畫。

『我打算去讀阿恭母校的餐飲專科學校。』

每次回想起生命中重要的記憶，都同時有美味的料理，也有坐在餐桌旁的幸福記憶。向佐伯和田本學的料理已經寫了幾十本筆記。

『啊？真的嗎？真是太好了。』

直子喜出望外，智美也點點頭。

『之前就聽恭弘提過，我們還曾經聊過，如果以後小宙願意繼承這家餐廳就好了，還說我們三個人要努力經營這家餐廳，等妳來繼承……我完全忘了這件事。』

佐伯確實曾經對宙說過同樣的話。

『宙，這家餐廳以後就是妳的。原本以為這家餐廳會在我手上收掉，但如果妳願意繼承，我就有了奮鬥的目標。啊，但是如果妳想去東京或是國外工作，就放心去吧，不要有任何後顧之憂。』

宙當時很想回答『我想接下這家餐廳』。因為佐伯的料理曾經無數次激勵自己，如果可以繼承這家餐廳的味道、澄淨的空氣和佐伯溫暖的心，那是多麼幸福的事。但是，想到佐伯和智美之後可能會有孩子，就無法說出口。阿恭應該想把餐廳交給和他有血緣關係的孩子，相信智美和直子也一樣。

『首先，我要成為廚師。』

智美和直子笑著說：『我們支持妳。』

「我回來了。」

宙走進客廳，發現花野正在客廳睡覺。她在沙發上發出均勻的鼻息，熟睡的臉龐很平靜。

花野也在努力向前邁進。

宙看著她熟睡的臉龐想道。

花野這幾天為了浩夢母子奔走，忙得不可開交。她經常不在家，就算在家裡，也總是忙著打電話聯絡。有時候看到她滿臉嚴肅地通話，不一會兒說著『這樣沒辦法解決問題，還是直接去一趟』，就衝出家門。也許是因為花野的積極推動了一切，聽說浩夢母子昨天順利搬好家，浩夢改成雅美婚前的姓氏，之後會轉學到新的學校，雅美也在花野的介紹下找到工作。

『雖然只是搬去鄰町，不過只要稍微改變一下環境，生活就會容易許多，而且如果有什麼狀況，我可以馬上趕去幫忙。』

花野說話時的表情充滿活力。

宙想為花野蓋上毛巾被，花野猛然醒過來。她眨了幾次眼睛，用睡迷糊的聲音說：

「哎喲，我怎麼睡著了？」

「妳太累了，最近每天都很忙。」

「我沒事，但是我剛才做了一個很棒的夢。」

花野揉著眼睛笑了起來。

「喔？是什麼夢？」

「今天是第二次做這個夢，妳爸爸和恭弘出現在夢裡。」

花野呵呵笑著，開心地繼續說著：「他們活著的時候關係並不好，但不知道為什麼，每次都一起出現在我夢裡。」

「我爸爸和阿恭？然後呢？」

「上次的夢裡，他們兩個人都一直叫我趕快去見他們，我忍不住想，這是叫我去死嗎？照理說應該不可能，我不知道妳爸爸的墳墓在哪裡，但去了恭弘的佛龕上香。」

「啊、啊？難道就是那一天？！」

那天剛好在佐伯家遇到花野，難道花野是因為做了夢，才去那裡嗎？

「沒錯沒錯，雖然我覺得自己很傻，竟然會相信夢境，但是看到浩夢拿著花顫抖的樣子，我就確信自己接收到訊息，然後就有了之後一連串的發展。妳不覺得很靈嗎？」

宙點點頭。真的有這種像是奇蹟般的事嗎？但是，花野那時候的確去了佐伯家。

「我相信他們兩個人都希望我幫助浩夢母子，他們相信我一定知道那對母子需要的話語，而且……」

花野緩緩坐起身。

「而且我想他們想要告訴我，他們已經給了我很多，即便不繼續陪伴在我身旁也沒關係，想要告訴我，我已經擁有很多了。然後，他們剛才在夢裡都露出了笑容。雖然什麼話都沒說，但是看起來很高興，然後我就告訴他們，我已經收到他們想要說的話了。是不是很厲害？連我自己都很驚訝，但他們仍然只是面帶笑容。」

宙在花野身旁坐下。花野高舉起張開的雙手說：

「我很驚訝自己竟然為了別人的事積極奔波，如果是以前，我絕對無法做到，所以我很感動，覺得自己還可以成長。宙，妳要記住，就算到了我這個年紀，世界仍然會持續擴大、成長，太厲害了。」

花野就像小孩子一樣，以純潔的表情說道。宙注視著她。

每個人在人生過程中，都會努力踏出變化的腳步，即使揹負了很多東西，仍然不會停下腳步，而且每個人並非只是靠自己的力量，和許多重要的人之間建立的關係與回憶，會變成奇蹟般的力量，協助每一個人向前邁進。

因此，我今天也終於踏出了新的一步。

「花野，我決定去讀餐飲專科學校。」

「嗯，我知道啊，為什麼突然提這件事？」

「我以後要繼承『佐伯小餐館』。」

宙說出口之後，覺得眼前突然一片光明，心跳加速。自己似乎為剛才說的話感到興奮。

「我想要成為可以用料理溫暖地療癒別人的廚師，我想用料理為別人帶來幸福。」

花野連續眨了好幾次眼睛，然後露出虎牙笑著說：「很好啊，我覺得這個夢想很棒。那妳要好好努力，我想要協助妳追夢……咦？妳不覺得我這樣很像『好母親』嗎？」

花野突然調皮地問。她在害羞。宙調皮地說：「什麼？妳說妳是母親？」

「不像嗎？沒關係，我有自知之明。」

「開玩笑，開玩笑，妳很久之前就已經是『好母親』了。」

宙笑著說。花野紅著臉說：「啊？幹嘛這麼認真回答？」

「偶爾說一下有什麼關係嘛。我覺得妳是好母親，雖然一開始太孩子氣，也太自我為中心。」

「咦？怎麼後半段就開始批評了？」

「妳自己應該心裡有數吧？總之，我覺得我們現在的這種關係，以後也會持續變化。」

花野在宙內心的形象持續變化。曾經是漂亮的姊姊、神秘邋遢的人，或是對自己漠不關心、冷酷的人。有時候是同居人，像是有點距離的朋友，現在是很出色的媽媽，但是明天可能會變成關係親密的女性朋友。宙覺得這樣很好。

我也在改變，也在持續變化。

我和花野一定會變成各種不同的形狀，時而歪斜，時而變圓，但是母女關係不會改變。

「是啊，我們都要一點一點成長。」

花野為了掩飾自己的害羞，改變語氣說道，宙噗嗤一笑。

「先不說這個，柘植先生沒有出現在妳夢裡嗎？」

宙想起這件事問道，花野輕輕拍著大腿說：「對啊。他一定惦記他太太，早就忘了我，真是太無情了。」

「他死了之後才對太太專情，不是也很好嗎？妳不可能一輩子只想著他們三個人而已。」

「嗯，也對啦，也可能會有這麼一天，到時候可能會找妳當我的戀愛顧問。」

「我心情好的時候，可以勉為其難聽妳說。」

宙輕輕笑了起來。

✦

早晨的廚房內靜悄悄的。明媚的陽光從窗戶照進來，廚房內充滿澄淨的空氣。擦亮的鍋具正在等待上陣，發出輕微馬達聲的冰箱內放滿食材。宙站在廚房正中央。

今天是『佐伯小餐館』重新開張的日子。

宙終於成為獨當一面的廚師，將原本作為兒童食堂的店改回西式小餐館，重新開張。這條路很漫長，從她下定決心的那天至今，已經過了很長時間。她曾經感到挫折，也曾經焦慮不安。

但是，今天又終於回到這裡。

她輕輕吸了一口氣，閉上眼睛。當年哭著走進這裡的那一天歷歷在目。鬆餅的溫柔，以及鬆餅後方的笑臉，一切都那麼美好。

從那天開始，美好的餐點就一直陪伴在宙的身旁。無論在她悲傷的時候、開心的時候、徬徨的時候，料理總是陪伴著她長大。

從今以後，我要在這裡做料理一直到老。我要在這裡做出可以讓人變溫柔的料理。

「哎喲，妳昨天準備到深夜，這麼早就來了。」

聽到說話聲，回頭一看，花野站在後門口。

「妳怎麼這麼早就來了？妳不是和媽咪說好，要等開店後一起來嗎？」

在宙離家就讀餐飲專科學校那一年，花野請風海來擔任自己的經紀人。她說，沒有人比風海更適合管我了。風海一開始有點畏首畏尾，現在似乎對工作樂在其中。現在她們兩個人能夠輕鬆地吵架和好，建立起良好的姊妹關係，簡直就像以前那些事從來不曾發生過。

「在開店之前，妳先煎鬆餅給我吃。」

花野笑的時候露出虎牙。

「我之前就想好，等妳繼承這家餐廳的早上，我要和妳一起坐在窗邊的座位吃鬆餅。」

「好喔，這個提議太棒了。」

她們相視而笑。

美好的餐點為她們締結了很多緣分，有很多邂逅，也有離別，但是，持續坐在同一張餐桌旁，享用許許多多料理的緣分很厚實、很牢固。

宙在內心想道。

我想告訴那一天的我。

妳完全不需要絕望。

也想要告訴那一天的他。

你眼前的這個小女孩，將會繼承你的遺志。

還要告訴那一天的兩個人。

從今往後的很多料理，會讓妳們成為真正的母女。

春日 ハルヒブンコ 文庫
146

宙的暖心料理
宙ごはん

宙的暖心料理 / 町田苑香作 ; 王蘊潔譯. -- 初版. --
臺北市 : 春天出版國際文化有限公司, 2024.04
面； 公分. -- (春日文庫 ; 146)
譯自 : 宙ごはん
ISBN 978-957-741-823-4(平裝)

861.57 113003033

ISBN 978-957-741-823-4
Printed in Taiwan

作　　者　町田苑香
內文插圖　水谷有里
譯　　者　王蘊潔
總 編 輯　莊宜勳
主　　編　鍾靈

出 版 者　春天出版國際文化有限公司
地　　址　台北市大安區忠孝東路4段303號4樓之1
電　　話　02-7733-4070
傳　　眞　02-7733-4069
E－mail　bookspring@bookspring.com.tw
網　　址　http://www.bookspring.com.tw
部 落 格　http://blog.pixnet.net/bookspring
郵政帳號　19705538
戶　　名　春天出版國際文化有限公司
法律顧問　蕭顯忠律師事務所
出版日期　二〇二四年四月初版

定　　價　499元

總 經 銷　楨德圖書事業有限公司
地　　址　新北市新店區中興路二段196號8樓
電　　話　02-8919-3186
傳　　眞　02-8914-5524
香港總代理　一代匯集
地　　址　九龍旺角塘尾道64號 龍駒企業大廈10 B&D室
電　　話　852-2783-8102
傳　　眞　852-2396-0050